[南宋]刘松年《博古图》

这是宋代士大夫携女眷赏玩古代器物的图景，最容易使我们联想到赵明诚、李清照夫妻的幸福生活。"赵、李族寒，素贫俭，每朔望谒告出，质衣取半千钱，步入相国寺，市碑文果实归，相对展玩咀嚼，自谓葛天氏之民也。后二年，出仕宦，便有饭蔬衣练，穷遐方绝域，尽天下古文奇字之志。日就月将，渐益堆积。丞相居政府，亲旧或在馆阁，多有亡诗、逸史、鲁壁、汲冢所未见之书，遂尽力传写，浸觉有味，不能自已。后或见古今名人书画；一代奇器，亦复脱衣市易。"（李清照《〈金石录〉后序》）

［南宋］刘松年《西园雅集图》

这幅画传为宋代风雅生活的典范，历代画家不断重现这一主题。宋哲宗元祐年间，苏轼、苏辙、秦观、黄庭坚、米芾、李公麟等十六位"一线名士"会聚于驸马王诜之西园，极尽宴游之乐。王诜拜托亲与其会的名画家李公麟作画，是为《西园雅集图》。后多有名家亦作此题。

米芾为作《西园雅集图记》，记述"自东坡而下，凡十有六人，以文章议论，博学辨识，英辞妙墨，好古多闻……"后人虽有质疑这一场盛会只出于画家的虚构，甚至画作本身也未必真的出自李公麟的手笔，但无论如何，如此"雅集"场面正是宋代精英士大夫阶层的常态。宋词的歌唱，往往就是在这样的场合发生的。

胡建君《我有嘉宾：西园雅集与宋代文人生活》概述其原委："举子文人群体因业缘关系，互相过从雅集的风气越来越盛，而且上行下效，流风所及。随着书籍的传播和教育的发展，文人群体逐渐扩大，其内部的书画交流、诗词酬唱和娱乐活动也大大增加了，规模和频率都超过了前代，文人雅集成为北宋文人的一种重要活动方式，甚至成为不即不离的生活内容。

[北宋] 赵佶《文会图》

　　宋徽宗这幅画倒也见出对唐太宗"十八学士"的钦慕，徽宗有题诗："儒林华国古今同，吟咏飞毫醒醉中。多士作新知入彀。画图犹喜见文雄。"画面左上角是一代奸相蔡京的步韵赓和之作，吹嘘徽宗时候的文会使当年的"十八学士"相形见绌："明时不与有唐同，八表人归大道中。可笑当年十八士，经纶谁是出群雄。"

［北宋］张择端《清明上河图》（局部）

秦观词中"脚上鞋儿四寸罗"的样子我们可以在《清明上河图》里看到：赵太丞家，两名年轻女子长裙下露出脚尖，明显是缠足的样子。旁边的老妇人穿长裤，一双天足。"太丞"是"太医局丞"的简称，属于当时的高级医官。看来高级医官可以在家行医，那两名缠足女子应当是前来就诊的患者。

[南宋]马远《华灯侍宴图》

高居翰如此描述画中内容:"筵席在宫中主殿的深处举行,从我们的眼前隐去;只看到高朋满座的筵席一端,三位官僚和一些随从站在大殿之内,左右张罗。而大殿之外,通过花蕾待放的弯曲梅枝,一群乐女正在弹琵琶或吹箫,作娱乐表演。"(《诗之旅:中国与日本的诗意绘画》)画中描绘的是一个真实场景:南宋宁宗皇后杨氏一家人为宁宗侍宴。画面上方的诗句为杨皇后亲作亲题:"朝回中使传宣命,父子同班侍宴荣。酒捧倪觞祈景福,乐闻汉殿动欢声。宝瓶梅蕊千枝绽,玉栅华灯万盏明。人道催诗须待雨,片云阁雨果诗成。"帝王家宴之风雅,于此可见一斑。

［南宋］佚名《雪景四段图》

画无款识，一般推测作者必是马远、夏圭两位国手之一。画面以四段分别表现不同的雪景，别具匠心地使寒意有了不同的颜色。

[北宋] 李公麟《潇湘卧游图》

"千里潇湘接蓝浦",潇湘从来都是最能呈现南国风情的审美意象。画题"卧游"源自南朝宗少文:宗少文一生爱好远游,后来体力渐衰,没力气再去寻山访友,于是遍画名山大川,挂满了家里的墙壁,从此每天在家抚琴自娱,使纸上的群山发出回响。

倘若我们不惮以琴煮鹤的理性工具分析如此一种风景之美,那么杰尔・阿普尔顿的"栖息地理论"无疑值得援引:"在我们对来自风景的审美愉悦进行评估的时候,我们会无意识地召唤起一种珍视领地优势的返祖模式,那几乎是狩猎—采集社会时期的本能。那种古据能够看到猎物或敌对力量却不暴露自己的战略地点的土地形式,自然地转换成了一种更大的安全感。那种同时地提供了视野和庇护所的土地形式,因此满足了原始生存的需要,它们深深地埋藏在了人类灵魂深处。"(《风景的体验》)

与杰伊・阿普尔顿的努力相似,本书亦常在以生物学视角剖析原先附庸于哲学与文学的若干美学命题,这必然会以失一些感动为代价。所以,不得不说我很欣慰,毕竟还有一些老读者喜欢我的风格。

[北宋]李成《寒鸦图卷》

"寒鸦"是传统诗画中的一个经典意象,成群的寒鸦总要伴随有枯树和窄窄的流水。每个人眼中的寒鸦会有不同的含义,而在这幅画右首题诗的乾隆帝却读出了政治意味:"千林叶落树枝干,鸦集啼饥叫寒。嗟我民宁无似此,围炉不忍展图看。"

[南宋] 佚名 《临流觅句图》

传统认为,"觅句"的辛苦只宜于诗而不宜于词,然而写词在后来也愈来愈有"觅句"的行为了。

[南宋] 马远《春游赋诗图卷》(局部)

画中场景一度被当成西园雅集,文士高涨的兴致与童仆的倦怠最是相映成趣。

[南宋] 佚名《春游晚归图》

从人物着装来看，似乎画的是唐人游乐的场面，然而仆从肩扛的高椅、高凳却是典型的宋代器物。

[南宋] 李嵩《汉宫乞巧图》

就在"金风玉露一相逢,便胜却人间无数"的七夕,女子会着新衣,供瓜果,在庭院里向织女乞求,愿自己有一双像织女一样精于女红的巧手。

［南宋］佚名《桐荫玩月图》

　　画面中的女主角也许在享受月光下的独处，也许在月色里别有所思。也许她所思念的人，或者思念着她的人此刻正在"梦魂惯得无拘检，又踏杨花过谢桥"吧？开放性的画面宜于我们想象画面之外的故事。

[南宋] 佚名《歌乐图》

画面描绘九名歌女排演的场景，伴有一名老乐官与两名女童。

中国缺乏透视技术，因此女童与歌女的比例画得比例显得古怪——这种因缺乏透视而生出的古怪感是中国人物画一以贯之的。女子所穿的红衣叫作褙子（亦写作背子），是最典型的宋代服装代表束。宋人不分男女，不分阶层，皆以褙子为常服。未微宗宣和年间，女装褙子出现了一种新奇的样式与穿法：奕出来身效果，但前襟自然敞开，不加系束。官廷率先流行，不久便举国皆然。奇装异服的兴起往往被视为亡国之兆，岳珂《桯史》便将这一时装界的潮流与随后发生的"靖康耻"联系在了一起，冠之以"宣和服妖"的骇人名目。

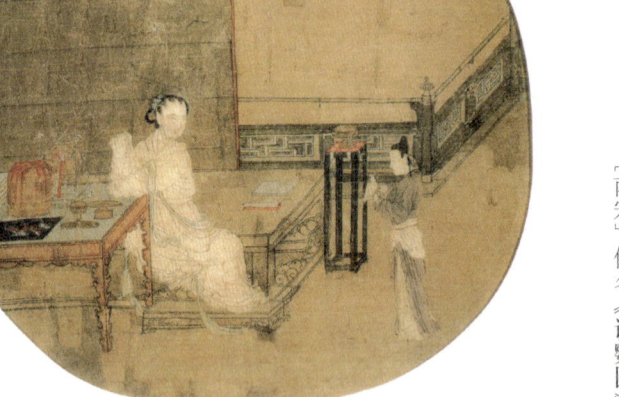

[南宋]佚名《调鹦图》

宋代上层女子的生活一景。

[南宋]毛益《柳燕图》

"无可奈何花落去,似曾相识燕归来。"

[南宋] 马麟《秉烛夜游图》

"（这幅画）表现在宫苑正门前坐着的一位贵族，在夜晚等待他的宾客来赴宴。李霖灿指出，其主题实际是'夜坐观海棠'，对应苏东坡的一首诗中的句子：'只恐夜深花睡去，更烧高烛照红妆。'这一新的解读，将画面从描写贵族娱乐，或期待娱乐的时刻，转化为对转瞬即逝的美以及哀伤无力维持这种美感的隐喻图像。"（高居翰《诗之旅：中国与日本的诗意绘画》）

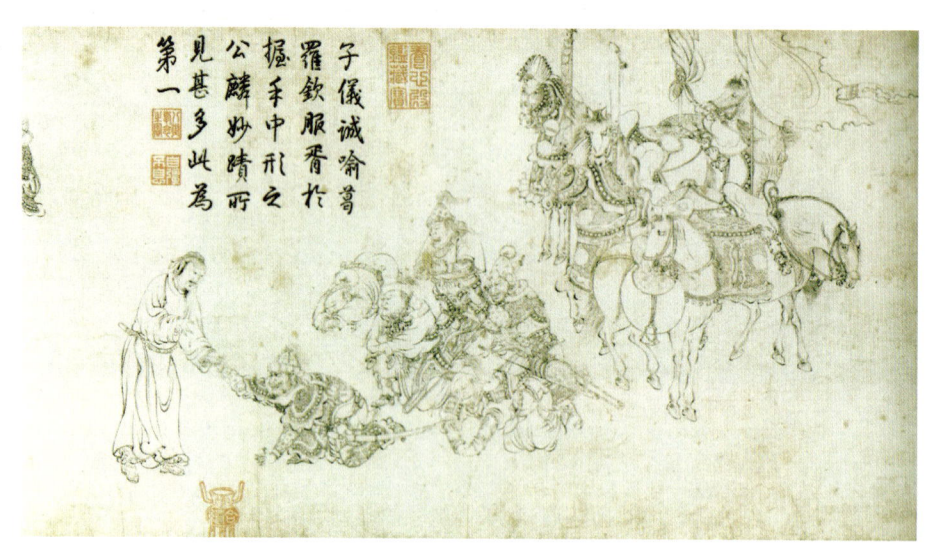

[北宋] 李公麟《免胄图》（局部）

　　画中描绘唐代宗广德二年（764年），回纥联军入寇长安，唐朝名将郭子仪说服回纥退兵的史事。画中郭子仪不着铠甲，仪态从容，回纥大将下马跪迎，诚惶诚恐。这当然是画家的夸张，但这样的夸张恰恰透露出当时的一种政治诉求：辽与西夏屡为边患，朝廷正需要郭子仪这样的大将担负起"西北望，射天狼"的重任。

[南宋] 佚名《骑士猎归图》

画中描绘骑士射猎归来的情景：骑士仔细查看箭矢的曲直，他的坐骑疲惫地驮着猎物。图中可以看到宋人射猎装束，使人遥想"左牵黄。右擎苍"的场面。

[北宋]苏轼《寒食帖》

这是苏轼在黄州贬谪期间所写,号称"天下第三行书"。苏轼于文艺各领域皆有第一流的造诣,书法为"宋四家"之首。

[金]武元直《赤壁图》

武元直是金章宗明昌年间进士,生活在宋、金修好时期。这幅画以苏轼《赤壁赋》为主题,既见出当时金人汉化程度之一斑,亦可见苏轼的影响力无远弗届。

[南宋] 李嵩《赤壁图》

［北宋］李公麟《维摩演教图》

这幅画是白描人物画的典范之作,描绘维摩诘托病说法的场面。

［北宋］赵令穰《秋塘图》

画面上方盘旋的大雁,仿佛正是"拣尽寒枝不肯栖"的样子。

[北宋]欧阳修《灼艾帖》

这是欧阳修写给友人的一封短札,传为行楷名篇。李东阳于帖后作跋:"宋代书家自不孤,当时只许蔡君谟。若将晋法论真印,此老风流世亦然。"赞美欧阳修,总少不得"风流"二字。帖子内容为:"修启,多日不相见,诚以区区。见发言,曾灼艾,不知体中何如?来日修偶在家,或能见过。此中医者常有,颇非俗工,深可与之论权也。亦有闲事,思相见。不宣。修再拜,学正足下。廿八日。"

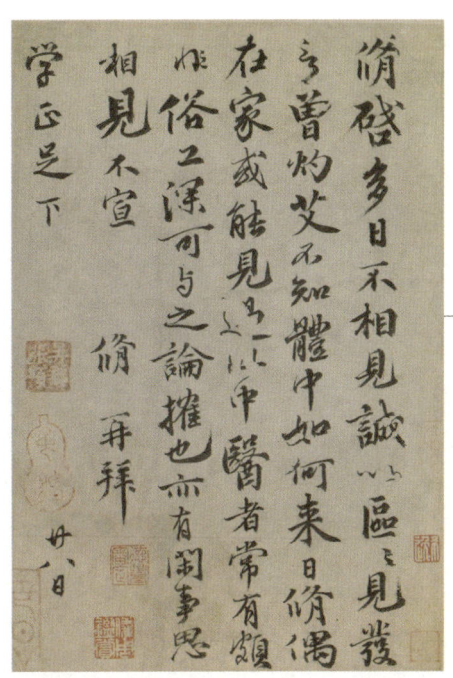

[南宋]李唐《灸艾图》

"灸艾"即欧阳修《灼艾帖》所谓"灼艾",以点燃的艾叶卷熏烤人体穴位,今天仍是中医治病的常见手段。从画面来看,宋代灸艾是一件很痛苦的事情,患者被牢牢按住,抵死哀号。

[南宋] 刘松年《四景山水图·冬》

宋人风雅,游赏之心并不会在冬日凋萎。欧阳修年轻时候,某日与一名相好的同僚抛开公务,出城到嵩山游赏,忽然天降大雪,眼见得不能及时回城了。忽然见到有一队人马冒雪而来,竟然是上级长官钱惟演专门派来的厨师和歌伎。来人传达钱惟演的口谕说:"登山劳累,两位不妨安心欣赏山间的雪景,府衙里边公务简易,不必速归。"

［宋］佚名《水阁纳凉图》

临水楼阁中有人悠然赏荷，后面的露台上有两名童子在修剪树枝。欧阳修所写"柳外轻雷池上雨"的情景正发生在这样一种地方。

[南宋] 佚名《归去来辞书画卷》

陶渊明的声望之所以在宋代飙升,很大程度上缘于苏轼、辛弃疾这两位有着广泛号召力的人物不断与他寻求跨越时空的心灵沟通。辛词中总不乏与陶渊明相关的典故。正所谓"一尊遐想,剩有渊明趣"(辛弃疾《蓦山溪》)。

[南宋]赵大亨《薇省黄昏图》

盛开的紫薇树下,一人侧卧榻上,赏玩远方的山色,最有"我见青山多妩媚,料青山见我应如是"的意境。

[南宋] 李唐《濠梁秋水图》

图中描绘庄子与惠施辩论"鱼之乐"的故事。《庄子》也是辛词中一个至关重要的典故渊薮。豪放词人之豁达每每需要借助《庄子》。

［南宋］佚名《文姬归汉图》

"文姬归汉"的主题是宋人——尤其是南宋人——心中的一个敏感主题。

［宋］佚名《耕获图》

图中精细刻画了南方农田耕作的全景，从牛耕、车水到插秧、舂米，完整的生产流程应有尽有。将农村生活真正当成农村生活本身而非田园牧歌谱写入词，滥觞于苏轼，大成于辛弃疾。但这样一种文学实验后继乏人，因为"父老争言雨水匀。眉头不似去年颦"（辛弃疾《浣溪沙》）这样的内容毕竟不是词体所宜于承载的。

最美宋词

宋词的玲珑六面

苏缨 著

湖南文艺出版社
博集天卷

·长沙·

十九世纪的法国历史学家埃德加·基内写有一段关于花朵的、犹染花香的文字:"今天,就像是在普林尼或克吕迈尔时期一样,风信子喜欢高卢,长春花生长在伊利里亚,雏菊青睐努曼西亚的废墟。它们周围的城市改变了名字和主人,众多城市最终化为乌有,有些文明发生冲突或绝迹,而一代又一代平静的花朵却穿越流年来到我们的时代。它们新鲜而充满活力,就像在往昔战争的日子里。"

用花朵定位历史,给历史平添了一种玄学诗式的魅惑感。任何如花朵一般美丽的事物都兼有时空地标的意义与超越时空地标的意义。所以我笃信,宋词作为本书的主角,分明也是基内的历史花园的一隅。一代又一代缤纷的词家与词作,如同一代又一代平静的花朵,穿越流年,从世代相传的记忆里获得永生的力量。

于是我们所看到的不仅仅是繁花似锦,我们还会从一束风信子里看到它所喜欢的高卢,从一朵长春花里嗅到伊利里亚的泥土味道,从一丛雏菊里窥见它所青睐的努曼西亚的废墟以及废墟未废时的斑斓盛世。

于是我们每个人的旅程,都获得了和永恒的交集。

最美宋词

目录

序章 宋词的土壤：一个健康、宽容、风雅的社会

[1] 帮派社会、部落社会与精英社会 / 003

[2] 国母及其前夫 / 008

[3] 妻子与情人 / 011

[4] 精英社会的风雅一例 / 015

第一章 秦观：如果为宋词找一个人代言……

[1] 斜阳外，寒鸦万点，流水绕孤村 / 019

[2] 虽不识字人，亦知是天生好言语 / 021

[3] 诗的主流是书面语，词的主流是白话文 / 023

[4] 词是最性感的文体 / 025

[5] 面容古板的理学家最看不惯轻浮的词客 / 030

[6] 《满园花》（一向沉吟久）：
以方言俚语填词的一次文学实验 / 032

[7] 美，就是强者的样子 / 035

[8] 中古汉语是完美的诗歌语言 / 039

[9] 《满江红》（越艳风流）：才子佳人的俗艳言欢 / 043

[10] 写物之工 / 049

[11] 《浣溪沙》（漠漠轻寒上小楼）：最美宋词之一景 / 052

[12] 词是音乐的附属品 / 055

[13] 《临江仙》（千里潇湘挼蓝浦）：剽窃是一门艺术 / 058

[14] 最有词人相的词人 / 062

[15] 《踏莎行》（雾失楼台）：心志薄弱者的美丽哀鸣 / 066

[16] 《鹊桥仙》（纤云弄巧）：被误读的七夕 / 070

[17] 《八六子》（倚危亭）：审美需要一个人从生活的亲历者变为生活的旁观者 / 073

[18] 词的读法 / 076

第二章 晏殊：宋词真正的发端

[1] 从神童到新贵 / 081

[2] 在西昆体的时代里 / 084

[3] 暮去朝来即老，人生不饮何为 / 087

[4] 炫富是一门艺术 / 089

[5] 富贵气象 / 092

[6] 无可奈何花落去，似曾相识燕归来 / 094

[7] 《浣溪沙》（一曲新词酒一杯） / 096

[8]《浣溪沙》(一向年光有限身) / 099

　　[9] 爱情与调情的语码 / 101

　　[10] 文学价值只是词的副产品 / 105

　　[11]《珠玉词》中的激愤变调 / 111

　　[12] 歌舞升平中的靡靡之音 / 115

第三章 晏幾道：儒家世界里的陌生人

　　[1] 文学作品的传播往往并不依附于文学价值的高低 / 121

　　[2] 在莲、鸿、蘋、云的世界里 / 124

　　[3] 单纯到底，别有寄托 / 129

　　[4] 小晏的"现代性" / 132

　　[5] 一场自取其辱的词集投献 / 134

　　[6] 落花人独立，微雨燕双飞：诗与词异趣之一例 / 137

　　[7] 歌女佼佼者的文采 / 144

　　[8] 舞低杨柳楼心月，歌尽桃花扇底风 / 147

　　[9] 梦魂惯得无拘检，又踏杨花过谢桥 / 150

　　[10] 黄庭坚的《小山词序》：一篇用心良苦的辩护词 / 155

第四章　苏轼：新境界

[1] 一个不幸的奠基者：从柳永说起 / 163

[2] 豪放派的缘起：从《江城子·密州出猎》说起 / 166

[3] 一次有意为之的文学实验 / 172

[4] 填词畏闻文字狱 / 175

[5] 苏轼通晓音律吗：从《念奴娇·赤壁怀古》说起 / 178

[6] 深深掩藏的悲伤：《蝶恋花》（花褪残红青杏小）/ 186

[7] 一首铺排古典成语的词：《行香子》（三入承明）/ 190

[8] 官场典故种种 / 192

[9] 为灵魂伴侣画一幅肖像：《殢人娇》（白发苍颜）/ 194

[10] 咏物词的极致：《水龙吟》（似花还似非花）/ 203

[11] 词的"空灵蕴藉"与歌声的速度：《水调歌头》（明月几时有）/ 208

[12] 无理之理与万物有灵：《卜算子》（缺月挂疏桐）/ 213

[13] 还原与抽离 / 216

第五章　欧阳修的风流与低俗文体三种

[1] 盗甥案：一代文宗的龌龊阴私 / 227

[2] 词的情色暗示 / 229

[3] 作为低俗文体的小说 / 231

［4］《十香词》冤案 / 234

［5］作为风流才子的欧阳修 / 239

［6］此恨不关风与月 / 242

第六章 辛弃疾：豪杰而非文士的创新力

［1］壮岁旌旗拥万夫，锦襜突骑渡江初 / 247

［2］填词是避谤的技巧 / 250

［3］《贺新郎》（甚矣吾衰矣）：古文笔法之一例 / 252

［4］《永遇乐·京口北固亭怀古》：背景 / 257

［5］《永遇乐·京口北固亭怀古》：用典 / 262

［6］填词该不该推敲 / 265

［7］典故的本意与误读 / 268

［8］以词说理：《玉楼春》（有无一理谁差别） / 271

［9］赋体填词与跨界创新的三例比较 / 274

后记 宋词中的宋人生活剪影

［1］宠昵 / 285

［2］谐谑 / 286

［3］邪浪 / 287

［4］尾声：末摘花的黑貂皮袄 / 289

序章

宋词的土壤：
一个健康、宽容、风雅的社会

这是一片健康、宽容、风雅的土壤，
宋词的花朵由此盛开。

[1] 帮派社会、部落社会与精英社会

今天的普通读者最熟谙的历史朝代莫过于明、清。除了时序较近的缘故，也因为这两个朝代的社会格局最容易激发现代人的心理认同。钱穆有言："现代中国大体是由明开始的。"是的，而他接下来的话语是："可惜的是西方历史这一阶段是进步的，而中国这一阶段则退步了，至少就政治制度来讲，是大大退步了。"（《中国历代政治得失》）

追问起来，之所以有这样一种退步，是因为明朝是一个在黑社会帮派底盘上架构起来的正统王朝，如熊逸所谓："明太祖朱元璋出身于社会最底层，在反元战争中以帮派手段统御军队，于是使明代的政治风气充满了帮派色彩，士大夫形同黑帮马仔，其地位与尊严至此而降到了有史以来的最低点。把握'帮派风格'实为我们理解明史的第一块基石，幸而'帮派风格'大有平民社会的意味，比起周代的封建格局、汉代的贵族习气、唐代的门阀传统更容易被今天的读者接受，甚至亲近感也更多些。"（《王阳明：生平与学术》）

在上文的"唐代的门阀传统"之后，还有必要添加一个"宋代的文化精英传统"。但人们太容易用熟悉的框架来认知不熟悉的事物，以至于在今天的大众文化领域，明代以前的历史往往被

有意无意地置于明、清两代的社会模式中加以解读。

我们会在明代史料里不断发现：诏狱、廷杖之类帮派风格的"管理艺术"使明代士大夫表现出各种戏剧化的变态人格，以至于一些可歌可泣的故事也会令人细思极恐。人对自尊不可能全不在意，而加入这个随时会以脱裤子、打屁股的手段使读书人斯文扫地的朝廷，无疑会造成今日心理学所谓的认知失调——做官的好处与丧失自尊的坏处在人心中反复厮杀，如果前者占了上风，后者就会得到一种自欺欺人的解释。

所以明代的官员与士子呈现出一种集体的偏执，仿佛心理变态似的，将屈辱解释为荣耀。在对待廷杖的态度上尤其如此，明明尊严丧尽，却偏偏认为这是对"威武不能屈"这一光辉人格的最佳表达，当事人的心里往往充盈着殉道者在自虐和被虐中所获得的精神满足，旁观者也会因此热血沸腾，因为他们自己也是廷杖的受害者或潜在受害者，于是在同一片阴霾下彼此打气。

历朝历代中能够与之相比的也许只有五代十国时候的南汉政权。南汉末年有一项新政，要做官就先要接受阉割手术，皇帝认为这可以保证官员的忠诚，使他们不会再有为家室盘算的私心。那些阉割晋身的达官显贵轻蔑地称士人为"门外人"，不许他们干预政事。可想而知，在这样的体制下，仍然谋求一官半职的人会是些怎样的角色。明朝的诏狱与廷杖多少要比南汉的阉割好些，但也只是五十步笑百步罢了。

及至清代，"部落风格"取明代"帮派风格"而代之，主奴关系隐隐然主导一切。说法虽然不甚动听，但事实上，很多人对主奴关系并无反感，反而心生亲切，所以我们才会看到各种清宫戏充斥荧屏。群居动物天然就有奴性，弱者永远会依附于强者，强者身边永远不会缺少弱者的献媚。即便不满于身边的强者，不甘做任何人的附庸，但是，对神或上帝的无条件的服从总是好的，甚至会赢得整个社会的道德嘉许。这是镌刻在我们每个人基因里的生存优势，只是在不同的社会里有不同的表现，并被做出不同的道德解读罢了。

至于今天人们常常标榜的一些美丽的大词，诸如自由、平等、独立，它们必然会带来一些人们很不想要的东西，譬如为选择承担责任或根本无力选择，以及深刻的无所适从之感、生活不确定性的加剧、缺乏终极的心理依归等等。于是我们往往陶醉在清宫戏的主奴关系当中，欣慰于其中那温存的稳定性以及被强者所引领、所保护的感觉，正如青春少女喜欢"霸道总裁"一样。

宋代社会呈现出相当不同的风貌。既然"现代中国大体是由明开始的"（钱穆语），我们也可以说古代中国大体是在宋代终结的。宋亡之后，那个传统的、带着华夏文明古典腔调的世界要么仅在名义上被勉强延续，要么仅余一些细小的残片被重新打磨、包装。所以要理解宋朝，我们必须有意识地撇开"现代中国"的认知框架，当然，这不会是一件太容易的事。

宋朝，尤其是北宋，虽然也有各样的疾患，却大都属于"生理上的"，不曾有明、清两代那种"精神病人"的荒诞气质。读书人进入精英阶层，既不失尊严，亦不乏机会，或仕或隐也完全可以自由选择。即便最严酷的政治斗争，也往往为落败者留有保全性命的余地。

这是一个一切都有底线且心态相当健全的社会。富贵者可以大胆炫耀，贫贱者可以积极争取，帝王甚至有几分柏拉图所谓"哲人王"的样子，以不俗的文化修养而著称。敏感的道德难题可以公开探讨，历朝历代的"学术禁区"可以尽情左右驰突，甚至很少人会有非黑即白的偏执。试看北宋僧侣释文莹的一段记载：

> 熙宁而来，大臣尽学术该贯，人主明博，议政罢，每留之询讲道义，日论及近代名臣始终大节。时宰相有举冯道者，盖言历事四朝，不渝其守。参政唐公介曰："兢慎自全，道则有之，然历君虽多，不闻以大忠致君，亦未可谓之完。"宰相曰："借如伊尹，三就桀而三就汤，非历君之多乎？"唐公曰："有伊尹之心则可。况拟人必于其伦，以冯道窃比伊尹，则臣所未喻也。"率然进说，吐辞为经，美哉！（《湘山野录》）

熙宁是宋神宗的年号，其时君臣常常在议政之余探讨一些儒学义理。某日论及近代名臣的气节，宰相称许冯道，唐介说冯道事君未能从一而终，算不得完美范例。宰相举伊尹三事夏桀、三事商汤的例子反驳，唐介马上指出伊尹和冯道不宜类比。

释文莹记载这段辩论，重点在于感慨各位辩手"率然进说，吐辞为经，美哉"，然而站在后世的角度，甚至站在今天的角度，人们都会感慨无论宰相还是唐介，甚至是作为记录人的释文莹，对冯道的认可程度简直匪夷所思。冯道是五代乱世里的政坛不倒翁，历仕后唐、后晋、后汉、后周四朝，其间甚至还向辽太宗称臣。其中后唐、后晋是沙陀王朝，辽国是契丹王朝，这就意味着冯道不但事君不忠，还是个大大的汉奸。

于是对这样一个人，"讨论"似乎都属于多余的仪节，只应当把他钉在历史的耻辱柱上，打入十八层地狱，再踏上一万只脚。任何人只要稍稍表示不同意见，立即会被道德制高点上倾泻下来的口水淹没。这既是今天所有人可想而知的情形，也很符合明、清两代的主流思维模式。殊不知宋代君臣竟然公开探讨这样的话题，半点也不觉得敏感或尴尬，彼此更不曾以道德的大帽子压人。所谓"礼教吃人"对于宋人显然还是一个太前卫的观念——在下一节里我们将会看到，即便是宋朝的女人也鲜有被礼教的利齿无情撕咬并吞噬的。

[2] 国母及其前夫

两性关系一直都是社会开放程度的重要指标。宋代,尤其北宋,两性关系之开放,有些地方甚至还会超过今天。

我在这里想讲一对银匠夫妻的故事。四川有一名银匠,名叫龚美,娶妻刘氏。银匠在当时是一种很低贱的职业,收入一般也很微薄。龚美耐不住生活的窘迫,便带着刘氏进京,想让她找个好人家改嫁。偏巧有个大好的机会:宋太宗第三子襄王赵恒久闻四川女子聪慧多才,早有物色之想。于是在襄王府属官张耆的引荐下,刘氏成功跃过龙门,那时她正是十五岁的如花年纪。龚美也借着这一层"裙带关系",在襄王府邸听差效力,史称"以谨力被亲信"。男女关系中能有如此这般的"共赢"局面,实在令人瞠目。

故事接下来的发展如同今天宫斗剧的经典模式:虽然襄王对刘氏宠爱有加,襄王的乳母却怎么都看不惯这个来路不明的狐狸精,终于尽职尽责地向太宗皇帝进献忠言去了。刘氏因此被逐出王府,而那位多情的襄王,也只好在一片凄风苦雨中将心爱的女人安置在张耆家里。

十余年的岁月就这样无情地飞逝,太宗驾崩,襄王竟然继位为帝,就是后来以签订澶渊之盟而闻名的真宗皇帝。此时再无顾忌的宋真宗急忙从张耆家中接刘氏入宫，后正式册封为美人。他怜惜刘氏出身寒微，背后没有宗族亲属为援，便有了一件在今天看来着实令人大跌眼镜的壮举：将刘氏的前夫龚美改姓为刘，与刘氏认为兄妹。

终于守得云开见月明，这一刻真堪称"九五龙飞之始，大人豹变之初"。从此以后，刘氏在宫中的地位扶摇直上，一路晋升为皇后。史载刘皇后"性警悟，晓书史，闻朝廷事，能记其本末"，就这样做了真宗皇帝的贤内助，"真宗退朝，阅天下封奏，多至中夜，后皆预闻"。而龚美，现在应该称他为刘美，以国舅的身份马不停蹄地升官发财，官至侍卫马军都虞候、武胜军节度观察留后。

及至真宗驾崩，遗诏"尊后为皇太后，军国重事，权取处分"。当时仁宗年幼，刘氏，如今的刘太后，从此开启了北宋历史上一段著名的"垂帘听政"岁月。此时刘美（龚美）已亡故，刘太后所仰仗的"外戚"便是刘美的儿子，亦即前夫的后妻所生之子，还有刘美的女婿与妻兄。其中刘美的妻兄钱惟演算得上宋初历史上的一个名人，还曾做过欧阳修的上级长官。

这位刘太后在今天其实是个很多人都耳熟能详的人物，她就是民间故事"狸猫换太子"的主角。这个故事有其历史原型，而本书第二章的主人公晏殊正是因为历史上真实的"狸猫换太子"一案而受到宋仁宗的冷落。当然，这又是很复杂的故事，不与当下的主题相关了。

刘太后的出身在当时并未被刻意隐瞒，龚美的家庭关系也是众所周知的。即便在今天，人们都很难想象一代国母，肩负母仪天下的重担，却是个离婚再嫁的女子，前夫还被皇帝认作大舅哥，而前夫再娶之后所生的子女又成为国母最信赖的"娘家人"。如此复杂的"第一家庭"，就这样施施然在大宋子民的平常眼光中安度着静好岁月。而环绕在他们身边的整个士大夫阶层，简直会让我们这些后人产生一种奇妙的幻觉，感觉他们很像是英国诗人埃德温·缪尔所描绘的核战废墟上突然出现的马群："在我们父亲的时候，把马都卖了，/买新的拖拉机。现在见了觉得奇怪，/它们像是古代盾牌上的名驹/或骑士故事里画的骏马。/我们不敢接近它们，而它们等待着，/固执而又害羞，像是早已奉了命令/来寻找我们的下落，/恢复早已失掉的古代的友伴关系。/在这最初的一刻，我们从未想到/它们是该受我们占有和使用的牲畜。……后来这群马拉起我们的犁，背起我们的包，/但这是一种自由的服役，看了叫我们心跳……"

[3] 妻子与情人

平凡家庭也有不平凡的故事，让我们再看一段最容易使今天的读者切齿痛恨的感情纠葛。

官员李之问辞别妻子，远赴京城公干。宋代的官员怎样打发绝不寂寞的出差时光，这是可想而知的。

倘若连今天的我们都会很轻易地沉迷于宋词的美丽与风雅，更何况宋代那些原本就生活在词的世界里的才子佳人呢？那时候，词不是印在纸面上供人静静地阅读，而是要到一场场的酒宴上，到一座座的歌楼里，听妖娆而迷人的歌女用婉转的歌喉唱将出来的。

才貌双全的歌女总是最能攫住文士的心，而文士也是歌女们最为期待的归宿。

这时候的李之问早已经在歌楼的风月里无法自拔了，他迷恋上了当时京城里最著名的歌女之一。她叫聂胜琼，她同样泥足深陷地爱上了他。

古代家庭与今天有一个本质的不同：婚姻绝不是爱情的结晶，或者说爱情基本与婚姻无关。婚姻是一项严肃而庄重的家族事业，举案齐眉、相敬如宾才是最理想的夫妻关系。甚至晚近到仅仅二三十年前，"相敬如宾"仍然是人们常用的一个夸赞美满姻缘的褒义词，而今天的年轻人只会觉得这样的夫妻关系非但怪诞，简直恐怖。

今天我们对婚姻的理解，很大程度上是由无数言情小说和偶像剧培育出来的，爱情在其中不仅必不可少，还是一种十足正面、可歌可泣的力量。然而在古代社会，爱情与奸情往往是一事的两面，凤毛麟角的深爱妻子的男人很容易沦为全社会讥笑的对象，而那些深入人心的爱情传奇，譬如"中国情人节"七夕背后的牛郎织女的故事，其中真的有多少爱情的戏份吗？（关于这个话题，详见本书第一章对秦观一首七夕词的说明。）

所以古代的爱情往往不会有顺遂的发展，李之问与聂胜琼正处于这样一种局面，更何况李之问家里还有一位严妻呢。京城虽好，但他只是过客，不是归人。公务早已办完，妻子早已来信催促，他也早该踏上归程了。对这样的结局，其实聂胜琼不该感到任何意外。那一天她在莲花楼上为他饯行，为他唱起"无计留君住。奈何无计随君去"的句子。这歌声彻底击垮了李之问离别的勇气，刚刚打点好的行装索性再拆散了吧。

今人的同情心当然会落在李之问妻子的身上。那个远在家乡的无辜女人一定早已从丈夫的迟迟不归中猜到了什么，于是连连寄出催归的信笺。李之问终归是要回去的，聂胜琼也不曾再填新词来拖住他原本就迈不开的脚步。

山一程，水一程，李之问怏怏地行了数日，忽然意外地收到了来自京城的书信。那是聂胜琼新填的一阕《鹧鸪天》，她知道注定无法挽回什么，但刻骨铭心的相思之痛若不宣泄出来便会毁灭掉自己：

玉惨花愁出凤城[1]。莲花楼下柳青青。
尊前一唱《阳关》[2]后，别个人人第五程。
寻好梦，梦难成。况谁知我此时情。
枕前泪共阶前雨，隔个窗儿滴到明。

上阕回忆当初无可奈何的分手：聂胜琼一副"玉惨花愁"的模样，"柳青青"暗示折柳送别，唱过送别的歌曲，却还是忍不住依恋，送行了一程又一程。"人人"是宋代口语，即"那人"，这里指李之问。"第五程"，即一程又一程相送，送到第五程方才分别。"程"是古代一种不甚精确的里程单位。古人于道路中修建驿站，供行人休息或换马，通常每隔三十里设置一所驿站，两驿为一程。如果一程连行四驿，是为兼程，这就是"兼程赶路"的原始含义[3]。

下阕描写别后相思："梦难成"意味着辗转反侧、无法入眠。窗外滴了一夜夜的雨，窗里滴了一夜夜的泪，这样的愁绪无法向任何人倾诉。

这样一首小词，裹挟着巨大的情感波澜而来，确不是普通人可以轻松招架的。倘若李之问不顾一切地跑回京城，我们无法预料事情会朝着怎样的方向发展。但他只做了同样情况下绝大多数

1.凤城：代指京城。
2.《阳关》：即《阳关三叠》。唐人将王维《送元二使安西》一诗谱入乐府，将末句"西出阳关无故人"反复叠唱，故称《阳关三叠》，为送别歌曲中最著名者。
3.《资治通鉴·晋海西公太和四年》："琛兼程而进。"胡三省注："程，驿程也。谓行者以二驿为程，若一程而行四驿，是兼程也。"参见顾炎武《日知录》卷十《驿传》《漕程》。

男人都会做出的选择：默默地继续回家之路，将那一纸《鹧鸪天》——当然，肯定不忍撕毁——悄悄藏在了行囊的角落。

戏剧性的情节就这样发生了：李之问抵家之后，也许是收藏不严，也许是妻子存心搜检，也许是天意弄人，总之这一纸红笺竟然被妻子发现。在如山的铁证前，李之问无法再隐瞒，一五一十地交代了"作案"经过。

真正令人意外的逆转结局是，这首不曾令李之问回心转意的《鹧鸪天》竟然深深打动了他的妻子，她是如此深爱并同情这个多情且多才的情敌，以至于拿出自己的妆奁之资，要丈夫为聂胜琼赎身，将她娶回家。

宋代歌伎脱籍并不是一件容易的事情，而聂胜琼在脱籍之外竟然还有如许丰厚的福利！幸福简直来得太突兀、太汹涌澎湃了些。故事的结尾有着古典风格的美好：聂胜琼嫁给李之问为妾，一入家门便捐弃了做歌伎时所有华丽的妆饰，侍奉李妻以主母之礼，这一男二女从此过上了和谐美满的幸福生活。

有人无力相信在这一场丈夫、妻子与情人的博弈里，竟然每个人都是赢家，也有人认为和谐的结局完全归功于李妻的自我牺牲，她其实是个输家。当然，情感世界里的输输赢赢，一切如鱼饮水，冷暖自知，旁观者的感受始终是隔一层的。

[4] 精英社会的风雅一例

宋代也是一个士大夫阶层可以坦坦荡荡诗酒风流的时代，即便是那些名臣，譬如因杨家将故事而闻名后世的宰相寇准，真实的生活完全不似杨家将故事中那般俭朴——恰恰相反，最是穷奢极欲的典型。合理合法挣来的富贵，自不妨合理合法地尽情享用。

北宋名臣宋庠、宋祁兄弟彼此形成有趣的对照。两兄弟出身贫寒，性格各异，靠科举制度跃上龙门。在踏入仕途之后，两兄弟愈发沿着性情所定的方向发展下去：宋庠为人师表，内敛而稳重，所以留在中央担任宰辅；宋祁好大喜功，无论公事、私事，凡事都喜欢铺张，终于离开京城，成为独断一方的封疆大吏。两兄弟彼此看不惯对方的生活态度，于是发生了这样一则趣事：宋庠苦口婆心地劝说兄弟："难道你忘记了我们贫寒时是如何在辛苦中读书度日的吗？做人不要忘本。"没想到宋祁理直气壮地答道："我们当时那么艰辛，不就是为了博取后半生的荣华富贵么！"这两种人生观孰优孰劣，今人自有今人的判断，然而在宋氏兄弟生活的时代，人们固然尊敬宋庠，对宋祁却禁不住生出更多的艳羡。

是的，那是一个享乐主义的时代，宋祁以风流倜傥的性情和平步青云的顺遂大胆地引领着时尚潮流，聘名姬，醉美酒，极尽风雅之能事，将"及时行乐"四个字演绎得淋漓尽致。如果在两兄弟中选取一人来管窥当时的社会，宋祁显然比宋庠更有资格。

这是一片健康、宽容、风雅的土壤，宋词的花朵由此盛开。我这一本小书自然不可能勾勒宋词的全貌，只是撷取六个重要的节点，尽力为宋词世界画一幅最简约的草图。

懂行的读者一定会在本书的目录上批评我对柳永的漏选，所以必须辩解一二：这并非疏忽所致，事实上，柳永的戏份始终在其他篇章里草蛇灰线一般隐现。在词目的选取上，我力图做到马塞尔·普鲁斯特的外婆那样："她买东西从不凑合。不能让智力得益的东西，她是不买的，她相信那些美好的事物会让我们获益匪浅，会教会我们享受超越于物质和虚荣之上的情趣。即便是给某人买一件实用的礼物，比如说一张椅子、一套餐具或一根手杖，她也总要挑上了些年头的，似乎经年不用，就抹去了它的物质性，仿佛能满足使用的需要已在其次，她更看重的是它能否向我们讲述前人的生活。"（《追寻逝去的时光》）

我相信，在这样的态度里，暗含着美的一些本质，而这正是我们这个蓬勃的商业时代极其稀缺的东西。

第一章

秦观：
如果为宋词找一个人代言……

少游词境最为凄婉。至『可堪孤馆闭春寒,杜鹃声里斜阳暮』,则变而凄厉矣。东坡赏其后二语,犹为皮相。

——王国维《人间词话》

[1] 斜阳外，寒鸦万点，流水绕孤村

前人所有关于词的议论里，我以为最要紧的当属宋人晁补之随意讲出的一句："近世以来作者，皆不及秦少游。如'斜阳外，寒鸦万点，流水绕孤村'，虽不识字人，亦知是天生好言语。"（吴曾《能改斋词话》卷一）

这句话推举秦观（字少游）为当世第一词手，这当然可以见仁见智，然而最要紧的是，这短短一句话，不经意间便抓住了词作为一种文体最核心的两项特质。

"斜阳外，寒鸦万点，流水绕孤村"，这是秦观一首《满庭芳》上阕的结句，严格来说这并不是秦观的原创，而是改写自隋炀帝的两句诗"寒鸦千万点，流水绕孤村"。博学如晁补之，不可能不晓得这个出处，但他偏偏如后来的许多词论家一样，赞美的是秦观的点化之功，而不是隋炀帝的诗歌原文。个中道理，其实恰恰蕴含着诗与词的一番差异。

隋炀帝写下的"寒鸦千万点，流水绕孤村"算不得第一流的好诗，秦观稍稍改动字句的"斜阳外，寒鸦万点，流水绕孤村"却成为绝妙好词，奥妙究竟何在？古人做过许多种解释，却往往说不清其中的所以然。在我所见过的材料里，只有清人贺贻孙切中肯綮。大略而言，秦观添上"斜阳外"三字，给"寒鸦""流

水""孤村"设置了一个苍凉空幻的背景，此其一；隋炀帝以五言为一句，对称地描摹出两番景色，秦观却以长短句的错落句式将三景合为一景，呈现出一幅绝佳的画面，所以字句改动虽小，却有点石成金之功，此其二。（《诗筏》）

我们可以从这个例子看出，诗总是对称的、稳定的，因而诗往往给人带来对称和稳定的美感；词却是不对称的、流动的，所以词会给人带来别样的美感。不妨以建筑为喻：诗如同北京故宫，总要横平竖直才好；词如同苏州园林，总要曲径通幽才好。

隋炀帝的原文与秦观的点化其实都宜于各自的文体，然而后者一来设了一个"斜阳外"的背景，二来以错落的句式破掉了原有的齐整对称，将所有的意象即刻圆融成一个画面，给读者以即视感，这也就是王国维在《人间词话》里所谓"不隔"。以即视感强烈的画面一瞬间撼摇人心，绝不使读者调用理性的思考力，这就是词的"不隔之美"。于是，"世界在心灵的气候中旋转，意象的花儿开满枝头"（华莱士·史蒂文斯《尤利西斯的航行》）。

王国维对秦观有过许多次专门的评价，我以为其中最要紧的当属"以境胜者，莫若秦少游"（《〈人间词乙稿〉序》），所谓"以境胜"，以今天的语言来说就是画面感、即视感最强。"斜阳外，寒鸦万点，流水绕孤村"，仿佛是一流摄影师的镜头语言，先泼洒出苍茫、寥廓、无情的全景，随即便聚焦于一点有情的、小小的孤寂。

[2] 虽不识字人,亦知是天生好言语

晁补之所谓"虽不识字人,亦知是天生好言语",这话正道出了词作为一种文体的第二项核心特质。

今天我们很容易把这句话做比喻义的理解,认为所谓"不识字人"是说那些文化素养较低的人,于是把晁补之的话理解为"一首好词必须做到雅俗共赏"。

这样的理解倒也不算全错,但至少不很全面。

我们今天欣赏宋词,总要以各种书本为媒介,"识字"当然是最先决的条件。我们领会"斜阳外,寒鸦万点,流水绕孤村"的妙境,也总要识得这十二个字才好。而在宋代,词是由歌伎演唱的歌词,往往流传于歌楼酒肆之间,属于下里巴人的艺术。歌伎既是词的演唱者,同时也是词最忠实的听众群体,而歌伎有许多是不识字的。譬如苏轼那位著名的侍妾王朝云,原是钱塘名伎,虽是名伎却不识字,在跟随苏轼之后才学习了识字和书法。(叶申芗《本事词》)

相形之下,诗可谓真正意义上的阳春白雪,于文人而言既是言志的载体,亦是立言的工具,甚至还是彼此交流心志的媒介。诗是写在纸上用来读的,难免有几分高头讲章的气派;词却是填进曲谱拿来唱的,不识字的人读不了诗,却听得来词,即便听者

是才高八斗、学富五车的文士，也不是由文字，而是由声音进入词的意境的。

所以词必须通俗，必须一听即懂，必须使听者在声音而非文字中不假思索地感受到它的美丽。

因此诗的主流是书面语，词的主流是白话文。我们看秦观这首《满庭芳》的全文，在当时而言确实很有白话味道，即便在今天也不需要做太多的注释：

山抹微云，天连衰草，画角声断谯门[1]。
暂停征棹，聊共引离尊。
多少蓬莱旧事，空回首、烟霭纷纷。
斜阳外，寒鸦万点，流水绕孤村。

销魂。当此际，香囊暗解，罗带轻分。
谩赢得青楼、薄幸名存[2]。
此去何时见也，襟袖上、空惹啼痕。
伤情处，高楼望断，灯火已黄昏。

郎情妾意，离愁别恨，就在这样一唱三叹、千回百转的句式里不断地激荡人心。"多少蓬莱旧事"到底与蓬莱仙境无关，当指与歌女的旧日恋情——唐代以来，文人有以遇仙隐喻艳遇的传统。

1.画角：古代城楼于傍晚吹角报时。谯门：有瞭望楼的城门。
2.谩赢得青楼、薄幸名存：化用杜牧《遣怀》"十年一觉扬州梦，赢得青楼薄幸名"。谩：通"漫"，枉自、徒然。

[3] 诗的主流是书面语，词的主流是白话文

如果我们唱一首歌，歌词很是书面化，甚至相当古雅，听者会有怎样的感受呢？

今天我们仍然有机会听到这样的歌曲，譬如南京大学的校歌。这首歌创作于百年之前，李叔同制谱，江谦作词："大哉一诚天下动，如鼎三足兮，曰知、曰仁、曰勇。千圣会归兮，集成于孔。下开万代旁万方兮，一趋兮同。踵海西上兮，江东。巍巍北极兮，金城之中。天开教泽兮，吾道无穷。吾愿无穷兮，如日方暾。"

有兴趣的读者可以很容易地在视频网站上搜索到南京大学毕业生在典礼上的校歌合唱，这样的歌词真不是普通人不看字幕就可以听懂的。当然，这首歌属于典礼歌曲，而古代的典礼歌曲——譬如帝王的祭天仪式上所用的雅乐——确实就是这样的词风。典礼歌曲所追求的是仪式感染力，而不是一个人在花前月下、清风朗月中的小小的审美感动。如果宋词都写成这种样子，今天也就只有几位老专家在"二十四史"的故纸堆里独守寂寞，拿着放大镜来搜寻它们那不甚美丽的残骸了。

几乎在南京大学校歌诞生的同时（1916年），新文学运动的主将胡适就有了这样的观点："一部中国文学史，只是一部文字形式（工具）新陈代谢的历史，只是'活文学'随时起来替代

了'死文学'的历史，文学的生命全靠能用一个时代的活的工具来表现一个时代的情感与思想。工具僵化了，必须另换新的，活的，这就是'文学革命'。"（《逼上梁山》）

在胡适的观念里，词的语言正是宋代的活语言，词作为一种文学形式正是宋代的活文学。正因其活，才有了生机勃发的一派烂漫。胡适以这样的视角来看诗与词的区别，所以有推论说："五言七言之诗，不合语言之自然，故变而为词。词旧名长短句，其长处正在长短互用，稍近语言之自然耳。即如稼轩词：'落日楼头，断鸿声里，江南游子。把吴钩看了，阑干拍遍，无人会、登临意。'此决非五言七言之诗所能及也。故词与诗之别，并不在一可歌而一不可歌，乃在一近言语之自然而一不近言语之自然也。"（《答钱玄同书》）

当然，以今天的认识来看，这话实在武断了些，但仍必须说胡适抓住了词的核心特质，与前述晁补之的看法遥遥暗合。我们甚至可以说，胡适将晁补之的意见推到了逻辑所能达到的极致处，所以看胡适选编的《词选》，于唐宋两代词家中精挑细选，入选的数百首词"大都是不用注解的"，少量注解"大都是关于方言或文法的"（《词选》序），近几十年古典文学读本所流行的"赏析"似乎更没有存在的必要。今天，任何一个有中学文化程度的读者都足以毫无障碍地阅读这部《词选》里的全部作品了，当然，只要这位有着中学文化的读者稍稍还有一点文学追求的话，恐怕很快就会生出乏味感。因为胡适不曾料到的是，太自然的语言其实是"反文学"的。任何优秀的文学，总要落脚在自然与刻意之间的某个微妙的分寸上，过犹不及。

［4］词是最性感的文体

今天我们欣赏宋词，很遗憾，只能经由纸面，将它当成单纯的文字作品了。词与诗因而也就模糊了界限。但是，正因为词在宋人那里当真有别于诗，填词便有了与写诗截然不同的手法，一首好词便有了一首好诗所不具备的特殊韵味。要读出这种韵味，当然需要一定的识鉴的眼光，而这样一种眼光，主要便奠基在前述晁补之的那句话上。

"虽不识字人，亦知是天生好言语"，于宋代以前，我们可以从李后主"自是人生长恨水长东"的词句里读到这样的好言语，于宋代以后，我们可以从纳兰性德"人生若只如初见"的词句里读到这样的好言语。这正是词的正根，是词的三昧，是词的正法眼藏。而在宋代的烜赫词手里，在道出了这般正法眼藏的晁补之的心里，第一人的位置非秦观莫属。

秦观（1049—1100），字太虚，后来改字为少游，号淮海居士，词集称《淮海集》《淮海居士长短句》。秦观是高邮（今属江苏）人，元祐初年担任秘书省正字，兼国史院编修。秦观与苏轼交情很深，亦师亦友，是"苏门四学士"之一，而在宋代党争当中，苏轼是旧党的灵魂人物，所以无论秦观究竟有什么样的政治取向，无论有或没有政治取向，旁人都会把他当作旧党队列里的一员。绍圣初年，旧党遭到清洗，秦观也受到牵连，被贬官监处州酒税，远谪郴州，又谪雷州。虽然在徽宗朝赦还，但他才走到藤州便在一场酣醉中亡故了，终年五十一岁。

秦观一生，满怀兼济天下的雄心，却在仕途上始终无甚作为，只在攻讦与贬谪间，踉踉跄跄地行走于一个又一个的低级职位。有人认为这一半要归咎于他早年的填词经历。宋人杨湜留下了这样一段记载：秦观参加过扬州刘太尉家的一次宴会，当时主人安排了一名擅弹箜篌的歌姬为客人助兴。箜篌是一种很古雅的乐器，其技艺在宋代几乎已经失传，而在这一份本该仅属于阳春白雪的雅趣里，偏偏发生了一段如火如荼的恋情：少女初见仰慕已久的青年文学偶像，便禁不住意荡神驰，恰好秦观借取箜篌把玩，刘太尉偏偏又在这个时候入宅更衣，天也弄人，一阵狂风吹熄了烛火，这一对才子佳人便有了"仓猝之欢"。秦观有一首《御街行》（银烛生花如红豆），词句所记，便是这一段风流韵事：

银烛生花如红豆。
这好事、而今有。
夜阑人静曲屏深，借宝瑟、轻轻招手。
可怜一阵白苹风，故灭烛、教相就。

花带雨、冰肌香透。
恨啼鸟、辘轳声晓。岸柳微风吹残酒。
断肠时、至今依旧。

镜中消瘦。那人知后，怕你来僝僽[1]。

  这里有必要交代一点社会背景。宋代歌姬，或称歌伎，属于专门的一个社会阶层。从法理上看，她们是专职的演艺者，以卖艺为业，并不同于卖身之妓。礼失求诸野，今天我们可以在日本艺伎身上看到宋代歌伎的影子。歌伎的生活虽然光鲜，社会地位却低，甚至没有独立的户籍。她们要么隶属于官府，受乐营管理，称为官伎或营伎，要么隶属于某个主人，形同奴婢，可以被主人转赠或买卖。官方宴会，往往会请官伎陪酒助兴，做一场场的歌舞表演，而私家宴会，只要主人有一点实力，有一点风雅，也会安排家里的歌伎来为客人助兴。秦观所遭遇的，就是后面这一种情形。

  秦观有一首《浣溪沙》，以四十二字为家伎画了一幅极传神的写意小品：

脚上鞋儿四寸罗。唇边朱粉一樱多。见人无语但回波。
料得有心怜宋玉，只应无奈楚襄何。今生有分共伊么。[2]

  上阕捕捉她身上最性感的三处：脚、唇和眼睛。显然宋代的性感标准不同于今天，当时已经有了小范围的缠足现象，《清明上河图》便已经画出了缠足的女人。女人的脚以娇小为美，为此不惜人工雕琢。唇仍然以樱桃小口为美，与唐人对"樱桃樊素

---

1. 僝僽（chán zhòu）：埋怨。
2. 这首词一说为黄庭坚所作，胡仔《苕溪渔隐丛话后集》驳之甚详。

口"的审美一脉相承，颜色通常有鲜红与暗红两种。美女必须娴静，所以"见人无语"；而家伎的娴静毕竟不同于良家妇女的端庄，所以虽有"见人无语"，一定还有"但回波"，以眼波撩动，以眉目传情。

接下来词人自比宋玉，将家伎的主人比作楚襄王，那么家伎本人自然也就扮演起巫山神女的角色了。词句写那名家伎纵使中意于己，却不能自专，一切都要听从主人的吩咐，也不知道今生是否与己有缘。

这就是宋代家伎最典型的形貌与生存状态，所以秦观这首词虽嫌轻浮，却很有几分社会学的价值。事实上，除了"楚襄王"的干涉之外，宋朝政府对歌伎也有很严格的管理制度，严禁士大夫与她们发生私情。我们倒不能责怪宋人小题大做，要知道在当时，这确实是关乎社会稳定的一件大事。毕竟婚姻从来都是父母之命、媒妁之言，仅关乎家族联盟与香火延续，其中最不该有的就是爱情，而歌伎往往是才貌双全、能歌善舞的，全不是士大夫家中那些死守端庄的妻子模样。而士大夫所填的词，尤其是那些富于文采的作品，正是在歌伎的世界里被传唱开来的。

于是才子越发愿意以佳人为填词的对象，佳人也越发容易在对词背后的想象中与自己的文学偶像发生不可救药的精神恋爱。他们彼此引为知音，有时难免越界。那些情感细腻而丰富的人、自制力不强的人，往往会失身于这样的风月场，于是为国法所不容，为君子所不齿。

秦观与歌伎的往来，常常会超越世道人心的底线。他是恃才放旷的才子，在歌伎的世界里，他总可以获得士大夫阵营所不能给予他的无上尊崇。所以，他的放旷委实可以理解。

他最擅长的就是填词，而将他的词作歌唱并传扬的正是当时最富于魅力的、站在时尚最前沿的那些女人。在当时一切的文字中，词，毋庸置疑，是最性感的文体。所以有宋一代，一个才子越是有填词的才华，便越是有性感的魅惑力。秦观，无疑是他那个时代最性感的男人之一。

　　正人君子们弹劾他行为不检、为人轻薄，这倒也是不争的事实，虽然他的不检与轻薄都发生在儿女情长的私密世界里，绝没有作奸犯科、贪赃枉法之类的勾当。

　　当然，无论如何他都有一桩无可辩驳的罪名：填词。

　　是的，填词本身，于他而言就是一桩罪名。

[5]面容古板的理学家最看不惯轻浮的词客

北宋正是理学萌发的年代，可想而知，面容古板的理学家最看不惯轻浮的词客。程颐一度偶遇秦观，如此寒暄道："'天还知道，和天也瘦'，这是您写的词吗？"秦观还以为程颐意在称赏，于是拱手逊谢，没想到程颐正色道："上穹尊严，安得易而侮之！"秦观猝不及防，不禁羞红了脸。(《河南程氏外书》)

其实秦观那两句词，无非是倾诉情侣间的别后相思，人因相思而憔悴，就连上天也因为人的憔悴而憔悴了。这样的语言，无理却有情，正是极好的文学表达，是今天我们所谓"诗性"的绝佳范本。文学万不可诉诸理性，而要直达情感，绝不给人思考的间隙。理性是兜兜转转的迷宫，诗性却是直指人心的禅。

理学家的世界容不得任何诗性，他们极少填词，虽然写诗，却全是正襟危坐、传道授业的口吻。那么，"天尊地卑"既然是源自儒家圣典《周易》的核心天理，作为儒家秩序基石的"天"又岂容小儿女态的轻薄之词来羞辱呢！词，这种歌楼酒肆间的淫靡小伎，还是不要出现在士大夫世界里的好！

随着理学的泛滥，这样的谬见其实一直贯穿到古代世界的终结。及至清代，纳兰性德以秦观、黄庭坚为偶像，疾言标榜出"眼看鸡犬上天梯，黄九自招秦七共泥犁"，意即任凭那些正统人士青云直上好了，自己甘愿与志同道合的好友顾贞观一起沉浸在填词的世界里，与前辈词人秦观、黄庭坚结伴，因为言情而堕地狱。

　　黄庭坚与秦观一般，也是"苏门四学士"之一，也因为年轻时候填过许多"淫词浪调"而被高僧大德以地狱相威胁。及至南宋，理学之集大成者朱熹屡屡点出秦观来做批评，说追随苏轼的人"皆一时轻薄辈，无少行检，就中如秦少游，则其最也"（《朱子语类》卷一百三十）。而秦观究竟如何轻薄，其实无非在歌伎的世界里与言情之词相徜徉罢了。作为当世言情文学的第一名家，如此这般的"轻薄不检"难道不是再自然不过的事情么？

[6]《满园花》（一向沉吟久）：
以方言俚语填词的一次文学实验

"词人"是秦观身上最醒目的一张标签，今天尤甚。而在北宋当时，除了柳永为着某个因缘际会之外，"词人"于文人士大夫而言永远只是一个附属身份。作为文人士大夫当中的一员，秦观即便无望于仕进，也一样要以诗歌、文章而非词作来为自己争地位的。

诗歌、文章，这才是文人写作的正途。

平心而论，秦观的诗歌与文章并非不佳，却不曾为他换得应有的赞誉，原因倒也简单：他站在了时代审美风潮的对立面上。仅以诗歌而论，秦观以性情、才华驾驭诗笔，而宋诗的主流却是理趣，以学问为诗，以思辨为诗。这股风潮在后世绵延了许久，虽然也有"诗必盛唐"一类的口号标榜着不同的文学主张，宋诗的势力却从不曾真正削弱过。我们的"近古时代"晚清，便是宋诗势力如日中天的时候，流风所及，我们看陈寅恪、钱锺书写下的旧体诗，皆是浓浓的宋诗韵味。今天我们推崇唐诗，实在是一个很晚近的传统。

宋诗讲求理趣，然而任何人总需要一个抒发情感的渠道，词便当仁不让地承担了这个角色。也许正是因为有了宋词对情感抒发的分流，宋诗才得以一味地在理趣里徜徉。

唐诗原本是讲情趣而非理趣的，其中的情趣到了宋代，便转入宋词里去。

宋词较之宋诗，语言上确实多了一些口语色彩，毕竟抒情时总有着直抒胸臆、一吐为快的欲望，容不得字斟句酌、反复推敲。但口语感必须维系在一个恰当的分寸上，否则便会流于俚俗。口语的另一个致命伤是：它的变化太快，一旦跨越时空便很难被人破译。秦观写过一首《满园花》，全用当时的市井语言，今天读来简直比《尚书》还要佶屈聱牙：

一向沉吟久。泪珠盈襟袖。
我当初不合、苦拘就。
惯纵得软顽，见底心先有。
行待痴心守。甚捻著脉子，倒把人来僝僽。

近日来、非常罗皂丑。
佛也须眉皱。怎掩得众人口。
待收了孛罗，罢了从来斗。
从今后。休道共我，梦见也、不能得勾。

这首词几乎纯是俚语，以第一人称的口吻写一名底层女子对情郎的赌气言语，在当时看来也许真是活泼泼的，但在今天，既难读懂，更难读出半分美感。然而审美总有言人人殊的时候，这样的词竟然也能够赢得知音，清人沈谦便有议论说："秦少游'一向沉吟久'……铲尽浮词，直抒本色，而浅人常以雕绘傲

之。此等词极难作，然亦不可多作。"（《填词杂说》）

　　作为文学实验，这样的词不失为一种新奇或调剂，然而正如沈谦所谓"不可多作"，哪怕只多有一两首，也会让人迅速生厌的。生厌的背后其实还隐含着一个或许不宜公开言说、政治上不正确的道理，即底层百姓的生活往往缺乏美感，不是人们愿意观赏的景象。

[7]美，就是强者的样子

近些年来，我们时不时便会在媒体上看到这样的声讨：影视作品的主题不是帝王将相就是豪门精英，很缺少切近百姓生活的力作，导演和制片人为什么总要自绝于人民呢！

其实这是再自然不过的现象，是由人的心理定式与社会规律所决定的。古人早早地明白了这个道理，所以有了"城中好高髻，城外高一尺"的谚语：城里的女人流行高耸的发髻，时尚风潮所及，乡下女人也把发髻越梳越高，甚至高到夸张好笑的程度。事实上，宋朝女人真的流行过一种高髻，"高一尺"已经相形见绌了。先是白角冠在宫中女子间风靡起来，这种发冠高达三尺（宋代一尺约合三十二厘米），以至于严重影响了日常生活，尤其在登车的时候必须小心翼翼地侧首而入。（周辉《清波杂志》）我们不妨想象一只直立行走的山羊，顶着高耸的犄角招摇过市……

这种奢靡的怪相严重违背了儒家礼教，宋仁宗亲下严令禁止，但流风所及，陆游于两宋之际看到蜀中妇女"未嫁者，率为同心髻，高二尺，插银钗至六只，后插大象牙梳，如手大"（《入蜀记》卷六）。北宋词人赵令畤有一首《鹧鸪天》：

可是相逢意便深。为郎巧笑不须金。
门前一尺春风髻，窗内三更夜雨衾。

情渺渺，信沈沈。青鸾无路寄芳音。
山城钟鼓愁难听，不解襄王梦里寻。

词中的这位多情女子，头上高耸着"一尺春风髻"，苦苦思念着不知何往的情人。当然，自身的头发不可能撑起如许大的发髻，于是假发派上了用场，被编织成各种形状，可以方便地直接套在头上。

"城中好高髻，城外高一尺"，这样一条规律永远在人类审美的舞台上做着千姿百态的表演。城里女人大可以讥笑乡下女人东施效颦，但无论如何，所谓东施效颦其实正是审美在社会学意义上的最核心的一项特质，甚至我们不妨做这样的结论：美，就是强者的样子。

何谓美，以及审美是如何发生的，这样的问题催生出美学这个学科，于是有了人类文明史上汗牛充栋的美学著作，有多少第一流的智者各执一词，提出诸如游戏说、直观说等让人眼花缭乱的理论。最为普通读者熟知的王国维的《人间词话》，就是以德国哲学家叔本华的直观说作为隐在皮相之下的骨架的，对这一套美学思辨有兴趣的读者不妨参看我的《人间词话精读》，这里就不予赘述了。

但是，以我个人的体会，美学其实应该从哲学的母体中剥离出来，从心理学、社会学甚至生物学当中寻找自己的基石。人作为群居动物，天然就有着崇拜并模仿强者的天性，所以，无论在现代文明的大都市里，在热带雨林的原始部落里，在古代草原上的游牧民族里，所有特定环境中的审美，无论其形式怎样千差万别，实质都是弱者对强者的模仿，是下层对上层的模仿，弱者或下层社会中倘若有某种美的形式得以流行，也往往是它率先被强者或上层社会加以选择并改变的结果。

如果说强者的样子或上层社会的样子有什么一以贯之的特质，这种特质就是炫耀。

所以，越有炫耀价值的东西也就越有美感。

不只是人类社会，在整个生物世界里都遵循着这样的规律。雄孔雀的尾巴就是一个很典型的例证：从生物学意义上讲，它在开屏的时候所炫耀的并不是美丽，而是累赘。是的，大到这种程度的尾巴正如宋朝女子的白角冠与高发髻一样，注定成为生活的累赘，会消耗更多的能量，会给行走坐卧带来太多的不便，在遭遇危险时会极大降低逃生的概率。所以，孔雀开屏不啻在向异性宣告：你看，我拖着这样的累赘，却还能好好地活着，难道这还不足以证明我的实力吗？

英国绅士的硬领，淑女的束身衣，中国士君子的佩玉，闺秀的发髻，其深层意义莫不是对实力的炫耀，莫不是雄孔雀的尾巴。美，归根结底只是一个生物学上的问题。

于是，较之穷苦百姓苦大仇深、穷形尽相的生活，我们永远更容易被上层社会的优雅打动，即便这份优雅的背后意味着腐朽、没落、剥削、杀戮。明星的存在意义也正在于此，没有谁耐烦在银幕上看着一对相貌平平的男女主角没完没了地谈情说爱，我们总需要有衣着光鲜、举止优雅的俊男靓女来演绎或浪漫或悲苦的爱情故事。明星，以及所有头顶光环的大人物，合力打造出整个社会的羊丽时尚。时尚产业甘愿以天价请明星代言，或者仅仅要他们用上自家的产品，所有这些花费当然不会没有回报。

人们总喜欢看才子佳人谈情说爱，所以《梁山伯与祝英台》的故事注定比《小二黑结婚》的故事更有生命力；人们总喜欢看高门华府里的爱恨情仇，所以列夫·托尔斯泰的小说注定比左拉的小说更有生命力。眼前的例子当然更多，譬如韩国偶像剧，很多剧集甚至可以被我们看作填进了情节的时装秀，它们被追捧的热度必然会超过《老娘泪》这类题材里的任何作品。再如郭敬明的电影《小时代》，无论你给它贴上多少诸如肤浅、矫揉造作、纸醉金迷等不堪的标签，但它注定比韩寒的《后会无期》更有生命力。当然，这并不能说明两位偶像导演在水平上的高下，只说明了美的本质以及世道人心的一种也许肤浅却绝对真实的规律。通观好莱坞商业大片，除非以猎奇为卖点，否则便一再成为这条规律的新证。"人民群众"的真实选择，很少会是《站台》《小武》《孔雀》《青红》这类只被极少数文艺青年津津乐道的作品。

［8］中古汉语是完美的诗歌语言

倘若秦观的词从来都是《满园花》（一向沉吟久）这样的腔调，恐怕仅仅几年光景就会湮灭无闻。幸而在他的所有传世词作里，这样的词仅此一例，即便胡适那部专以白话味道为旨归的《词选》，选录秦观词十一首，这首《满园花》也不在其中。

以文学腔调论，趋古不能趋得过度，白话也不能白得过度。我们不妨设想一个坐标，古语之雅与时语之俗分别是坐标的两极，最适合词的语言就在这两极之间某个特定的点上。从这个角度看，我们就能够理解宋词的兴起与汉语的流变高度相关。上古汉语是一种很原始、粗陋的语言，《老子》之所以说"道可道，非常道"，在哲学缘故之外，只因为当时那种原始、粗陋的语言确实不足以表达稍稍复杂一点的哲学思辨。如果老子是现代人，熟练掌握了现代汉语，那么"道"一定在相当程度上是"可道"的。熊逸有一本辨析《老子》哲学的书，书名叫作《道可道》，就是为着这个缘故。

及至汉代，汉语依然有着深刻表达上的困难。譬如当时第一流的学者们集体创作的《淮南子》，其中不乏这种很折磨人的表达方式："有始者，有未始有有始者，有未始有夫未始有有始者。有有者，有无者，有未始有有无者，有未始有夫未始有有无者。"这话在拗口之外究竟想说什么,经现代学者意译之后其实也不难理解:"宇宙演化的中间阶段,往上追溯,分成三个时期:万物开始萌动期,万物尚未萌动期,万物尚未萌动之前。而从宇宙演化的全过程来看,又可以分为三个大阶段:万物和宇宙空间已经形成,万物和天地正在孕育而尚未形成,万物和天地尚未形成以前。"(许匡一译)

译本所使用的表达形式,正是《淮南子》时代的汉语所不具备的,而前者——说来也许对一些敏感读者有伤民族自尊心——其实是在新文化运动期间由英语带给我们的。

林语堂《苏东坡传》原是以英语写成的,后经台湾翻译名家张振玉译成中文。张译本有一篇很耐人寻味的译序,其中有这样一段话说:"本书虽属翻译,但力避卅年代弱小民族自卑心理下之欧化文体。诸如'当……时候''假若……的话''散步着''有着''被成功地实验了''房子被建筑好了''快速地跳''公然地反对''那些花朵''诸位青年''各位同学''他(她)们''它们''红黄蓝白和黑'等句法文词,全避而不用。人说话时,先写某某道,不先写对白,然后再补注某某说。一个人说话,不先说半句,中间腰斩,补入谁说道,下面喘口气再补半句。这种洋说法也完全避免。没有别的,就是不愿向洋人毫无条件一面倒。还有尽量不用'地'当副词符号,而以一个'的'字代之,自然'底'字更不愿用。"

今天的读者,尤其是年轻的读者,至此一定会生出些许错愕。"当……的时候""假若……的话"等等,这难道不是我们用惯的话么!但很少有人想到这是拿来主义造就的欧化文体,更没觉得这样讲的时候伴随着任何程度的自卑心理。

当然，我无意评价张振玉这种心态与努力的是非对错，只是想借此点出：这些"弱小民族自卑心理下之欧化文体"，其中有多少已经成为"百姓日用而不知"的现代汉语了。

从古代汉语到现代汉语的演变，是一个表达力越来越强、语言越来越清晰的过程。如果康德这样的思辨哲学大师是中国人的话，那么不难用现代汉语来阐释他的三大批判，但如果只有古代汉语可用的话，恐怕他也只有"道可道，非常道"了。

以上是从理性的一途来看，倘若换作感性一途，我们便会悲哀地发现：表达力越来越强，语言越来越清晰的过程，也就是诗意日渐消退的过程。

自汉代以降，古汉语越发细腻起来，却还远没有现代汉语的清晰度，这样的语言状态是最宜于诗歌的。我在《最美唐诗》里举过唐代诗人温庭筠"鸡声茅店月，人迹板桥霜"的例子：两句诗里有鸡声、茅店、月、人迹、板桥、霜，六个意象并置在一起，纯粹的名词表达，没有一个形容词，没有一个动词，没有一个虚词，不带作者的任何主观情绪，现代所谓"零度诗"的最高境界也不过如此了。读者会在想象中把缺失的主谓宾结构填补完形，不同的读者会有不同的完形方式，诗的歧义空间由此成型，所以中古汉语虽然不宜于思辨，却是最宜于诗的语言，这种得天独厚的条件是其他语言所不具备的。无论我们将"鸡声茅店月，人迹板桥霜"翻译成哪一种语言，甚至是现代汉语，都必须有完整的主谓宾结构，有的语种还要加上定冠词与不定冠词，语言的精确性忽然变成一种令人想摆脱却始终无法摆脱的东西，而精确性的得势也就意味着朦胧美的失守。

一般而言，宋词与唐诗一样使用着中古汉语，但前者的口语色彩更重一些，语言的"现代性"更强一些，换言之，宋词往往在表意的精确度上略高于唐诗。所以，即便单从语言学的角度而论，宋词较之唐诗也算是一种俗文学了。随着越来越多第一流的文士加入填词的阵营，俗文学的腔调显然不宜于他们刁钻的审美口味，那么，如何在俗文学的底子上着力写出雅趣，这样一种大时代的推力终于雕刻出宋词那独特的魅惑。

在秦观的身上，我们很可以看到这一种俗文学脱胎换骨的蝶变。

［9］《满江红》（越艳风流）：
才子佳人的俗艳言欢

　　秦观的词里满是言情的话语，或浓情缱绻，或娇嗔旖旎，种种小儿女的意荡神驰有时并不脱前述那首《满园花》（一向沉吟久）的窠臼，唯一不同的，或者说毫厘之差便造就天壤之别的，只是将主人公由满口方言俚语的市井男女换作了光鲜得体的才子佳人罢了。

　　才子佳人的爱情虽然未必格调尽高，毕竟洗去了方言俚语，所以纵然内容依旧粗俗、浅薄，却有了几分令人赏心悦目的玩赏姿态。试举一首《满江红》为例：

> 越艳风流，占天上、人间第一。
> 须信道[1]、绝尘标致，倾城颜色。
> 翠绾垂螺双髻小，柳柔花媚娇无力。
> 笑从来、到处只闻名，今相识。
>
> 脸儿美，鞋儿窄。玉纤嫩，酥胸白。

1.须信道：须知道。

自觉愁肠搅乱，坐中狂客。
《金缕》和杯曾有分，宝钗落枕知何日。
谩[1]从今、一点在心头，空成忆。

　　词意是说久闻某位歌女的芳名，今日终于有缘得见，自己在客席上为她的绝世容颜而神魂颠倒，不知道何时才能够一亲芳泽，只怕有缘无分，别后只落得无尽而徒劳的相思。

　　这当然算不得什么高贵的感情，只不过是当日里下层文士性冲动的常态。尤其"宝钗落枕知何日"一句，分明道出对云雨之欢的奔放期待，语言露骨得一塌糊涂，换在今天绝对符合性骚扰的标准。借用凯瑟琳公主的台词："这两个字眼儿怎么这样难听，这样不正派，这样粗俗，这样不害臊，有身价的小姐是不说这种话的。"（莎剧《亨利五世》）

　　但是，这其实无关紧要，词毕竟不必肩负道德说教的义务，任何庸俗情怀都可以写出文学之美。换言之，庸俗情怀并不是——如许多人天然相信的那样——文学的天敌，它与高雅志趣共享着同一个情感基底，彼此甚至可以转化："你们看见玫瑰，就说美丽，看见蛇，就说恶心。你们不知道，这个世界，玫瑰和蛇本是亲密的朋友，到了夜晚，它们互相转化，蛇面颊鲜红，玫瑰鳞片闪闪。你们看见兔子说可爱，看见狮子说可怕。你们不知道，暴风雨之夜，它们是如何流血，如何相爱。"（三岛由纪夫《萨德侯爵夫人》）

　　王国维早早对此有理性上的认识，他在《人间词话》里有一

---

1. 谩：通"漫"，枉自、徒然。

段很中肯的议论：

读《会真记》者，恶张生之薄幸而恕其奸非。读《水浒传》者，恕宋江之横暴而责其深险。此人人之所同也。故艳词可作，唯万不可作偈薄语。龚定庵诗云："偶赋凌云偶倦飞，偶然闲慕遂初衣。偶逢锦瑟佳人问，便说寻春为汝归。"其人之凉薄无行，跃然纸墨间。余辈读耆卿、伯可词，亦有此感。视永叔、希文小词何如耶？

这很容易使我们想到奥斯卡·王尔德的唯美主义经典命题："艺术家没有道德取向，如有，那是不可原谅的风格的矫饰。"（《道连·格雷的画像》）王国维虽然还不曾走到如此极端的地步，但在他的时代里完全有着不让于王尔德的前卫性。

王国维以"认真"为文学创作的第一要义，其反义词便是"偈薄"。他所举出的龚自珍（号定庵）的绝句正是偈薄的典型，诗的大意是说：有时候不知为了什么缘故想要有所作为，有时候又不知为了什么缘故想过休闲的日子，偶遇佳人相问，便随口说自己正是为着爱慕她的缘故才放弃远大功业的。

其实龚自珍写这样的诗，更有可能只是一时的情绪发泄，背后有其深刻的苦闷，然而就诗论诗，确实满溢着偈薄态度。而沿着王国维的逻辑，一个人哪怕做坏事、做丑事，只要认认真真、全力以赴去做，那份真诚表现在文学里都会有不凡的审美意义，但游戏人生的态度绝对与美感绝缘。所以王国维接下来说："词人之忠实，不独对人事宜然，即对一草一木，亦须有忠实之意，否则所谓游词也。"（《人间词话》未刊稿）

对"游词"的深恶痛绝堪称《人间词话》的一项基本态度:

"昔为倡家女,今为荡子妇。荡子行不归,空床难独守""何不策高足,先据要路津。无为久贫(守穷)贱,轗轲长苦辛",可谓淫鄙之尤。然无视为淫词、鄙词者,以其真也。五代、北宋之大词人亦然。非无淫词,读之者但觉其亲切动人;非无鄙词,但觉其精力弥满。可知淫词与鄙词之病,非淫与鄙之病,而游词之病也。"岂不尔思,室是远而。"而子曰:"未之思也,夫何远之有?"恶其游也。

"昔为倡家女"云云,语出《古诗十九首》之二,写一名已为人妇的倡家女子在春光中的幽怨:丈夫辞家远行,迟迟不归,自己一个人又怎耐得住春闺的寂寞呢?回想昔年倡家热闹喧哗的生活,如今的寂寞便显得更难消受。诗中的"荡子"一词与今天的含义不同,无关乎道德,只是"游子"的意思。

汉代的倡家女与唐、宋时代的倡家女不同,前者的境遇要好得多,她们往往出身于演艺世家,见惯繁华,不似后者大多是从贫苦人家买来或被歹人诱骗的良家女子。汉代的倡家女可以有很好的归宿,譬如汉武帝的李夫人,曹操的妾室卞夫人,都是倡家女出身。所以嫁为荡子妇的倡家女很有资格抱怨"荡子行不归,空床难独守",也很有资格在抚今追昔中生出繁华不再的失落感。

"何不策高足"云云,语出《古诗十九首》之四,写一场极尽欢乐的宴会上,有人发表了一番高论:人生如寄,又如飙风扬起的灰尘,既然如此,何不抢先占据高位来享受短暂的荣华富贵呢，可不要固守穷贱，一辈子坎坷失意。

这两首诗的内容，即便以今天的主流道德观来看也显得有些龌龊。对此王国维形容是"可谓淫鄙之尤"，前者是淫荡的极致，后者是卑鄙的巅峰，照理说应该被正人君子深恶痛绝才是。"然无视为淫词、鄙词者，以其真也"，但因为诗歌写得真诚，写得发自肺腑，所以读者并不以淫词、鄙词视之。

确实，《古诗十九首》历来被人赞颂为浑金璞玉，其中这两首自然也不曾受过太大的非议，但原因是否真的是"以其真也"，倒也未必。同样程度的真，由古人道出，经过岁月的镏金而变得古雅可爱，而正是那份古雅的味道在相当程度上消解了诗意当中的道德瑕疵。不过，王国维的看法即便失之偏颇，这份偏颇的看法却无疑出于真诚——他真的相信文学中的"真"可以超越善恶。那么，在他这样一位名满天下的词家、词论家的眼里，秦观这首《满江红》即便应当受到什么批评的话，肯定不该与情感的庸俗有关。

是的，是刻画方式的庸俗而非情感的庸俗将这首词打入到三流作品里去。最糟糕的段落莫过于下阕的起首："脸儿美，鞋儿窄。玉纤嫩，酥胸白。"这反而是我们在西方诗歌里最常看到的描写，字里行间充斥着澎湃勃发的色欲，甚至形成了一种标准套路。

德国学者约阿希姆·布姆克有一番总结："诗人们依照修辞学的规则从上到下描写人物，即把人从头写到脚。脸部美丽的特征为诗人提供了最为丰富的表现机会：卷曲的金发、洁白的前额、宛如用画笔勾勒出来的眉毛、闪闪发光的眼睛、玲珑的耳朵、笔直的鼻子、白里透红的面颊、鲜红的嘴唇、雪白的牙齿、圆圆的下巴、洁白娇嫩的喉部和美丽动人的颈项。随后，对美貌的描述便跳到了白皙的双手和小巧的双脚。而对体形的描绘则是泛泛的：如果提到手臂和腿部，通常用洁白、圆润和光滑来形容。还会提到娇小的乳房和纤细的腰身。而对服装不厌其烦的描述通常取代了对脖子以下部位的赞美。"（《宫廷文化：中世纪盛期的文学与社会》）

只要我们不加拣选地阅读一批欧洲的古典诗歌，很快就会迷失于上述套路的汪洋大海。而在中国古典文学的传统里，就形而写形完全不算入流。秦观"脸儿美，鞋儿窄。玉纤嫩，酥胸白"的写法虽然还没到那样夸张的程度，但写形而不传神，这已经大犯文学的忌讳，写形偏偏还写不出"写物之工"，这种泛泛的形容用在哪个歌伎的身上不可以呢？

[10] 写物之工

所谓"写物之工",是苏轼提出的一个文学命题。简言之,我们不妨想象一下大学校园里的爱情故事,男生痴情地写给女生的诗或歌常常收不到预期的效果,这除了各种众所周知的缘故之外,还有一个文学上的缘故,即文辞哪怕再美,但是用在哪个女生身上都很合适,或者用在很多女生身上都很合适。这样的一首诗或一支歌,可以被无数男生用来向无数女生求爱。

古代诗家对这一点早有所悟,苏轼便提出过"诗人有写物之工"的命题,及至明代,董其昌《画禅室随笔》对这一命题有过很精当的阐释:《诗经》"桑之未落,其叶沃若",这句诗只能描写桑树,再不适用于其他任何树木;林逋"疏影横斜水清浅,暗香浮动月黄昏",这只能是咏梅,没法移于桃李;陆龟蒙"无情有恨何人见,月冷风清欲堕时",这只能是咏白莲,不可能是咏红莲的诗。

清人梁章钜《浪迹丛谈》有一段谐趣的文字,说的是一些吹毛求疵却颇富理趣的诗歌解读,其中也提到"疏影横斜水清浅,暗香浮动月黄昏"这脍炙人口的名联:陈辅之以为这一联描写很像野蔷薇的特点,但这怎么可能呢,蔷薇分明是丛生的灌木,哪来的"疏影",而且蔷薇花影散漫,又哪来的"横斜"?也曾有人问过苏轼,这一联拿来咏桃、咏杏是否也行?苏轼的回答是:"倒没什么不行的,只是怕桃、杏不敢当罢了。"近来也有咏梅的诗,比如"三尺短墙微有月,一湾流水寂无人",语意倒也清幽,却有刻薄之人打趣说:"这分明是一幅小偷行乐图呀。"

"疏影横斜水清浅,暗香浮动月黄昏",这是林逋传诵千古的名句,但严格说来,这并非林逋的原创。记得当年我读清代学者俞樾《九九消夏录》,才知道这两句是从五代诗人江为"竹影横斜水清浅,桂香浮动月黄昏"改来的,而且仅仅改了两个字:"竹"改成"疏","桂"改成"暗"。依照现在的著作权法,林逋的改写纯属无可抵赖的剽窃。

但是,以纯粹的文学眼光来看,这两个字的改动不可不谓点铁成金。江为的原作之所以寂寂无名,林逋的剽窃之所以脍炙人口,完全有文学上必然的道理:江为之语虽然足够漂亮,但并没有道出竹子和桂花无可替代的特点,而林逋仅仅改易二字,却使新的诗句道出了梅花无可替代的特点。所谓"无可替代的特点",也就是叔本华所谓的"理想",也就是苏轼所谓的"写物之工"。

董其昌、梁章钜和俞樾这三段文字,是我当初读书时印象颇深的。当三者联系起来,简直有豁然开朗的感觉,领悟到无论是诗是画,一切咏物的真谛尽在于此。

宋人范温也谈到过类似的观点,他说当他行走在蜀道的时候,路经筹笔驿,这是传说中诸葛亮北伐驻军之处,前人吟咏很多,如石曼卿"意中流水远,愁外旧山青",久已脍炙人口,但这样的诗句既可以描写筹笔驿,也可以用来描写其他的山水,只有李商隐"猿鸟犹疑畏简书,风云长为护储胥"才独一无二地

切合筹笔驿其地与诸葛亮其人,再不适宜形容其他任何地方。(《苕溪渔隐丛话》引《潜溪诗眼》)

　　这也正是考验我们诗词鉴赏能力的一个关键。哪首是好诗,哪首是不好的诗,为什么好,或者为什么不好,其实都是有道理的。而诗词的世界就是这样诡谲,一点点的差异就可以造成意境上的迥别,以至于落败者鲜有人知,胜出者名满天下。再如宋人叶绍翁《游园不值》,以"春色满园关不住,一枝红杏出墙来"脍炙人口,但这不是原创,而是脱胎自陆游《马上作》"杨柳不遮春色断,一枝红杏出墙头",仅仅因为铺垫上的细微差异,陆游的"原作"就这样寂寞无闻了。

　　至此让我们回顾秦观"脸儿美,鞋儿窄。玉纤嫩,酥胸白"的词句,便说得出它之所以是败笔的所以然来。不过,这首词究竟是不是秦观的作品,倒有一些争议。《全宋词》将它列在秦观名下,徐培均《淮海居士长短句笺注》有怀疑说:"疑托秦观名义仿作,待考之。"我当然不想在这里大费周章地考订著作权的归属,只是借徐培均的疑惑来从一个侧面说明秦观的词风:即便这首词真是某人托秦观名义的仿作,即便画虎不成反类犬,但不托名苏轼,不托名晏殊,偏偏托名秦观,正说明秦观的词就是有这样的腔调。太多严肃的君子看不惯他,也是自然而然的事,才子与道德家从来都是一对天敌。

[11]《浣溪沙》（漠漠轻寒上小楼）：最美宋词之一景

做了这许多的铺垫，现在让我们来看秦观的一首经典小令《浣溪沙》，看他在褪尽浮华、丢掉了市井趣味之后，可以把词写出怎样的韵致，我们也可以从此真正进入"最美宋词"的世界：

漠漠轻寒上小楼。晓阴无赖似穷秋。淡烟流水画屏幽。
自在飞花轻似梦，无边丝雨细如愁。宝帘闲挂小银钩。

在秦观的所有佳作里，我之所以首选这首词，是有些特殊的考虑。

词，又名长短句，多数词牌都将句子安排得长短相间、错落有致，亦即胡适所谓"其长处正在长短互用，稍近语言之自然耳"。而《浣溪沙》偏偏语句齐整，乍看起来仿佛是七言近体诗，只不过比七绝多两句，比七律少两句罢了，那么，它"稍近语言之自然"的感觉从何而来呢？

我们首先要注意《浣溪沙》的标点。现在许多宋词的注本、赏析本不甚留意词特有的标点形式，譬如"漠漠轻寒上小楼"的后面标以逗号而非句号，这点小小的差异就会在很大程度上破坏这个词牌的"不齐整"的语感，使上阕与下阕很像对称结构了。

事实上，上阕的三句分别是独立的、语意完整的句子，而且如柏梁体一般句句押韵。单数句构成一阕，这就不同于诗的偶数句式，打破了诗的平衡、对称、稳定的结构。下阕的结构又有变化，前两句构成一组对仗，在全部六句的不对称中构成对称，而在对称之后又以一个单句收尾，刚刚形成的平衡再度失衡。貌似齐整，实则错落有致，词的独特趣味便由此而生。

上阕三句，只写了一个上楼的动作；下阕三句，只写了从楼上窗口望出去的一点点寻常风景。如果我们把这首词拍成一部视频短片，画面上无非是一个人上了小楼，望向窗外，剧情就此结束。我们连这个人的相貌、衣着甚至性别，都无法看清。但是，只要整首词读下来，我们自然就会相信词中的人物是一位妙龄女子，有娇媚的容颜与优雅的仪态，正在为爱情或没有爱情而苦恼着。词人其实并没有透露给我们这些信息，我们之所以在不假思索中便形成了这样的认知，是因为词中的各种意象为我们营造出一种氛围，"诱骗"我们自行想象出最宜于这种氛围的形象。从这种意义上说，艺术在很大程度上其实是一种幻术，我们被骗得愈巧妙、愈彻底，也就意味着艺术手段愈高明。

词中的女子——我们就笃定地认她为女子吧——显然不是市井中的勾栏艺人，绝不会操着一口《满园花》（一向沉吟久）女主角那般的方言俚语，她的爱情也绝不会像后者那般泼辣，一切柔美的意象与细腻的情绪都暗示出她是一名精致的女子。她的眉头或许正在微微蹙着，但只是微微地；她的唇也许正在略略抿着，但只是略略地。那座小楼里一定没有旁人，但她的衣饰一定没有一丝一毫的松懈，她的坐姿一定就像在大庭广众之下一样没有半点的放松。一切意象都在烘托着她那高贵的克制之美，会使我们想起《源氏物语》里的女子，幽幽淡淡，一整天可以不作一声。

　　她的心情全写在窗外的风景里，我们的视线是透过"自在飞花"与"无边丝雨"才到达她的窗口，然后才窥视到她半隐在窗口的面庞。"自在飞花轻似梦，无边丝雨细如愁"，这是很无理的修辞，是对常规比喻的一场无来由的逆转。人们之所以使用比喻，往往是为了借易晓之物说明难晓之物，借形象思维来说明抽象思维。一名闲愁中的女子，她的梦是怎样的，愁是怎样的，自然是说不清道不明的东西，而梦有多轻，愁有多细，自然更加抽象难知。于是为了言难言之状，我们可以说梦似飞花般轻，愁如丝雨般细，但秦观偏要倒过来讲。

　　其实倒过来讲，语意并没有半点改变，我们还是会透过纸面，读出她的梦与愁来。语意未变，审美的感受却变了，比喻的本体与喻体变得混杂难分，我们在理解这一番无理之言时所产生的弹指之间的错愕感使得花与梦，雨与愁，一切的情与一切的景变得浑然一体，不知是庄周梦为蝴蝶抑或蝴蝶梦为庄周。

　　这是修辞上的创举，一切文学的力量都是由这一次或那一次的修辞创举缓缓凝聚而成的。

　　词的结语并非任何警句，亦没有真正的收束感，似乎还有下文可续，似乎也不妨停在这里。"宝帘闲挂小银钩"，一个"闲"字道出了一种若有若无的愁绪与无可无不可的心怀，似乎卷起窗帘亦可，闭锁窗帘亦可，静静地守着窗外的飞花与丝雨亦可，将飞花与丝雨关在窗外亦可。人与物，情与景，形象者与抽象者，都笼在一片朦胧的光影里，但我们仿佛听到了许多欲说还休的心事。王国维《人间词话》论"境界有大小，不以是而分优劣"，就是将"宝帘闲挂小银钩"作为小境界之佳者。

[12] 词是音乐的附属品

秦观这首《浣溪沙》（漠漠轻寒上小楼）可以代表最标准的宋词模样。倒不是说这首词冠绝两宋，当然不是，毕竟文无第一，更何况两宋词坛高手如云呢。但是，倘若我们要为"宋词"选一首代言者，这首《浣溪沙》显然有十足的资格，其他诸如苏轼、辛弃疾的佳作虽然有着秦观远远不及的好处，但那只是词坛的另类。正如我们要寻一只"最有猫样"的猫，那么无论布偶猫、精灵猫、彼得秃猫等名贵的品种猫如何艳压群猫，如何身价骇人，却只有庸常的土猫才最有这种资格。

南宋叶梦得有记载说："秦观少游亦善为乐府，语工而入律，知乐者谓之作家歌，元丰间盛行于淮楚。"（《避暑录话》）所谓"作家"，并非今天的语意，而是指行家里手。宋代虽然词风鼎盛，当得起"作家"称号的人却并不很多。

词又名倚声，顾名思义，词是音乐的附属品，是要依附于音乐而存在的，如晏殊在一首《浣溪沙》中所谓"小词流入管弦声"。写词称为填词，每个词牌都是一段音乐，依词牌写词也就是把词填进词牌所规定的音符底下。那么，词家或多或少总要懂一点乐理才好，否则填出来的词便很难唱得出口。歌伎若觉得一首词唱来拗口，自然唱得少，这样的词也就注定很难流行了。

写诗需要熟谙平仄四声，填词对字音的讲究还要精细许多。李清照有一段议论说："诗文分平仄，而歌词分五音，又分五声，又分六律，又分清浊轻重。"（《词论》）我自己年轻时也有过弹琴写歌的爱好，即便以现代汉语写歌词，也深感李清照的这段话不曾过时。为曲填词的难度远甚于为词谱曲，香港之所以成为当代华语流行乐坛填词水准之第一，一是因为常年都在购买欧美、日本流行歌曲的版权以填上粤语歌词新唱，因熟生巧；二是因为粤语的发音更近唐音，音调远较普通话的四声为多。

还有些词，写在纸面上虽然无碍，唱出来也不拗口，听起来却会产生怪异的联想。我们很容易理解"施氏食狮史"是纸面上的妙文，却注定无法谱曲演唱。这当然是一个很极端的例子，不妨来看一下当代的流行歌曲，譬如"你知道我在等你吗"，听起来却是"你知道我在等你妈"，如果换在宋代，这样的歌曲显然就称不上"作家歌"了。

南宋词家张炎回忆父亲的填词经历，说他填了一句"琐窗深"，发觉不协律，便改为"琐窗幽"，仍不协律，最后改定为"琐窗明"。为了协律，语意竟然做了一百八十度的反转。（《词源》）如此一种"作家歌"真让我们不得不惊叹了。另一处耐人寻味的是，"深""幽""明"三个字皆属平声，在诗的音律里完全可以通用，填词却要细辨其音色上极细微的差异，可见何等为难。

秦观并未受过专业的音乐训练，但年轻时代与歌伎们风流厮混的经历为他的填词道路铺就了得天独厚的基石，这就好比晚清时候提笼架鸟、不务正业的八旗子弟，在改天换地之后很容易变身为文玩鉴赏家一样。

今天我们已经无缘在古代的乐声中欣赏宋词了,只把词当作纸面上的艺术来看,所以对词人词作的观感自然与宋人不同。这或许算不得什么坏事,因为平心而论,每一种文明都有其强项与弱项,中古汉语是完美的诗歌语言,音乐却是华夏文明的短板,词乐的失传倒也算是一种不由自主的扬长避短了。但即便如此,我们还是有必要在想象中将自己置于宋人的语境,在宋人的语境里理解宋人的创作与好恶,对宋词多一分"知其所以然"。

［13］《临江仙》（千里潇湘挼蓝浦）： 剽窃是一门艺术

仅以词的内容而论，秦观这首《浣溪沙》（漠漠轻寒上小楼）也属本色当行。

今天我们说宋词分为婉约、豪放两派，仿佛这两派旗鼓相当、各擅胜场，然而事实上，婉约才是词的正体，是"最有宋词样子"的宋词，豪放却是词的变体。

是的，词不是正襟危坐的产物，不是严肃认真的文学创作，不属于士大夫在"立言"上的努力，而只是酒宴上的助兴节目罢了。所以我们看那些有名的词人，譬如秦观，即便他的词名完全压倒他在文章、诗歌上的声名，但他的文集依然把词作编在最后，仿佛可有可无似的。这种传统一直延至清代，纳兰性德的全集，即《通志堂集》，也是一样的编选体例。

既然只是酒宴上的助兴节目，词的内容自然宜于婉约而不宜于豪放，毕竟当时的歌伎唱不出今天摇滚乐队的排场。我们想象一名巧笑倩兮、美目盼兮的妙龄歌伎轻启朱唇，唱出来的却是"大江东去，浪淘尽、千古风流人物"，这场面总有几分滑稽。只有"自在飞花轻似梦，无边丝雨细如愁"这样的词句，才与这样的场景、这样的女子和这样的歌喉搭调。

也正因为词是不登大雅之堂的小道，词人的剽窃便也算不得什么罪过。宋代词家每每有袭取或化用唐人诗句的，尤其于《临江仙》这个词牌，结尾二句直接安排唐诗，几乎形成一种特殊的体例。秦观有一首《临江仙》：

千里潇湘接蓝浦，兰桡昔日曾经。
月高风定露华清。
微波澄不动，冷浸一天星。

独倚危樯情悄悄，遥闻妃瑟泠泠。
新声含尽古今情。
曲终人不见，江上数峰青。

这首词似是作于船经潇湘浦的途中，结尾二句直接袭取唐代诗人钱起的名句。

钱起的原作题为《省试湘灵鼓瑟》，是应天宝年间一场科举考试的诗歌答卷，传为应试作品中的神作：

善鼓云和瑟，常闻帝子灵。
冯夷空自舞，楚客不堪听。
苦调凄金石，清音入杳冥。
苍梧来怨慕，白芷动芳馨。
流水传潇浦，悲风过洞庭。
曲终人不见，江上数峰青。

两相对照之下，我们会发现秦观不仅袭取了钱起的名句，甚至连主题、含义、情调、氛围都可以说是钱起原作的翻版。秦观的《临江仙》之所以还能够作为一篇独立的文学作品而有其存在的意义，秦观之所以有胆色直接套用钱起的名句，正是因为《临江仙》这个词牌以其长短错落的特殊句式造就了一种一唱三叹的特殊腔调，也正是在这样一种腔调里，钱起的名句被衬托得格外有力。

只有第一流的词家，才有这样的点化之功。所以宋人非但不视之为剽窃，反而誉之为"能事"。

前人的名句常常被词家当作"能事"腾挪过来，只说钱起这两句诗，苏轼也在一首《江城子》里用到过：

凤凰山下雨初晴。水风清。晚霞明。
一朵芙蕖，开过尚盈盈。
何处飞来双白鹭，如有意，慕娉婷。

忽闻江上弄哀筝。苦含情。遣谁听。
烟敛云收，依约是湘灵。
欲待曲终寻问取，人不见，数峰青。

苏轼这首词有题目："湖上与张先同赋，时闻弹筝"，写一对词友在游湖时候的赏心乐事，所以套用来钱起那凄楚、苍茫的诗句总显得硬生生的，而《江城子》的结尾三句在这样的娱情语境下也分明呈现出轻快的节奏。那么，倘若只较量"套用之工"，苏轼的《江城子》显然逊秦观的《临江仙》一筹。

说一点后话：对前人诗句的套用发展到极致，便出现了一种集句一般的词。宋钦宗靖康末年，名士吴激出使金国，被金人强留做官，某次他到张侍御家赴宴，见到一名唱歌助兴的歌伎面容凄楚，询问之下，才知道她竟然曾是大宋宣和殿宫姬。吴激悲情不能自禁，即席填出一阕《人月圆》：

南朝千古伤心事，犹唱《后庭花》。
旧时王谢，堂前燕子，飞向谁家。

恍然一梦，仙肌胜雪，宫髻堆鸦。
江州司马，青衫泪湿，同是天涯。

这首词可谓集剽窃之大成。"南朝千古伤心事，犹唱《后庭花》"，袭自杜牧名句"商女不知亡国恨，隔江犹唱后庭花"；"旧时王谢，堂前燕子，飞向谁家"，袭自刘禹锡"旧时王谢堂前燕，飞入寻常百姓家"；"江州司马，青衫泪湿，同是天涯"，袭自白居易《琵琶行》"同是天涯沦落人，相逢何必曾相识"。然而就是这样一首词，一经歌唱便使"闻者挥泪"。当时与吴激齐名的宇文虚中亦在客席，"赋《念奴娇》词先成，及见此作，茫然自失。是后有人求乐府者，叔通（宇文虚中）即批云：'吴郎近以乐府名天下，可往求之。'"。（《容斋随笔》卷十三）

吴激一首《人月圆》在当时如此感人至深，迅疾传唱天下，其缘故当然并不难知。熊逸《春秋大义》用这首词及其背景写了序言中的一节，潜台词是解释全书正文里为何会有或嫌过多的引文。当然，即便是引文，有些也终于不能全其首领。

这也算是词的本色当行的"能事"所独有的艺趣吧。

[14] 最有词人相的词人

最有诗人相的诗人总是正襟危坐的,最有词人相的词人却必须有一点轻狂,有一点风流,有一点边缘化,尤其要有一点离经叛道。

秦观正是这样的词人。

秦观非但有一点离经叛道,而且为此很有些津津自得。他写过一部题为《逆旅集》的短篇小说集,这在当时绝不是正统文人会做的事,后者即便真的按捺不住创作冲动,一般也不会有堂皇署名的勇气。这种风气一直贯穿古代社会之始终,所以今天我们所谓"四大名著"的著作权归属其实并不那么明晰。

《逆旅集》记载的是一些传闻中的怪谈,题中逆旅即旅舍、驿站,书以"逆旅集"为名大约表明书中故事皆得之于旅途中的奇闻——应当像是《聊斋志异》的样子吧。这部书作为"边缘文学",可想而知早已失传,只有作者自序因为收录于其他文集才得以保存至今,给我们以一点难得的管中窥豹的机会:

余闲居有所闻,辄书记之,既盈编轴,因次为若干卷,题曰《逆旅集》。盖以其智愚好丑,无所不存,彼皆随至随往,适相遇于一时,竟亦不能久其留也。

或曰:"吾闻君子言欲纯事,书欲纯理,详于志常而略于纪异。今子所集,虽有先王之余论,周孔之遗言,而浮屠、老子、卜医、梦幻、神仙、鬼物之说,猥杂于其间,是否莫之分也,信诞莫之质也,常者不加详而异者不加略也,无乃与所谓君子之书言者异乎?"

余笑之曰:"鸟栖不择山林,唯其木而已;鱼游不择江湖,唯其水而已。彼计事而处,简物而言,窃窃然去彼取此者,缙绅先生之事也。仆,野人也,拥肿[1]是师,懈怠是习,仰不知雅言之可爱,俯不知俗论之可卑。偶有所闻,则随而记之耳,又安知其纯与驳耶?然观今世人,谓其言是则矍然改容,谓其言信则适然以喜,而终身未尝信也。则又安知彼之纯不为驳,而吾之驳不为纯乎?且万物历历,同归一隙;众言喧喧,归于一源。吾方与之沉,与之浮,欲有取舍而不可得,何暇是否信诞之择哉?子往矣。"客去,遂以为序。

这篇短小的自序是中国小说史上一段具有里程碑意义的文字。在这篇自序里,秦观设置了一名正统士大夫向自己这部书提出质疑,大意是说:君子的写作旨归是彰明正道与常理,所以不大记载那些离奇的事情。(这真是与现代媒体行业的原则相反啊,显然古代君子并不存在"抓人眼球"的动机。)但你的书里,虽然也有一些正论,却夹杂着许多浮屠、老子、卜医、梦幻、神仙、鬼物之说,这恐怕不是君子行径吧?

继而秦观以第一人称作答,起首有一句很漂亮的骈体:"鸟

---

1. 拥肿:即"臃肿"。

栖不择山林，唯其木而已；鱼游不择江湖，唯其水而已。"我自己就是鸟与鱼一般的存在，至于那些以正统意识形态为标杆的筛查选汰的事，就交给缙绅先生们来做好了。我只是一介山野之人，既不知道雅言的可爱，也不晓得俗言的可卑，偶有所闻便记录下来而已。然而今天那些缙绅先生似乎总是心口不一啊，那么又怎知他们口里说的就对，我的所作所为就错呢？

这简直是对正统意识形态的公然宣战，耐人寻味的是，倘若我们将《逆旅集》里的种种怪谈替换为秦观的词作，这篇序言就其主旨而言依旧可以成立。要知道秦观的词被称为"作家歌"，他的词风被称作"本色当行"，在今天看来这是无上的推崇，在当时却未必然。不妨设想一下，今天我们称道某位公职人员——甚或是政府高官——能歌善舞，有第一流的专业水准，显然在很多人看来这绝不是什么好话。

所以我们看宋代文坛上另外一些名家，譬如晏殊、苏轼，他们的词美则美矣，却往往不协音律，全不体谅歌女的喉咙。这当然不是智力与学识上的不足所致，想来他们是故意不写"作家歌"的，故意不将填词搞得那么专精，故意以随心所欲、不拘小节的态度来处置这种原本就不甚严肃的文体。在儒家的世界里，君子当然不妨在词的世界里嬉闹，却绝不可以沉溺。

于是我们会在宋代词坛看到一个现象：一个人的社会地位越高，词就写得离本色当行的"作家歌"越远，无论他才华的高下。譬如晏殊，以宰相之尊填词，情感不够细腻、字句不协音律，这些缺点反而变成优点，正如今天如果有某位领袖人物在宴会上唱歌娱兴，若真唱出流行歌星颠倒众生的忘情样子，反而会给自己的形象减分。宋词所谓豪放派，在我看来，某种程度上正是由此而生，社会学意义上的理由远甚于美学意义上的理由。

所以在"作家歌"的阵营里，我们只会看到与秦观的社会地位相近的人物。譬如柳永，一生落拓，打着"奉旨填词"的旗号混迹于脂粉阵里；再如周邦彦，一介宫廷乐官，在政治世界里几乎没有任何分量，以"器"的姿态置身于一个推崇"君子不器"的传统世界里；再如李清照，性别身份便足以说明一切。这样的人，在主流世界里无法赢得足够的自尊，便只能在边缘社会里死命打拼自己的地位，博取满堂的彩声。

［15］《踏莎行》（雾失楼台）：
　　心志薄弱者的美丽哀鸣

诗人应当是庄重的，而最有词人样子的词人却应当是多愁善感的。

今天我们所谓的诗人气质，在古代却不属于诗人，而单单属于词人。

所以在宋代以前，只有李后主才是天生的词人，及至宋代，秦观、晏幾道才是李后主的嫡系继承者，他们那多愁善感、过度情绪化的性格使他们注定无法立足于正统诗坛，也因此失去了被主流社会欣然接纳的可能。正是如此这般的性格缺陷造就了最有词人样子的词人，使他们写出最有词的样子的词作，恰如只有害病的蚌才能够生出璀璨的珍珠。

世人最推崇的性格是宠辱不惊、去留无意，在成功面前稳得住，在失败面前挺得住。苏轼正是这样的性格，所以有资格成为后人追慕的楷模。然而在苏轼看来只如吹面不寒杨柳风的一场挫折，对秦观而言却是山崩海啸、天塌地陷，使他在无可救药的绝望里愈陷愈深。陷得愈深，伤口便愈痛，秦观便会如一只受伤的幼兽在整座森林里寻一处最幽暗的角落，噙着泪水舔舐伤口，他的"珍珠"每每在这种时候丰产起来。

所以秦观的"伤痕文学"常常显得小题大做——恕我不很厚道地想起日本文坛上三岛由纪夫对太宰治的批评:"太宰具有的性格缺陷至少有一半是可以通过冷水擦身、器械体操、规律的生活纠正的。生活里能够解决的事情无须烦扰艺术。……不想被治好的病人没资格当真正的病人。"

我们当然没机会知道,秦观或太宰治如果坚持冷水擦身、器械体操和规律的生活之后,其文字的质量究竟会变得更高还是更低。而无论如何,多样化的世界总会带来多样化的美,我就知道今天有很多年轻的女读者很抱怨安妮宝贝后期文字中竟然掺杂了阳光。

毫无阳光的世界很可能是病态的,却未必没有几分独到之美。秦观那些忧郁、凄怆的词作,仿佛是夜幕下一场场的流星雨,闪着弱弱的微光,做出陨落的姿势,隐现在最黑暗的背景中,毕竟是那么美。

当秦观被贬到郴州的时候,写下了毕生最沉痛的一首小词,即《踏莎行·郴州旅舍》:

雾失楼台,月迷津渡。
桃源望断无寻处。
可堪孤馆闭春寒,
杜鹃声里斜阳暮。

驿寄梅花,鱼传尺素。
砌成此恨无重数。
郴江幸自绕郴山,
为谁流下潇湘去。

读这首词需要知道一点必要的背景。当时的政坛是党争的世界，秦观正是苏轼一党中的"猪队友"，先是因为本色词人所特有的"轻薄无行"成为对立政党借题发挥的那个"题目"，随即又因为同样是本色词人所特有的政治幼稚病在应对方略上弄巧成拙，连累了苏轼等人纷纷遭贬。

苏轼外放，秦观免职，没有哪位正人君子还会同情他们的遭遇，而苏轼的朋友们更将秦观视为罪魁祸首，疏远了他。此时的秦观正如寓言故事里的那只蝙蝠，既不被鸟类所容，亦不被兽类接纳，在孤立无援的境地被排挤到政治生活边缘处的边缘。

年复一年，浮沉荣辱相伴，秦观又随着新一度的党争被削去一切官秩，放逐至偏远的郴州。这该算是他人生低谷的最低处了，而就是在这一段时间里，在郴州的某一所旅舍里，诞生了这首传为经典的《踏莎行》。

这首词写尽了栖栖惶惶、无所依归的苦闷。那一场淹没了楼台与津渡的大雾既是郴州的实景，亦是秦观迷茫人生的虚像：进亦不可得，退亦不可得，甚至已看不清何处是进路，何处是归途；是不可抗拒的力量将自己困在郴州旅舍的一隅，困在心灵的没有围墙的监狱里，而往日的好友更以一封封的书信作为投向这所监狱的瓦砾，一遍遍指摘自己的过错。

是的，这首词是秦观向朋友们表达心迹之作。在犯了那一场政治幼稚病之后，秦观与苏轼的关系开始有些微妙起来，旧友们多站在苏轼一边，对秦观颇有微词。于是朋友间的通信一封封叠加着怨气，所谓"驿寄梅花，鱼传尺素，砌成此恨无重数"便是指此而言。而秦观的全部剖白，只是"郴江幸自绕郴山，为谁流下潇湘去"两句。

这样的收束，在诗词技法上是为"以景结情"。郴江环绕着郴山，仿佛有一种依恋在，而在绕过郴山之后，郴江便抛开了郴山，一路流向潇湘去了。山常住，水常流，这本是自然之事、自然之理，秦观偏要问一个"为谁"，仿佛郴江天然与郴山不离不弃，偏偏因着哪个人，因着哪个缘故，径自弃郴山而去了。这当然是一个很无理的问题，但唯其无理，所以深情。或许苏轼便是郴山，自己便是郴江，而郴江终于流向潇湘，究竟是因为怎样的缘故呢，究竟又有几分奈何呢？

"郴江幸自绕郴山，为谁流下潇湘去"，这两句词后来被苏轼抄写在扇面上，似乎词句里含着一点只有彼此晓得的隐衷，不足为外人道。

与王国维同一时代的冯煦编选有一部《宋六十一家词选》，序言论及"淮海、小山，真古之伤心人也。其淡语皆有味，浅语皆有致。"淮海即秦观，小山即晏幾道，两人似乎是同样的多愁善感。然而王国维有反驳说："余谓此唯淮海足以当之。小山矜贵有余，但可方驾子野、方回，未足抗衡淮海也。"（《人间词话》）在王国维看来，只有秦观才当得起"古之伤心人"，晏幾道矜贵有余、伤心不足，只宜与张先、贺铸相提并论，不足以与秦观分庭抗礼。

确实，晏幾道比之秦观，人生并没有那么大的浮沉起落，所以对人生悲剧性的感受不如秦观那般深切刻骨。晏幾道的悲伤，是"当时明月在，曾照彩云归"，伤在自心的最软处；秦观的悲伤，是"郴江幸自绕郴山，为谁流下潇湘去"，伤在宇宙的最深处。

[16]《鹊桥仙》（纤云弄巧）：
被误读的七夕

秦观的词，在今天最知名的，当属那首咏七夕的《鹊桥仙》：

纤云弄巧，飞星传恨，银汉迢迢暗度。
金风玉露一相逢，便胜却人间无数。

柔情似水，佳期如梦，忍顾鹊桥归路。
两情若是久长时，又岂在朝朝暮暮。

这首词吟咏七夕牛郎、织女鹊桥相会，遣词造句不见一点雕琢，不带半分秾丽，只是家常话语从容道来，却自有一番致命的缠绵悱恻。明代文坛"后七子"领袖李攀龙有盛赞说：七夕诗词大多咏叹聚短离长，只有秦观这首词"两情若是久长时，又岂在朝朝暮暮"为破格之谈，最能醒人心目。（《草堂诗余隽》）

文学创作，以熟题最难，因为前人已将意思道尽，再难推陈出新。李攀龙是从创意与技法上评述秦观《鹊桥仙》之难能可贵,其实我们还可以追问一层:为什么七夕诗词大多咏叹聚短离长,为什么破格会在秦观这里发生?

我的答案也许乍听起来匪夷所思:因为秦观这首《鹊桥仙》大有先锋派的离经叛道,因为它吟咏的是纯粹的爱情,而纯粹的爱情是近代的产物,不见容于古代的主流社会。

之所谓其他人写出来的七夕诗词只是咏叹聚短离长,是因为在主流观念里,牛郎、织女的故事无涉于偶像剧一般的爱情,而是关乎稳定、持久的家庭关系。今天的读者往往把这个故事理解为爱情的悲剧,但只要认真读这个故事,就会发现织女哪里是爱上了牛郎呢?她只是追求一种安宁且温馨的家庭生活罢了。两人的生活不是如火如荼的爱情,不是耳鬓厮磨的纠缠,而是男耕女织的平凡日子。

故事的传奇性,正在于跨越了社会阶层的鸿沟,社会底层的男性经历了一场奇幻的意淫之旅。而即便站在牛郎的角度,或者说站在社会底层男性的角度,他所希求的也不是一场轰轰烈烈的恋爱,而是一个不惜纡尊降贵的别无所求的配偶,一个在小农经济共同体里任劳任怨的合作伙伴,一个能够给自己生儿育女的女人,仅此而已。

只有在这样的男女关系里,聚短离长才是一道致命的伤口。而在一场纯粹的爱情里,长久的别离与相思仅仅是短暂相会时一剂猛烈的春药罢了。"金风玉露一相逢,便胜却人间无数",这是传统的夫妻关系中不可能体会得到的道理。

朝朝暮暮的平凡生活于是变得无足轻重,纯粹的爱情如同纯粹的火焰,只需要抱薪救火的薪和火上浇油的油。爱情于是比厮守重要,亦即比稳定的夫妻关系重要。"两情若是久长时,又岂在朝朝暮暮",这样的话语,自然也不可能是那些在意着主流社会秩序的人能够轻易想到的。

这样一种立意,只能发生在本色词人的本色世界里。它需要绝代的才情,亦绝不仅仅是才情。

[17]《八六子》(倚危亭)：审美需要一个人从生活的亲历者变为生活的旁观者

《鹊桥仙》(纤云弄巧)写天上的别离，《八六子》(倚危亭)写人间的别离，二者同为秦观词中的名篇。一个感情极度细腻的人，在一场无关于承诺、无关于责任、无关于道德、无关于一切后果的纯粹的爱情里，写尽了愁肠百转的刻骨相思。今天我们也许不以为奇，但在古代的正统世界里，这或多或少总失了一些士君子的体统：

倚危亭。恨如芳草，萋萋刬[1]尽还生。
念柳外青骢别后，水边红袂分时，怆然暗惊。

无端天与娉婷。
夜月一帘幽梦，春风十里柔情。
怎奈向、欢娱渐随流水，素弦声断，翠绡香减，
那堪片片飞花弄晚，蒙蒙残雨笼晴。
正销凝。黄鹂又啼数声。

1.刬(chǎn)：同"铲"。

《八六子》是一个较罕见的词牌。词的句式一般较诗散漫，《八六子》的句式较我们常见的词牌还要散漫。词虽然又名长短句，句式可以长短参差，但再没有如《八六子》这样短句短到三个字，长句长到三十一个字的。所以一些选本收录这首词的时候，常常把标点标错，譬如首句"倚危亭"以逗号作结，将这一短句与后面的两句合并为一句，而"翠绡香减"以句号作结，将一个三十一字的长句分为两句。

恢复正确的断句，才容易读出词中的韵味。首句"倚危亭"，给出了一个登高远眺的视角。登高远眺，只见连天芳草萋萋茫茫。以主观之眼看客观之物，客观之物便染上了主观情绪的色彩，所以同样的景色，在进取少年白居易看来是"野火烧不尽，春风吹又生"，在陷入离愁别恨中的秦观看来，却是"恨如芳草，萋萋刬尽还生"。两者的差异除了情绪的缘故之外，其实还有一个视角上的理由——秦观的视角是"倚危亭"，人一旦站在高处，便不由得生出茫茫百感。钱锺书有一句总结："囊括古来众作，专词以蔽，不外乎登高望远，每足使有愁者添愁而无愁者生愁。"（《管锥编》）

所以我们看历朝历代的文人作品，无论怎样的体裁，只要登高望远，最明朗的人也往往写出或阴郁或苍茫的腔调。这样的现象究竟如何解释呢？我以为是人的视角从亲历者变为旁观者的缘故。

在我们的日常生活里，对于这个世界，对于这份生活，我们总是平视的，总是自觉或不自觉地意识到我们亲历其中，是世界的一员，是生活中的一分子，而一旦登高远眺，我们便会从日常的世界与生活中忽然抽离出来，以旁观者的视角来俯瞰我们的世界与生活，俯瞰我们曾经与之水乳交融的一切。视角高了，视野便开阔了，曾经熟悉的一切于是忽然变得陌生了。而这份陌生感，正是审美感受之所由来；高度所拉开的距离，正是美学上所谓的审美距离。

"距离产生美"，其实正是这个道理。

不妨想象一下婚礼上的录影，录下来的当然是一种真实的生活，镜头里的新郎、新娘和客人们并不总能够觉察到摄像机的存在，而当他们结束了录制，坐在家里的沙发上，忽然从电视里看到了自己那一段"真实生活"，一定会生出很不一样的感受。从录制到观看，意味着他们从真实生活的亲历者变成真实生活的旁观者了。他们会从电视里看到当初从未察觉到的美与丑，从远景镜头所凸显的天地之大里看到自己何其渺小，这样的感受在日常生活的第一人称视角中永远体会不到。如果他们的年纪再大一些，会不会也有几分"悲从中来、不可断绝"呢？

[18] 词的读法

在日常生活的"平视"或第一人称视角里，倒也不难看到芳草"一岁一枯荣"的样子，但视角既不高，视野便不广，感触便也不大。只有当"倚危亭"的时候，才看到芳草的枯荣是何等的惊天动地，才看到芳草的连绵是何等的横无际涯。

愁绪亦如此，茫茫无际，划尽还生。

愁绪之所由来，是与恋人的离别，于是"念柳外青骢别后，水边红袂分时，怆然暗惊"，无法遏止的回忆惹出了无法遏止的悲怆。

这一句有特殊的读法，以一个读去声的"念"字起首，带出"柳外青骢别后，水边红袂分时"这一组对仗，然后收束以"怆然暗惊"。写诗只分平仄，填词却精微许多，虽然古音中的上、去、入三声都属于仄声，但在《八六子》词牌里，这里"念"的位置必须用去声字，上声字和入声字都被排除在外，否则读起来既失了顿挫感，唱起来更会拗破嗓子。熟读旧诗的读者会尤其不习惯"怆然暗惊"这样"仄平仄平"的音律组合，因为律体诗的句式基本上以两个字为一个音步，每个音步的第二个字最需要明确限定平仄，于是当音步相连时才会产生平仄错落、抑扬顿挫的韵味。依这样的规则，"怆然"与"暗惊"必须平仄相对才好，而它们却平仄相同，仿佛一个人走路走成顺拐的样子，而这正是词谱音律独特性之一例，营造出读音上的一种很别致的美感。

下阕起首"无端天与娉婷"，终于写到了恋人的天生丽质。她究竟有怎样的美呢？秦观再不似前述《满江红》那般以玩赏的姿态逐个描摹"脸儿美，鞋儿窄。玉纤嫩，酥胸白"，而是避实就虚，写出了深情款款的一联名句："夜月一帘幽梦，春风十里柔情。"虽无一字写实，恋人的美丽与恋爱的美丽却一并被写到了极致。这样的手法，完全当得起"不着一字，尽得风流"的赞誉。

美到极致处，下文却忽然以"怎奈向"三字转折，开启了一个历数无奈的超级长句："欢娱渐随流水，素弦声断，翠绡香减，那堪片片飞花弄晚，蒙蒙残雨笼晴。"这一句的读法，要留意"素弦声断"与"翠绡香减"构成一组四言对仗，"那堪"二字又带起"片片飞花弄晚"与"蒙蒙残雨笼晴"这一组六言对仗。这本是骈文"骈四俪六"的经典句式，所以明人沈际飞有评语说："长短句偏入四六，《何满子》之外复见此。"（《草堂诗余·正集》）不妨说词是一种介于诗与文之间的文体，于两者韵味能兼及之。

结尾"正销凝"，意即正在失魂落魄中，"黄鹂又啼数声"，这啼声也许将词人从回忆中唤醒，也许勾起了词人更多的回忆，也许是在春意的明快中愈发反衬出词人心底的秋意……没有确指，所以留下了绕梁的余音。

这是词人的词，当它传唱在歌女们的世界里，不知道会在她们的心底点燃多少颗爱情的火种呢？我很愿意以宋人刘将孙的一番话来为本章收尾："及柳耆卿辈以音律造新声，少游、美成以才情畅制作，而歌非朱唇皓齿，如负之矣。"（《新城饶克明集词序》）是的，这样的词，倘若不能交给最美的女子以最美的声音来歌唱，当真是暴殄天物了。

第二章

晏殊：宋词真正的发端

词以境界为最上。

有境界，则自成高格，自有名句。

五代、北宋之词所以独绝者在此。

——王国维《人间词话》

［1］从神童到新贵

冯煦《蒿庵词话》称晏殊为"北宋倚声家初祖",意即宋词真正的发端是从晏殊开始的。

这话乍听起来很有点不合情理。今天我们翻开任何一部宋词选本,都会看到钱惟演、潘阆、林逋、寇准这些名字排在晏殊之前,而范仲淹、张先都是晏殊的同时代人,其实很难严格分出先后。但冯煦自有他的道理,毕竟钱惟演、范仲淹那些人只是偶尔填一填词,词于他们而言既是可有可无的事物,他们那寥寥可数的词作也不曾对时人与后人产生多大的影响。

只有张先,词作较晏殊为多,年纪也长后者一岁,但张先长久以来都是晏殊的僚属,甚至有几分清客的意味,所以总给人以一种附属物的印象,何况他职位太低,交游太窄,远及不上晏殊的影响力。而晏殊的《珠玉词》,更是宋人流传后世的第一部词集。

晏殊对词坛的贡献,不仅仅要归因于他的才情,更要归因于他那超然的政治地位。晏殊在仁宗朝做了多年的太平宰相,正所谓"上有所好,下必甚焉",既然宰相喜爱填词,天下自然会兴起填词的风气,即便存心禁止都禁止不来。

晏殊(991—1055),字同叔,抚州临川(今江西抚州)

人，他的人生正是宋代社会特有的"知识改变命运"的最佳写照。晏殊出身寒微，父亲不过是抚州的一名狱吏。但贫瘠的土壤终究无法限制一颗饱满的种子，晏殊七岁能文，早早以神童的姿态享誉乡里。在他十四岁那年，即宋真宗景德元年（1004年），"见龙在田，利见大人"，朝廷重臣张知白安抚江南，将晏殊举荐朝廷，神童人生路从此不同。

翌年廷试，晏殊与千余人并试廷中，神气不慑，援笔立成。真宗特地嘉赏，赐晏殊同进士出身。当时寇准以宰相之尊说出一句似乎泛着酸意的话："晏殊是南方人。"真宗不以为意："张九龄不也是南方人么！"

这番短短的对话里饱含几多深意。传说宋太祖赵匡胤有一则政治遗嘱："用南人为相，杀谏官，非吾子孙。"御笔亲书，镌石刻碑。所以历数宋初南人为相者，确实也只有丁谓、晏殊、章得象、曾公亮四人，自王安石以后，这种地域色彩才渐渐看不到了。

太祖的考虑倒也在情在理，毕竟当时经历过五代十国数十年的分裂，人们自然会养成高度的地域认同感，地域认同甚至高于国家认同。然而到了真宗时候，赵宋王朝已历三代，国人已是真正赵宋子民，朝廷也不该只是北方人的朝廷了。所以宋真宗堂而皇之地搬出张九龄的例子——张九龄是唐玄宗一朝的名相，不仅是一般意义上的南方人，更是所谓岭南人，即南方人中的南方人。

更加耐人寻味的是，晏殊当时还只是个年方十五岁的新进少年，寇准却可以看到他小小身躯里的惊人潜质，不惜"过早地"祭出地域歧视的武器。寇准果然没有看错，仅仅在两天之后，晏殊在真宗心里的分量便又重了几分。

两天之后，朝廷额外增设了一场诗赋考试。晏殊才拿到试题便交了白卷，坦言这题目是自己素来做熟的，请真宗换题再试。这既是十足的诚实，也是十足的自信，使真宗益发对他另眼相看了。试后授职，擢晏殊为秘书省正字。这是真宗特地栽培，要他有机会尽读大内秘藏图书。

这确实是一件难能可贵的事，因为印刷术和造纸术虽然早已发明出来，图书印制成本虽然大大低于前朝，但买书、读书在当时仍然有几分奢侈。

略早于晏殊，还有一个名叫杨亿的神童走过同样的路：一样的七岁能文，十一岁便受到宋太宗的召见，一样试了诗赋，一样授职秘书省正字，后来成为真宗朝的一代名臣。杨亿和晏殊的经历极大地刺激了当时望子成龙的父母们，使太多小孩子都被逼上了艰辛的早教之路：才五六岁大就要学习五经，家长甚至会将孩子装进竹篮，挂上树梢，以隔绝一切干扰。相比之下，所谓足不出户、目不窥园这些前代勤学典范，忽然都不再值得一提了。

这样成长起来的神童最以博闻强识见长，一旦得到皇家的刻意栽培，有了坐拥书城的机会，不几年便会成为当世第一流的知识精英。这样的知识精英倘若搞起文学创作，可想而知会走上用词典雅、用典精深的方向。换言之，他们的文学归宿不可能是"李白斗酒诗百篇"，而只会是杜甫式的"读书破万卷，下笔如有神"。

显然，本色的词不是这个样子。

［2］在西昆体的时代里

神童杨亿确实成长为"读书破万卷，下笔如有神"的典范人物。史馆修书之余，他与几个趣味相投的同僚诗歌唱和，作品后来汇编为《西昆酬唱集》。杨亿为诗集作序，标榜创作宗旨："在览遗编，研味前作，挹其芳润，发于希慕。更迭唱和，互相切磋。"

所以这样一个诗歌小团体倒像是《红楼梦》里的海棠诗社，写诗一来是为了向前代诗人学习致敬，二来是为了增进彼此间的社交感受。写诗于是变成了一件纯粹的技术活儿，未必一定有所感才可以发之为诗。宋初诗坛上盛极一时的西昆体就是这样出现的。

杨亿诸公以李商隐为楷模，越发雕琢字句，精选典故，炫技色彩越来越重，阅读壁垒也随之越来越高，正如元好问所谓"诗家总爱西昆好，独恨无人作郑笺"（《论诗绝句》）。西昆体美则美矣，却必须仰仗大量的注释才可以看懂。

《西昆酬唱集》结集于宋真宗景德四年（1007年），年仅十七岁的晏殊未与其会，这或许要算一件幸事。但是，同为神童出身的晏殊毕竟也有这样的资质，毕竟也难摆脱时代主流审美风气的感染，诗作里也自觉不自觉地溢出几丝西昆气息。但只要把他的文辞放到西昆阵营的背景下看，我们立时就会嗅到清爽的风——那是初春郊外的杨柳风，裹挟着河堤上一切属于春天的味道。

也许晏殊的雕琢功夫尽数用在应制文章里了，写得多了，难免生出反感吧，但又有哪个御前文士没有同样的反感呢？

宋真宗一朝是两宋最迷信、最荒唐的一朝。与辽国订立澶渊之盟以后，自尊心小小受挫的宋真宗为了彰显大国尊严，搞出了一连串天书、祥瑞的闹剧。文臣自然有配合演出的义务，于是凡有祥瑞，凡有祀典，他们总要认认真真铺陈出各种应制诗赋。有识之士即便明知是闹剧，也必须演得逼真。晏殊忝列词臣，便不断以第一流的才学为真宗献赋，用华美的修辞包装出各种歌功颂德、粉饰太平的陈词滥调。

人生当然会因此而变得无趣，幸而无趣的人生总有可观的回报。随着真宗驾崩，仁宗继位，晏殊一路平步青云，成为仁宗一朝著名的太平宰相。然而在顺遂的人生中，一点点挫折便会使人生出不堪重负的沮丧感。

晏殊的一生中有过两次贬谪的经历：第一次是在刘太后垂帘听政期间，因为一个小小的过失被御史弹劾，被贬为宋州（今河南商丘）知州；第二次是在仁宗亲政以后，当初撰写仁宗生母李宸妃墓志失实的事情被揭发出来，先后被贬知亳州（今安徽亳州）、陈州（今河南淮阳）。两次贬谪，其实一来贬所并不甚远，二来好歹有个知州的官职，当真管理一方大州之政务，说来不过是小小的降职罢了，在久历宦海的士大夫看来简直无关痛痒。但晏殊毕竟因此生出了几许倦意，越发流连在诗酒之间，在对酒当歌、及时行乐的日子里悠然老去。

他的词作，每每写于这样的酒宴，每每表达这样的心绪。

这其实不是他的天性。夏敬观有一句很中肯的议论，说晏殊"赋性刚峻，居处清俭，不类其词之婉丽也"（《二晏词评》），似乎"文如其人"的规律在晏殊身上有些失效了。

[3] 暮去朝来即老，人生不饮何为

时人记载晏殊的体貌与生活，说他"清瘦如削，其饮食甚微"（欧阳修《归田录》），"风骨清羸，不喜食肉，尤嫌肥膻"，饮食偏好塑造了审美偏好，所以他爱读韦应物的诗，称其"全没些脂腻气"（吴处厚《青箱杂记》）。

宋朝厚养士大夫，官俸为历代之最高。而晏殊生活的时代正是北宋的太平年景，皇帝也乐得文武百官抛撒俸禄，在歌舞升平的酒宴里营造太平景象。大吃大喝、痛饮狂歌，这在当时是一件政治正确的事情。

晏殊虽然天性清俭，从没有饕餮的需求，却也深陷在这一股难得的社会潮流里，最喜欢宾朋满座，所以每天都要开设筵席，每有嘉客必要挽留。至于歌伎佐觞、填词赋诗，更是宴会上的家常便饭。

似乎晏殊是一个标准意义上的社交动物，天性喜聚不喜散，身上倒有几分贾宝玉的影子。然而晏殊的气质偏于理性，总不能彻底沉湎于眼前的相聚之欢，哪怕在酒酣耳热的时候也总还有几分克制和矜持。想来若非如此，他也不可能在仕途上顺遂如斯吧。

所以晏殊的词句里总有留恋光景的意思，沾着淡淡的伤感

与幽幽的反思。"重把一尊寻旧径,所惜光阴去似飞"(《破阵子》),"不向尊前同一醉,可奈光阴似水声"(《破阵子》),"为别莫辞金盏酒,入朝须近玉炉烟"(《浣溪沙》),"暮去朝来即老,人生不饮何为"(《清平乐》)……这样的腔调谱就了《珠玉词》的主旋律,似乎不该是宰相所当有的气象。

但晏殊毕竟是一朝宰相,超然的身份使他那荡漾在词句里的愁绪有一种格外淡雅的味道,这便是《珠玉词》所特有的"富贵气象",是晏殊为文学史与美学史贡献出的一个别致的标签。

[4] 炫富是一门艺术

晏殊殁后,门生欧阳修为他撰写挽词,其中有"富贵优游五十年,始终明哲保身全"。除去小小的蹭蹬波折之外,晏殊的一生真是这样令所有凡俗的人艳羡。那么,根据"饥者歌其食,劳者歌其事"的创作规律,富贵者也自然会歌其富贵了。

历来的文艺评论,总是推崇"饥者歌其食,劳者歌其事",却总是鄙薄"富贵者歌其富贵"。这简直是仇富心理作祟,实在有失公允了。无奈人类心理结构天然如此,富贵只会引发羡慕和忌妒,却很难唤起感动。"富贵者歌其富贵",即便当事人如何直抒胸臆,如何下笔不隔,如何境界高远,却总难感人肺腑。是的,富贵即便不曾引发羡慕和妒忌,总还算一种令人愉快的事情,而笑的感染力无论如何都比不上哭。

从进化史的意义上看,引发悲痛的事情确实比起引发愉悦的事情更加性命攸关,自然容易攫取更多的关切。于是描写富贵以及富贵中的心态就变成一件费力不讨好的事情,稍不留意还会露出暴发户的庸俗嘴脸。

素来以奢华生活著称的一代名相寇准写过一联自言富贵的诗句:"老觉腰金重,慵便枕玉凉。"所谓"腰金",即高官腰间所系的金印,"枕玉"即玉石制作的枕头。诗句是说人一见老,体力衰弱了，便觉得腰间的金印是个好大的累赘；躺下休息，却觉得玉枕凉意太浓，身体吃不消。

对衰老的抱怨代代都有。今天我们总会听到老人抱怨楼梯爬不动了，菜篮子拎不动了。凡有这种抱怨的老人显然还要爬楼、买菜，生活档次一下子便在抱怨当中不经意地暴露出来。富贵人家的抱怨一定不是这样，他们所嫌弃的一定是普通人所艳羡的。譬如腰金、枕玉，无数人求之而不可得，寇准偏嫌腰金太重，枕玉太凉，而在抱怨的口吻里，富贵逼人的感觉便在有意无意间弥漫到无垠的宇宙，简直让所有生灵不敢直视。

寇准这两句诗很为时人传诵，以为吟咏富贵的典范。晏殊却不以为然，说诗句里只是一副穷相，真正写出富贵的诗句当属"笙歌归院落，灯火下楼台"（欧阳修《试笔·谢希深论诗》）。

"笙歌归院落，灯火下楼台"，语出白居易《宴散》。白居易长久以来都过着富贵闲人的日子，大约是唐代诗人中最可能与晏殊发生共鸣的一位。宋人周必大独具慧眼地发现：白居易《宴散》全诗其实看不出富贵气象，但"笙歌"一联偶经晏殊拈出，感觉便迥然不同。（《二老堂诗话》）

我们看白居易《宴散》全文：

> 小宴追凉散，平桥步月回。
> 笙歌归院落，灯火下楼台。
> 残暑蝉催尽，新秋雁带来。
> 将何迎睡兴，临卧举残杯。

一读到底之后，我们果真有周必大式的惊奇。

白居易描写宴会散场，自己趁着夜色缓缓归家，余兴尚未消尽。诗的重点其实只在散宴之后的"余兴"，没有半点炫富的意思，所以读者很自然会被带入诗人的余兴里去，去感受他的心情，在他的心情里去感受当时清凉如水的夜色。"笙歌"一联只是自然落笔，对眼前事、眼前景平铺直叙罢了，在诗歌结构里承上启下，很难引起读者格外的关注。而当晏殊将这一联抽离全诗，单独摆在我们眼前，我们才会觉察到：这场宴会，就连曲终人散时都有这般惊人的排场，隐隐有一种恢宏之美，那么，我们所无缘目睹的散场之前的场面又该是如何的盛况呢！

白居易"笙歌"一联，富贵气只是有意无意地流露罢了，但还有人以专题写富贵。譬如李庆孙，晏殊同时代的文章名家，写有一首《富贵曲》。晏殊读到其中"轴装曲谱金书字，树记花名玉篆牌"的句子，颇不以为然，讥笑说："此乃乞儿相，未尝谙富贵者。"晏殊自己吟咏富贵，不言金玉锦绣，只言富贵气象，如"楼台侧畔杨花过，帘幕中间燕子飞""梨花院落溶溶月，柳絮池塘淡淡风"之类。晏殊常常以这些诗句语人："穷儿家有这景致也无？"（吴处厚《青箱杂记》）

[5]富贵气象

晏殊所谓富贵气象，正是贵族或文化精英区别于暴发户的特质。

堆金砌玉，这总是暴发户爱做的事，毕竟这是最直观的财富炫耀，可以在立竿见影间树立自尊。但炫富炫得太过赤裸，也就丧失了美感。

美，总需要一点含蓄，需要给人以回味的余地。

"笙歌归院落，灯火下楼台"，全没有华贵的字眼，但这场面越想便越觉得高不可攀，觉得"轴装曲谱金书字，树记花名玉篆牌"的主人未必有资格参加这样一场盛宴。至于"楼台侧畔杨花过，帘幕中间燕子飞""梨花院落溶溶月，柳絮池塘淡淡风"，遣词造句较之"笙歌"一联更加平朴，仿佛只是寻常的景致。"楼台"一联倒还有个"楼台"彰显着主人家豪宅的档次，而"梨花"一联无非点出了院落与池塘，是郊外的小康之家也可以看到的风景。但当我们读过全诗，便一定不会以为这座池塘是院墙外属于公共区域的池塘——不，它一定是自家花园里的华丽丽的池塘。

"梨花"一联出自晏殊的一首《无题》七律：

>油壁香车不再逢，峡云无迹任西东。
>梨花院落溶溶月，柳絮池塘淡淡风。
>几日寂寥伤酒后，一番萧瑟禁烟中。
>鱼书欲寄何由达，水远山长处处同。

这首诗明显仿效李商隐的《无题》系列，写上流社会里的一段爱情相思：油壁香车的女子不知去向何方，只留下诗人在梨花院落、柳絮池塘的风月里痴痴思念；他想将思念写下来寄给她，却不知道信笺应当寄往何方。

这甚至可以说是一首以失恋为主题的诗，而失恋原本就是一件奢侈品。

恋爱和失恋都是奢侈的，需要太多的闲情逸致，普通人家往往消受不起。英国小说家毛姆有一句很伤人的名言："爱情，在男人身上只不过是一个插曲，是日常生活中许多事务中的一件，小说却把爱情夸大了，给予它一个违反生活真实性的重要的地位。"我们不妨将这句话反过来看，它分明也意味着好的文学作品里的爱情绝不可以"只是一个插曲"，甚至应当是生活的全部。我们从这个角度来看这首《无题》，它所描写的当然只是生活的一个切片，读者却似乎从这一切片中看到，诗人的全部生活只是这一切片的无限复制，刹那就这样成为永恒。

诗的首句，"油壁香车"是钱塘苏小的标配，这就暗示出女主角的歌伎身份。与一位钱塘苏小一般精致典丽的女子发生一段刻骨铭心的爱情，在一处精致典丽的环境里不断酝酿着这份爱情，所谓"富贵气象"当真就在这一番感情的沉沦里呼之欲出了。

[6] 无可奈何花落去，似曾相识燕归来

晏殊另有一首七律，题为《示张寺丞、王校勘》，是同僚间的寒暄之作：

> 元巳清明假未开，小园幽径独徘徊。
> 春寒不定斑斑雨，宿醉难禁滟滟杯。
> 无可奈何花落去，似曾相识燕归来。
> 游梁赋客多风味，莫惜青钱万选才。

首句"元巳"即上巳，三月第一个巳日。魏晋年间，上巳日渐被定为三月初三。这原是临水以祓除不祥的日子，后来渐渐演变为郊游踏青的集会日。《荆楚岁时记》有载："三月三日，四民并出江渚池沼间。临清流，为流杯曲水之饮。"上巳与清明相邻，于是上巳的郊游渐渐移至清明。

宋代的节假日之多足为历代之冠，清明节是北宋三大法定节假日之一，朝臣有足足七天的休假。（庞元英《文昌杂录》）假日未至，诗人只在"小园幽径独徘徊"，在春寒与春雨中用新酒来消磨宿醉，才见花落而生出无可奈何的伤感，似乎一切美好的事物都将一去不返，非人力所能挽留，而这淡淡的伤感随即便因

为燕子的归来而化解开了。归来的燕子真的就是去年离去的燕子吗？或许是，或许不是，只是"似曾相识"，那么，一切逝去的美好事物真有可以重现的吗？

这种似是还非，似有还无的朦胧感，正是这一联最有魅力的地方。

尾联用典：汉代梁孝王喜好文辞，于自家园林中广招天下文士，镇日里饮酒作赋，逍遥自在。晏殊也常在自家宅邸大宴宾朋，很得梁孝王的雅趣。晏殊以梁孝王自比，将宾客比作"游梁赋客"。"青钱"是指唐代所铸开元通宝中的精品，是最受欢迎的硬通货之一种，因铜钱上泛着青白色的光泽，时人便称之为青钱。唐人张鷟以文章名世，有人如此称道他说："张子之文如青钱，万简万中，未闻退时。"晏殊诗歌的尾联用到这两则掌故，是说宾客中不乏张鷟一样的大手笔，自己这个主人更似梁孝王一般风雅好客，所以请大家尽情挥洒自己的文采吧！

这首七律囊括了晏殊诗词中最显著的两个特点：一、富贵气象，炫富炫的不是金珠玉石，而是梁园一般的文化氛围；二、淡淡的闲愁随聚随解，从不会浓到化不开。

[7]《浣溪沙》（一曲新词酒一杯）

所谓闲愁，是一种似乎毫无来由的愁绪，说不清道不明，也许仅仅为着花落，也许仅仅为着春归。其实闲愁说到底也是富贵气象的一种，若非养尊处优得太久，谁会有这般或嫌过度敏锐的细小感受呢？

茅屋为秋风所破的杜甫以啼饥号寒的腔调吼出"安得广厦千万间"，被一贬到底的秦观以绝望的哭腔唱出"春去也，飞红万点愁如海"，激烈的情绪每每一发而不可收。晏殊却不，淡淡的情绪小小地释放一下，释放的动作甚至还未让人看清，便从从容容地收束住了，这也许正是太平宰相所应有的体统吧。

当真在"游梁赋客多风味，莫惜青钱万选才"的时候，词往往取代了赋与诗的角色。

词可以写得随意，移诗为词也就是顺水推舟的事情了。晏殊最著名的一首《浣溪沙》便直接移自前述那首七律：

一曲新词酒一杯。去年天气旧亭台。夕阳西下几时回。
无可奈何花落去，似曾相识燕归来。小园香径独徘徊。

两相对照之下，我们会发现词意显然并不曾超出诗意，下阕

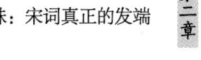

一联对仗更是只字未改。但这样的意思,这样的措辞,一旦化身为词,更显得自然流畅,仿佛词是原作,诗才是改写。

这真是一件耐人寻味的事情,清人张宗橚最看出了其中的奥妙:"细玩'无可奈何'一联,情致缠绵,音调谐婉,的是倚声家语。若作七律,未免软弱矣。"(《词林纪事》)其实七律并非不宜于情致缠绵,李商隐的七律便是一例,如"一春梦雨常飘瓦,尽日灵风不满旗",再如"身无彩凤双飞翼,心有灵犀一点通",情致缠绵更有甚之。只是七律里的情致缠绵,要有精雕细琢的书面语才好,"无可奈何"一联却平白如话,这样的修辞用于七律,约略似凡尔赛宫里撤下了巨幅油画,换上了中国文人笔下的写意小品,纵是宫殿装潢美轮美奂,泼墨写意神韵盎然,但观者总会觉得这些画作在这样的背景下显得"软弱"了。张宗橚所谓"软弱",正是同样的意思。

语句顺序的调整亦使《浣溪沙》较之《示张寺丞、王校勘》含蓄了许多。诗以"游梁赋客多风味,莫惜青钱万选才"收尾,分明是以诗体道出的社交语言,还端着主人翁的架子,而词将诗歌首联"小园幽径独徘徊"改易一字,放在全词的末尾,社交语言变成了私人语言,一种若有若无、欲说还休的情绪淡淡然弥漫四方,使"无可奈何"一联愈发有情致缠绵的韵味了。

"徘徊"从来都是诗词中最常见的词汇之一,它和它的各种近义词携手构成了成人世界里的一项经典行为模式。小孩子不会徘徊,甚至连散步都不会。借用赫尔曼·黑塞的话:"孩子是从不散步的——他进了树林就是强盗、骑士或印第安人,到河边就是撑筏工、渔民或磨坊工人,到草地上不是捉蝴蝶就是逮蜥蜴。"(《童年的花园》)正是成年人所独有的各种或隐或显的心理负荷——尤其是从理性上寻不到解决方案的心理负荷——推动着他们的脚步，使他们在"散步"这个宽泛概念下走出各种徘徊、踟躇、彳亍……于是这样一种步态在成人世界里几乎有了符咒般的力量，一经召唤，便会在所有人心里激起各样的涟漪，继而共振的效果加强到骇人的程度。

在刻意的孤独中徘徊，幽人的心态很自然会使脚下的小径变成"幽径"，然而从《示张寺丞、王校勘》到《浣溪沙》（一曲新词酒一杯），"幽径"易为"香径"，一字之差亦显出词人的匠心。

"幽"字更直白，将情绪赤裸裸道出；"香"字更含蓄，它只是客观写实罢了——无论你心境如何，花开花落的小径总是芳香的。用字愈客观，愈"无情"，含义便愈含蓄，愈淡然。如果一定要用力从中悟出什么"哲理"的话，我想继续借用赫尔曼·黑塞的一段文字，它是可以作为一个诗歌意象，以意象派的手法并置过来的："我怀着对春天的期盼，在自己的小园子里播种豆子、生菜、木犀草和水芹，并用先前的残余物质给它们施肥，回顾其过去，展望将要生长的各种植物。我同大家一样，也认为这个安排得井井有条的循环过程是理所当然的，本是美事一桩，只有在播种和收获的时候偶尔会有瞬间想到：这事好生奇怪，在地球上的一切造物当中，唯独我们人类对事物的循环还有责难，对物质守恒不灭非但不知足，还奢望自己个人的永生呢！"（《园圃春讯》）

[8]《浣溪沙》(一向年光有限身)

晏殊的小令也有浓墨重彩的写法,遣词造句虽然依旧平白如话,情绪却激烈许多,是《珠玉词》主旋律之外的变调,佳作如以下这首《浣溪沙》:

一向年光有限身。等闲离别易销魂。酒筵歌席莫辞频。
满目山河空念远,落花风雨更伤春。不如怜取眼前人。

虽然以情绪的激烈论,这首词可以说是《珠玉词》主旋律之外的变调,但以"及时行乐"的主旨而论,它却符合《珠玉词》一以贯之的腔调。

首句"向"通"晌"。"一向"即一晌、片刻。上阕是说时光飞逝,人生短暂,所以普普通通的离别也会使人黯然神伤,既然如此,何不及时行乐,不要嫌酒筵歌席太多了吧。下阕"满目山河空念远",视角转变,人在登山临水的时候思念远人,着一个"空"字愈发凸显思念的徒劳。"落花风雨更伤春",在对远人的徒劳思念里,情绪禁不住落花风雨的撩拨,伤春的忧郁较平日更深。词写到这里,一往情深,仿佛就要陷入不可自拔的暗色里。是的,如果换作秦观来写,结尾一定会使暗色更暗,使伤痕更深，但晏殊总有使愁绪随聚随解的特质，极少会如秦观那般失了分寸。这首《浣溪沙》虽然较晏殊一贯的写法多了几分激荡，最后却依然收得住、化得开："不如怜取眼前人"，偏偏就这样为情绪寻到了出路。

"不如怜取眼前人"，这一句脱胎于唐传奇《莺莺传》中的诗句"还将旧来意，怜取眼前人"。

《莺莺传》写张生与崔莺莺一段罔顾礼法的爱情悲剧：张生对崔莺莺始乱终弃，后来使君有妇，罗敷有夫，张生又一次经过崔莺莺的家门，不能忘情之下，请求以表兄身份相见。崔莺莺拒不肯出，以一首小诗示以决绝。这首小诗的末两句便是"还将旧来意，怜取眼前人"，意即希望张生以旧日里对自己的情义来对待他现在的妻子。

《莺莺传》的结尾是对当时道德礼法的一种回归，在今天读来却让人五味杂陈。而晏殊化用崔莺莺的诗句，倒也关涉着一些现实的背景。

［9］爱情与调情的语码

以晏殊的身份，在当时蓄养歌伎是再正常不过的。这样的歌伎称为家伎，她们总因为各种缘故成为主人家中的匆匆过客，很少可以久留。主母的妒意，便是各种缘故中主要的一种。

苏轼有一首《减字木兰花》，为我们留下了一个金钗之年的家伎的影像：

> 琵琶绝艺。年纪都来十一二。
> 拨弄么弦。未解将心指下传。
>
> 主人瞋小。欲向东风先醉倒。
> 已属君家。且更从容等待他。

词中写一名十一二岁的家伎在筵席上弹奏琵琶，还无力以心声驾驭技艺。主人嫌她年纪太小，索性将注意力转移到饮酒上去，而苏轼以客人的身份劝慰主人说：她毕竟已是你家的人了，不妨从容等待她长大吧。

至于长大之后会是怎样的命运，那就因人而异了。宋代笔记《道山清话》记有这样一段故事：词人张先做过晏殊的下属，常去晏殊家中宴饮。晏殊新近纳了一名歌女，喜爱有加，每次张先赴宴，晏殊总会安排这名歌女演唱张先的新词。后来晏殊的夫人容不下这名歌女，晏殊只好遣她出府。某次张先又来赴宴，席间请官伎演唱新词《碧牡丹》，其中有"望极蓝桥，但暮云千里。几重山，几重水"的句子。晏殊不禁触绪伤怀："人生行乐耳，何自苦如此！"于是安排家人从宅库中支钱若干，将先前那名歌女重新买了回来。

"蓝桥"是一则唐代的爱情掌故，出自裴铏《传奇》。书生裴航在回京途中与樊夫人同舟，赠诗以致情意，樊夫人却答以一首离奇的小诗："一饮琼浆百感生，玄霜捣尽见云英。蓝桥便是神仙窟，何必崎岖上玉清。"裴航见了此诗，不知何意，后来行到蓝桥驿，因口渴求水，偶遇一位名叫云英的女子，一见倾心。此时此刻，裴航念及樊夫人的小诗，恍惚之间若有所悟，便以重金向云英的祖母求聘云英。这位老妇给裴航出了一个难题："想娶我的孙女可以，但你得给我找来一件叫作玉杵臼的宝贝。我这里有一些神仙灵药，非要玉杵臼才能捣得。"裴航得言而去，终于找来了玉杵臼，又以玉杵臼捣药百日，这才得到云英祖母的应允。后来裴航与云英双双仙去，非复人间平凡夫妻。

"望极蓝桥，但暮云千里"，向往着裴航与云英的故事，但怎么也望不到蓝桥，只有千里暮云遮望眼，这是留恋，是希望，是不舍，是无奈，是"几重山，几重水"。

无论张生与崔莺莺的故事，还是裴航与云英的故事，在古典文学的世界里都成为爱情的语码，而这样一些语码最宜于词。士大夫纯熟地运用着这些语码，在莫辞频的酒筵歌席里放肆地逗引着歌女的心。这是宋人一种很特殊的生活模式，或者说是宋人所独有的风雅。

在宋人这种独有的风雅中,晏殊只是将及时行乐的人生观奉行得最彻底罢了,这是他自己的独特处。"人生行乐耳,何自苦如此",这样的话简直像《世说新语》里的人说出来的,一派魏晋风度。今生就是全部的人生,不必费心为身后事操劳什么,一切立德、立言只如梦幻泡影露电。晏殊说这样的话,填这样的词,全无半点做作。他有死后薄葬的遗言,子孙也当真这样做了,这样的豁达在当时简直有点不近人情。

宋人邵伯温有这样的记载:侍中张耆遗言厚葬,宰相晏殊遗言薄葬,两人同葬于阳翟。宋哲宗元祐年间,两墓一同被盗。张耆墓中堆满金银珠宝,盗墓贼在墓葬外围的所得便已经不胜其负,于是列拜而去,不再侵犯张耆的棺椁。而从晏殊墓地里辛苦挖出来的只有数十件瓦器,价值还抵不上盗墓的成本。盗墓贼气急败坏,索性劈开了晏殊的棺椁,想从尸身的腰间摘取宰相金带,却发现连腰带都是木制品,一怒之下便用斧头劈碎了晏殊的尸骨。厚葬免祸,薄葬反而致祸,这真该让人重新反思丧葬规程了。(《邵氏闻见后录》)

其实以晏殊的达观,即便有能力预知身后事,想来也不会因此介怀。毕竟"暮去朝来即老,人生不饮何为"(《清平乐》),在精力尚好的年纪放手去博取一切快乐的因子,身后滔滔洪水与己何干?

有人说这是一种消极的人生态度,也有人持相反的意见。价值观的取向时不时会跳出来干涉审美,这也算是人类的一种先天性痼疾吧。然而孰是孰非?这里借用孟特勒伊夫人的台词:"西米阿纳夫人,您听我说,在这场革命的洪流中,稍一疏忽,阿方斯那无耻的罪孽就会成为众人喝彩的种子。只要风向一变，他就会受到尊敬，过去世上对他的鄙夷就会成为清白的证据，在皇家监狱里坐牢的经历，说不定就能化为一枚尊贵的勋章。世态的变化就是如此。当黄金不再是黄金的时候，白银、铜还有铝，就会大放异彩。"（三岛由纪夫《萨德侯爵夫人》）

[10] 文学价值只是词的副产品

如果只是怀着文学欣赏的心，我们只需要读一些宋词选本就好，但如果怀了一颗史家的心，就有必要通观词家的全部作品。精选与全集往往给人截然不同的感受，最典型者莫过于柳永，倘若我们以为"凡有井水饮处，即能歌柳词"是因为"渐霜风凄紧，关河冷落，残照当楼"这样的句子，显然会误判宋词的世界。晏殊的词也是这样，我们通读《珠玉词》，甚至会生出一种烦躁感，因为太多的作品竟然都是充斥着陈词滥调的祝寿词——或者为皇帝祝寿，或者为自己祝寿，或者为妻子祝寿，如《喜迁莺》：

风转蕙，露催莲。
莺语尚绵蛮。
尧蓂随月欲团圆。
真驭降荷兰。

褰油幕。调清乐。
四海一家同乐。
千官心在玉炉香。

圣寿祝天长。

今天的读者往往会觉得这首《喜迁莺》用词生僻，其实在古人那里，这些"生僻词"反而最常用，只因为这些词汇大多用在"主旋律"的创作里，要么歌功颂德，要么粉饰太平，所以注重文学性的诗词选本一般不会收录这样的作品。

我们看这首《喜迁莺》上阕四句，"绵蛮"是拟声词，形容鸟鸣，因其出自《诗经·小雅·绵蛮》，故而有了古雅的色彩；"尧蓂"是传说中尧帝阶前所生的瑞草，尧观蓂荚以知日月；"真驭"是神仙的车驾，代指帝王仪仗。以词中节令推断，这首词当是为宋仁宗祝寿而作的（宋仁宗的生日在农历四月十四日）。仁宗驾临某个荷花盛开的风景区，侍从们张开帐幕，伶人奏乐，百官朝贺，而在儒家意识形态里，当然少不得最重要的"四海一家同乐"。宴饮的场面，写在另一首《喜迁莺》里：

歌敛黛，舞萦风。
迟日象筵中。
分行珠翠簇繁红。
云髻衮珑璁。

金炉暖。龙香远。
共祝尧龄万万。
曲终休解画罗衣。
留伴彩云飞。

写宴饮之欢、歌舞之乐，这是晏殊的本色当行，但皇家寿宴的歌舞必须用审慎的修辞，不求有功，但求无过。上阕"迟日"即春日，语出《诗经·豳风·七月》；"象筵"原指象牙制作的席子，引申为豪华的筵席。下阕"尧龄"，原指尧帝寿逾百岁，后来演变为向帝王祝寿的套语；末尾两句化用李白《宫中行乐词》"只愁歌舞散，化作彩云飞"，却点金成铁，将原句中满含诗意的惆怅色彩化为毫无余韵的喜庆腔调。

这样的词当然无甚文学价值，却可以映射出宋代士大夫社会生活之一景。词，承载着许多社会功能的意义，文学价值原本只是个副产品罢了。我们看五代《花间集》的传统，词无非一种较文雅的酒令，只是文人社交场合里一项助兴工具罢了。

所以宴会上的社交语言，宜于词而不宜于诗，否则便容易引发尴尬。

庆历元年（1041年），时值大雪，欧阳修等人拜谒晏殊，晏殊置酒西园。事情若按照常规模式发展，这本该是一桩文人赏雪的雅事，但欧阳修偏不识趣，即席赋诗，即《晏太尉西园贺雪歌》：

> 阴阳乖错乱五行，穷冬山谷暖不冰。
> 一阳且出在地上，地下谁发万物萌。
> 太阴当用不用事，盖由奸将不斩亏国刑。
> 遂令邪风伺间隙，潜中瘟疫于疲氓。
> 神哉陛下至仁圣，忧勤恳祷通精诚。
> 圣人与天同一体，意未发口天已听。
> 忽收寒威还水官，正时肃物凛以清。

寒风得势猎猎走，瓦乾霰急落不停。
恍然天地半夜白，群鸡失晓不及鸣。
清晨拜表东上合，郁郁瑞气盈宫庭。
退朝骑马下银阙，马滑不惯行瑶琼。
晚趋宾馆贺太尉，坐觉满路流欢声。
便开西园扫径步，正见玉树花凋零。
小轩却坐对山石，拂拂酒面红烟生。
主人与国共休戚，不惟喜悦将丰登。
须怜铁甲冷彻骨，四十余万屯边兵。

　　这首诗完全在借题发挥，起首一句"阴阳乖错乱五行"，就绝不是到人家做客该说的话。接下来长篇大论，满是忧国忧民的内容，还夹带着"斩""刑"这类不祥字眼，最后回归主题"晏太尉西园贺雪"，说外面的世界虽然"阴阳乖错"，但晏殊家的花园依然"拂拂酒面红烟生"，好一个与世隔绝、歌舞升平的小世界！诗歌结尾四句直言不讳地批评主人：以您的尊贵身份，本应当与国休戚，您在这里优游赏雪的时候，可曾想到四十多万戍边将士正在这极寒天气里瑟瑟发抖呢？

　　当时北宋面临西夏边患，著名的好水川之败便发生在这一年的二月。晏殊任职枢密院，拜太尉，正是最高军事长官，所以欧阳修的讽谏也算事出有因。晏殊却不能闻过则喜，而是对旁人发牢骚说：裴度也曾宴客，韩愈也做文章，就连这两位忧国忧民的楷模也只说"园林穷胜事，钟鼓乐清时"而已，有谁会如欧阳修这般搅局！（《苕溪渔隐丛话前集》）

　　如果只看欧阳修的讽谏，我们很容易相信晏殊是个耽于个人享乐而不问民生疾苦的人，然而事实并非如此。平心而论，晏殊对那"四十余万屯边兵"做到了尽职尽责，他只是不以公务而废私事罢了。在传统的道德观念里，我们总会推崇公而忘私式的官员楷模，要么如周公"一沐三握发，一饭三吐哺"，要么如诸葛亮"鞠躬尽瘁，死而后已"，晏殊却偏偏不是这样。甚至可以说，晏殊生活与工作的方式才代表了北宋的政治主流。尽职尽责是官员的本分，享受生活同样是官员的本分。所以晏殊对欧阳修的潜台词是：你总不该在我的私生活世界里以公务来纠缠不休吧，何况对公务我并不曾懈怠呢！宴饮时间就应该风花雪月，私家花园不是忧国忧民的场所。

最宜于宴饮的文学形式当然是词，并且在重要的日子里，词还会有特殊的写法。

"庆历四年春，滕子京谪守巴陵郡……"这是《岳阳楼记》的起首，是我们再熟悉不过的文字。就在这个庆历四年（1044年）的立春时节，宰相晏殊于私第宴请中书省、枢密院群僚，席间作《木兰花》以侑觞：

东风昨夜回梁苑。日脚依稀添一线。
旋开杨柳绿蛾眉，暗拆海棠红粉面。

无情一去云中雁。有意归来梁上燕。
有情无意且休论[1]，莫向酒杯容易散。

1.论，读作lún。

杨湜如此记载了当时的盛况："于时坐客皆和，亦不敢改首句'东风昨夜'四字。"(《古今词话》)

身份最尊贵的主人既然填词侑觞，客人出于礼数，也要起而赓和。赓和要体现出尊卑、主客之别，这一来客人们所有的《木兰花》也都以"东风昨夜"四字起首。如果我们仅以文学创作的眼光来看，这是何等荒唐的事，几十上百首纯属应景的"东风昨夜"哪有什么存在的价值呢！但吊诡之处就在这里，文学价值只不过是词的副产品罢了。

[11]《珠玉词》中的激愤变调

选择即判断，任何一部词的选本都是选家审美旗帜的张扬。今天我们最熟悉的宋词选本当数"清季四大家"之一朱孝臧（一名祖谋，字古微，号彊村）所编选的《宋词三百首》。朱孝臧填词师法南宋大家吴文英，最能欣赏南宋绮丽、温婉甚至隐晦的词风，而今天我们对宋词的审美在很大程度上却是受了王国维的影响。

王国维约略是朱孝臧的同时代人，最欣赏的却是北宋偏于质朴、感发的词风，对南宋词坛很不以为然。王国维《人间词话》有评论朱孝臧的一段："彊村……学人之词，斯为极则。然古人自然神妙处，尚未见及。"

在王国维看来，朱孝臧的词是学者型的，并且写到了这一类型中的极致；而所谓"古人自然神妙处"，正是五代、北宋那种自然感发、丝毫不见用力痕迹的写法。

所以朱孝臧《宋词三百首》于晏殊词收录十一首，尽是流连光景、伤离怀远的温婉之作，但如果王国维来编辑一部宋词选本，我以为他一定不会漏选晏殊的那首《山亭柳》：

家住西秦。赌博艺随身。

花柳上，斗尖新。
偶学念奴声调，有时高遏行云。
蜀锦缠头无数，不负辛勤。

数年来往咸京道，残杯冷炙漫销魂。
衷肠事，托何人。
若有知音见采，不辞遍唱《阳春》。
一曲当筵落泪，重掩罗巾。

　　这首《山亭柳》在《珠玉词》里显得格格不入，没了富贵闲愁的淡雅，却似脱口而出的激愤语。我们或许会以为这是晏殊年轻时候的一时情绪，但它其实是词人的晚年之作。首先会引起读者惊异的是，这首词居然有个题目，叫作"赠歌者"。

　　词的惯例，原本只有词牌而无题目，因为在词的萌芽期里，写作内容很窄，无非用之于宴会、付之于歌女罢了。我们试将整部《花间集》读下来，绝不会因为"无题"而生出任何阅读障碍。所以词题的出现，是填词内容扩大的体现，亦是词的私人化的体现。此后词的各种题目不但多了，长题也开始出现，继而有小序、长序，这就意味着词与诗的分野越来越小了，词也可以像诗一样成为私人语境中的文学创作。

　　《山亭柳》题为"赠歌者"，是在宴会上听过歌女演唱之后填词相赠的。这是宋代文人的一种雅趣，其实并不稀奇。文人喜欢哪个歌女，或者主人家请出自己最得意的歌女，要她向客座中的文人索词，词便每每这样写了，没人觉得值得为它拟个什么题目。

晏殊特地拟一个题目，而且是一个很隆重的题目，显然这首词无涉于男女之情，更不是打情骂俏式的逢场作戏。晏殊于庆历四年（1044年）九月罢相，出知颍州，后来辗转于陈州、许州，再转永兴军，居长安三载，在贬谪的岁月里挨过了花甲年纪。不知是在哪一场宴会上，一名青春不再的歌女触发了晏殊"同是天涯沦落人，相逢何必曾相识"的感慨。

词以歌女第一人称的口吻自述，说自己家住西秦，精通各项才艺。"赌博艺随身"，意即以随身的博艺与他人赌赛。"花柳上，斗尖新"，在风花雪月的场所里每每与同行姐妹较量最新的歌曲、最难的唱腔。"偶学念奴声调，有时高遏行云"，念奴是盛唐天宝年间的名歌手，既然唱得出念奴的水平，自然"蜀锦缠头无数，不负辛勤"，有听者追捧，有高额的酬劳，也不算辜负自己的才华与努力了。

下阕突然词锋一转，"数年来往咸京道，残杯冷炙漫销魂"，自叹一年年过去，当年的名伶已是明日黄花，只好在咸京道上往来奔波，聊以糊口罢了。"衷肠事，托何人"，心底最深处的苦闷，不知道能够讲给谁听！"若有知音见采，不辞遍唱《阳春》"，如果有缘遇到知音，遇到真正懂得我、体贴我的人，我愿意将最美的、俗人无法欣赏的歌曲全部唱给他听。但这个人，究竟在哪里呢？

每每想到这里，总不禁伤心落泪，但歌伎哪能当着客人的面哭起来呢？只是一曲唱罢，情绪再也不能自禁。"一曲当筵落泪，重掩罗巾"，说的就是这样欲哭而哭不得的凄怆情景。

这样看来，通篇都是歌伎在追忆，在悲愤，在不平，其实晏殊本人正隐在歌女的身后，借他人之酒浇自己胸中块垒罢了。他毕竟不是一个容易感情用事的人，偶有激愤的情绪，也不直接抒发，而是戴上面具再流泪。

"抒情诗歌中最重要的人物角色便是戴上面具的诗人自身"（薛爱华语），晏殊确实找到了一副合适的面具，因为士大夫借歌伎的口吻来抒写心事，首先是因为歌伎和士大夫虽然地位上一卑一高，但实质上大有相通之处。歌伎要勤学苦练，最终靠技艺谋生，儒生也要十年寒窗苦，和来自全国各地的竞争者去"斗尖新"，一旦金榜题名，也一样"蜀锦缠头无数，不负辛勤"。歌伎最终的出路是要找一个终身的依靠，儒生也是学成文武艺，货与帝王家，一身本领需要找一个合适的买主。即便孔子亦不例外，"我待贾者也"，期待着明主的赏识、擢拔与信用。

如果得不到赏识，或者先得到赏识又被误解，委屈的感觉便总是难免了。对歌伎来讲，后半生的归宿应该在哪里呢？对士大夫来讲，问题也是一样的，我这些阳春白雪到底还有没有机会唱给人听呢？

如果仅仅是借他人酒杯浇自己心头块垒，只能形成一件纯私人化的作品，无法走向公共化。晏殊这里的私人化，却有一种普世的意义：歌伎与知音的关系，知识分子与明君圣主的关系，其中的艰难险阻和悲欢离合是始终存在的，是许多人都有切身感触的，于是晏殊因为这首《山亭柳》而扮演了同类群体代言人的角色。一件艺术作品之所以能够流行，这是很要紧的一个原因。

［12］歌舞升平中的靡靡之音

词家的身份在当时并未给晏殊增添多少光彩。身为宰辅重臣，填词当然是可以的，但"偶一为之"才是合适的限度，若作品太多、太认真，就有点失了体统。同为宰辅，晏殊的前辈寇准、后辈王安石，虽然都有词作传世，手笔亦不凡，却从未如晏殊一般沉迷进去。

若将时间稍稍向前追溯，后晋宰相和凝在填词的热情上足堪与晏殊媲美，甚至得了个"曲子相公"的称号。这称号当然不含褒义，事实上也并不准确，因为和凝填词主要是在"少不更事"的年纪。及至年高位尊，和凝便开始懊悔年轻时候的荒唐，甚至专门派人搜罗自己旧时词作，悉行焚毁，仿佛这是多么可耻的人生污点。

官员总要有官员的体统，但今天看来颇为蹊跷的是，官员们宴饮、游玩可以不惮高调，尤其在北宋盛时愈发如此；而填词不过是零成本的私人爱好，国库不会为之多负担一分，百姓不会为之多缴纳一分，何乐而不为呢？

然而从"政治正确"的角度来看，上流社会的铺张宴饮并不必定意味着"朱门酒肉臭，路有冻死骨"——不，那只是末世里的景象——而是意味着太平盛世里的歌舞升平。如果有普通百姓艳羡这样的生活，也绝没有揭竿而起的必要，因为北宋社会在相当程度上打通了阶级壁垒，"书中自有黄金屋，书中自有颜如玉，书中自有千钟粟"，只要通过科举，谁都有机会"朝为田舍郎，暮登天子堂"。从寇准到晏殊，从晏殊到王安石，这三代宰相哪个不是由读书博取富贵的呢？

前代令人谈虎色变的外戚专权、宦官专权，在北宋已经不成其为问题了。诱惑摆在所有人的眼前，机会也同样摆在所有人的眼前。人们读书博取功名，并不遮掩对荣华富贵的渴望。

荣华富贵、宴饮狂欢，这在当时都不失为公职人员的体统，反而填词有点失了体统，尤其对宰相一级的高官而言。王安石拜相之后，某日读晏殊的小词，不禁失笑："为宰相而作小词，可乎？"王安石的弟弟王安国在一旁答道："彼亦偶然自喜而为尔，顾其事业，岂止如是耶？"当时吕惠卿亦在，当即反驳道："为政必先放郑声，况自为之乎？"王安国正色道："放郑声，乃不若远佞人也。"（魏泰《东轩笔录》）

"放郑声，远佞人"是孔子的政治主张，即弃绝靡靡之音，远离奸佞小人。王安国性格耿直，疾恶如仇，但三人中反而是他对填词最有理解之同情，认为晏殊自有事业上的成就，事业之外有一点填词的爱好并无不妥。吕惠卿是宋史中著名的奸佞，却偏偏是他将词与"郑声"划为一类。王安国的反驳中隐隐有以吕惠卿为佞人的意思，两人的芥蒂由此而愈深。

无论如何，既有这样的争议，便说明晏殊的词在当时的风评中或多或少被当作一种政治污点。传说"职业词人"柳永曾经谒见晏殊，两人发生了一段不甚投机的对话。晏殊问柳永是否还在填词，柳永答道正如您一样还在填词，晏殊不悦道：我虽然

填词,却从未写过"彩线慵拈伴伊坐"这种话。(张舜民《画墁录》)

柳永似乎认为天下填词人都是一家,晏殊却崖岸自高,极力与柳永腔的俗文学撇清关系。尽管有学者从考据的角度质疑晏殊与柳永这一次会面的真实性,但即便这件事情本身纯属虚构,真正重要的是,这样一种虚构完全符合逻辑上的真实。

晏殊与柳永分别代表着当时填词风气的两极,柳永作为俗文学的旗手,很希望混俗于雅,拉近自己与文人圈的关系,晏殊却会特意强调柳永作品中的恶趣味,在两人之间划出一条不可逾越的鸿沟。

如果从社会学的角度来看文学艺术的发展史,常常能够注意到这样的现象。其规律一言以蔽之:底层永远想要获得精英集团的接纳,而精英永远要格外凸显自己与底层社会的审美区别。很多时候这甚至是一个生死攸关的问题,因为一旦模糊了审美界限,往往也就随之模糊了身份界限,这绝不是人类身上的竞争基因所乐于容忍的。在任何一种精英社会里,永远是极少数的上层人士成为文化标准的决定者,引领着优雅而不同凡俗的生活风尚。精英分子在象牙塔尖上倨傲地俯瞰众生,即便他们并不乏博爱精神,心底也总会由衷地感到:"蒲公英的生命比蕨类或棕榈的生命更鲜活,蛇的生命比蝴蝶的生命更鲜活,鹪鹩的生命比美洲鳄的生命更鲜活……我的生命比为我赶马车的墨西哥人的生命更鲜活。"(D.H.劳伦斯《豪猪之死的反思》)柳永那种"畅销作家"式的大众文化明星,在精英社会里注定沦为一种代表着"自甘堕落"的反面样板。

所以我们甚至可以做出这样的预测:如果柳永真的被晏殊接

纳,那么他此后的创作风格很有可能由俗入雅,刻意与俗文学的后起之秀划清界限。在古代所谓身份社会里,这样的行为模式较我们现在这个大众文化的社会常见得多。

是的,如今我们生活在一个大众文化的世界,所以很多人也许看不惯晏殊摆架子的模样,看不惯他"刻意脱离人民群众"的艺术追求。但是,正是因为越来越多的人有了这种士大夫的自觉,才使词有了一路雅化的发展,词的生命因此长青。往往越接地气的作品反而越是短寿,譬如元曲,今天还剩下多少读者呢?

第三章

晏幾道：儒家世界里的陌生人

词人者,不失其赤子之心者也。

——王国维《人间词话》

［1］文学作品的传播往往并不依附于文学价值的高低

晏幾道（1038—1110），字叔原，号小山，晏殊第七子。父子二人皆以填词名家，父称"大晏"，子称"小晏"，这在后人看来自然是一段佳话，当时却未必然。

作为宰相公子，晏幾道完全继承了乃父的文学才华，却全无乃父为官与处世的能力。填词于晏殊而言只是"偶然自喜而为尔"（王安国语），于晏幾道而言几乎就是生活的全部了。在那个属于"身份社会"的时代，晏幾道能够留名青史，小山词能够无碍无阻地传承至今，实在是一件很侥幸的事情。《蕙风词话》，晚清三大词话之一，对小山词的流传有一番很精辟的借题发挥：

晏叔原词自序曰："始时沈十二廉叔、陈十君龙家有莲、鸿、蘋、云，清讴娱客。"廉叔、君龙殆亦风雅之士，竟无篇闋流传，并其名亦不可考。宋兴百年已还，凡著名之词人，十九《宋史》有传，或附见父若兄传。大都黄阁钜公，乌衣华胄。即名位稍逊者，亦不获二三焉。当时词称极盛，乃至青楼之妙姬，秋坟之灵鬼，亦有名章俊语，载之囊籍，流为美谈。万不至章甫缝掖之士，尺板斗食者流，独无含咀宫商、规模秦柳者。矧天子右文，群公操雅，提倡甚非无人，而卒无补于湮没不彰，何耶！国初顾梁汾有言："燠凉之态，浸淫而入于风雅。"良可浩叹。即北宋词人以观，盖此风由来旧矣。即如叔原，其才庶几跨灶，其名殆犹恃父以传。夫传不传亦何足重轻之有？唯是自古迄今，不知埋没几许好词。而其传者，或反不如不传者之可传。是则重可惜耳！

简要翻译一下这段文字：晏几道曾为自己的词集作序，其中有"始时沈十二廉叔、陈十君龙家有莲、鸿、蘋、云，清讴娱客"的内容，显然沈廉叔、陈君龙皆为风雅之士，他们在风雅的宴会上应当也写过精彩的辞章，但他们的文字竟然全无流传，就连他们的姓名也不见于任何史料。此时宋代开国已有百年，凡是著名的词人，《宋史》有传者十之有九，即便本人地位不高，也会在父兄传记之后附有他们的小传。显赫的身世保障了生平事迹的流传，而身份、地位哪怕只稍稍逊色，留名载籍者便不足十之二三。那毕竟是词的鼎盛时期，以至于连青楼才女、秋坟灵鬼也会有一些美好的词作被人记载下来，传为美谈，万不至于普通儒生与低级官吏中却出不来多少优秀的词人。当时天子提倡文学，公卿大臣引领填词风尚，为什么还会有这样的现象呢？这不禁使人想起清朝初年的词家顾贞观的一句话："燠凉之态，浸淫而入于风雅"，意即文学世界一样会受到人类社会势利规则的影响。这真是让人感叹啊！从北宋词人来看，这种风气显然由来已久。譬如晏几道，虽然他的文学才华超过了他的父亲晏殊，但如果他没有这样一位官居宰辅的父亲，我们也许根本不会知道历史上有他这样一个人存在。自古迄今，不知道埋没了多少好词，流传下来的篇章，未见得比失传的篇章更好，这怎不让人感到惋惜呢！

《蕙风词话》就这样为我们点出了一个冷冰冰的事实：文学作品的传播往往并不依赖于文学价值，反而在相当程度上依附于与文学价值毫无关系的作者身份。这确实是古代"身份社会"的常态，尤其对词这种不登大雅之堂的艳科小技而言。但是，《蕙风词话》其实忽略了一点：重要的与其说是作者本人的身份地位，不如说是作者是否成功打入了主流文化圈。

　　一位词家哪怕无官无职，也没有可资倚靠的家世，但只要他成为主流文化圈中的一员，常常和大佬们——无论达官显贵抑或文坛盟主——发生文学上的互动，他的名声便有绝大的机会传播，作品便有绝大的机会流传。南宋词坛名家姜夔便是一个典型范例，而本书第一章介绍过的秦观也可以算作一个范例。

　　姜夔一生白衣，属于《蕙风词话》上述文字中的"章甫缝掖之士"；秦观虽然入了官场，但在政坛上只是一个无足轻重的小人物，从未担任中高级的官职，属于《蕙风词话》上述文字中的"尺板斗食者流"。而姜夔奔走于江湖，半生都做着豪门清客；秦观位列"苏门四学士"，生活在苏轼这位文坛主将的羽翼之下，不断受着苏轼与其他文友的揄扬；不然就必须有柳永那样的罕见成就，在俗文化圈里呼风唤雨，再不喜欢他的人也无法无视他的存在。

　　本章的主人公晏幾道其实是一个相当边缘化的存在——宰相公子的身份使他自幼习惯了锦衣玉食，实在无忧无虑惯了，即便后来家道中落，甚至连基本生活都出现问题，他也终于走不出姜夔那一步；他凭着父亲的余荫担任过小小不言的公职，但他既没有钻营权势的私心，也没有兼济天下的壮志，甚至缺乏应对基本人际关系的情商；他也不曾加入哪个文学同盟，永远疏离于任何或紧密或松散的组织。

[2] 在莲、鸿、蘋、云的世界里

晏幾道完全是贾宝玉一般的人物，除了在自家的女儿国里发生一些朦胧而青涩的恋爱——甚至还构不成真正意义上的恋爱——世界上再没有任何事情值得费心。他的青年时代就是在"大观园"里消磨过去的。他在词集自序中提到的莲、鸿、蘋、云，都是友人家中歌女的名字。今天我们在《小山词》里读到的许多嵌着"莲、鸿、蘋、云"字眼的小令，便都是为这几名女子而作的。

为歌女填词，无论如何都是宋代文人的雅趣，甚至可以说是一项传统，本不值得大惊小怪，但一经晏幾道写来，却平添了离经叛道的色彩。试举一首《临江仙》：

淡水三年欢意，危弦几夜离情。
晓霜红叶舞归程。
客情今古道，秋梦短长亭。

渌酒尊前清泪，阳关叠里离声。
少陵诗思旧才名。
云鸿相约处，烟雾九重城。

仅从文学角度来看，这首词倒算不得《小山词》中的佳作，所以鲜见于一般选本，但如果要从《小山词》中选一首最能代表晏幾道其人的作品，那么这首《临江仙》无疑会成为首选。

我们先看词的最后两句："云鸿相约处，烟雾九重城"，点明这是为云、鸿两名歌女而作，彼此惜别。张草纫有考证背景："这首词作于叔原从颍昌许田镇回汴京时，时间大约在宋神宗元丰八年（1085年）秋。起二句谓在许田镇三年，友情甚好，有惜别之意。离京前曾与云、鸿相约，三年任满后再见，如今可以回京践约了。"（《二晏词笺注》）

词意之所以离经叛道，首句便已经露了端倪："淡水三年欢意"，语出《庄子·山木》"君子之交淡若水，小人之交甘若醴"，将自己与歌女的情谊比作淡若水的君子之交，亦即将歌女引入了君子的阵营。之所以说晏幾道酷似贾宝玉，在对待女人的态度上最是如此。

"君子之交淡若水，小人之交甘若醴"，人皆信服庄子这两句话里的深刻洞见，而在时世的推移里，那些本应取君子之交的士大夫追求起了"甘若醴"的感觉，即便在凤毛麟角的真正"淡若水"的交往里，又怎会出现歌女的身影呢？她们本属小人，出类拔萃者也不过是供上流社会随意消遣的娱乐明星。她们没有节操，也没人要求她们有什么节操。只有小晏将"淡若水"的这种本属君子社会的精神奢侈品贱价处理一般地用在歌女身上，这简直羞辱到士大夫阶层了。

这倒不能全怪当时士大夫的偏见，因为在歌女身上，往往真的体现着"唯女子与小人为难养也"的圣人古训。譬如苏轼途经姑熟（今安徽当涂）的时候，在一场宴会上偶遇旧识：一位名叫胜之的歌女曾是别人的家伎，曾经不止一次地为自己歌唱侑觞，自己也不止一次地写过赞美她的词作，这时她的旧主人已经故去，她依旧明眸皓齿、言笑晏晏，做了新主人家中的歌女。

人们为什么经常感叹物是人非，因为物是不变的，人是多变而易老的。人的速变对比于物的不变，越发显出沧桑与悲怆。而此时此刻，歌女胜之在苏轼眼里变成了物，因为她是不变的，旧主人的死并没有在她的脸上增添一丝哀戚。这倒让苏轼抚今追昔，感到无限的哀戚了。于是，苏轼遮着脸，不愿和胜之照面，甚至号啕大哭起来，而胜之呢，见旧相识在这个听歌看舞的场合莫名其妙地大放悲声，禁不住被这滑稽场面逗得大笑。苏轼深受触动，后来写下一首《西江月》，词句洗净了此前逢场作戏中写给胜之的谐谑腔调：

别梦已随流水，泪巾犹裛[1]香泉。
相如依旧是臞仙[2]。
人在瑶台阆苑。

花雾萦风缥缈，歌珠滴水清圆[3]。
蛾眉新作十分妍。

1.裛（yì）：沾湿。
2.臞仙：典出《史记·司马相如列传》："相如见上好仙道，因曰：'上林之事未足美也，尚有靡者。臣尝为《大人赋》，未就，请具而奏之。'相如以为列仙之传居山泽间，形容甚臞。"苏轼以司马相如自比，说自己依旧是个清瘦的儒生。
3.歌珠滴水清圆：语出《礼记·乐记》："故歌者上如抗，下如坠，曲如折……累累乎端如贯珠。"

走马归来便面。[1]

胜之受尽新主人的宠爱,尽态极妍中无法理解苏轼的悲伤。苏轼从此常以此事为例,劝人不要蓄养歌伎。

苏轼的伤感与悲凉显然更多来自他自己的立场,其实平心而论,歌伎毕竟不是妻妾,两者享有的权利不同,承担的义务也相应不同。从身份言,家伎只是家奴,可以被家主任意买卖。旧主人故去,若能有新主人收留,继续操持歌舞佣觞的营生,这究竟又有多大过错呢?

而当我们读过苏轼当初在胜之的旧主人家写给胜之的词作,恐怕更是平添一分感慨。一首《减字木兰花》是这样写的:

双鬟绿坠。娇眼横波眉黛翠。
妙舞蹁跹。掌上身轻意态妍。

曲穷力困。笑倚人旁香喘喷。
老大逢欢。昏眼犹能仔细看。

这是赞赏胜之舞姿妙曼,性格活泼,还很尽力地为自己表

---

1. "蛾眉"二句:暗用张敞画眉之典。《汉书·张敞传》:"敞为京兆,朝廷每有大议,引古今,处便宜,公卿皆服,天子数从之。然敞无威仪,时罢朝会,过走马章台街,使御吏驱,自以便面拊马。又为妇画眉,长安中传张京兆眉怃。有司以奏敞。上问之,对曰:'臣闻闺房之内,夫妇之私,有过于画眉者。'上爱其能,弗备责也。然终不得大位。"颜师古注:"便面,所以障面,盖扇之类也,不欲见人,以此自障面,则得其便,故曰便面,亦曰屏面。今之沙门所持竹扇,上袤平而下圜,即古之便面也。"胜之之新主人名为张恕,苏轼以张敞典故切合张恕之姓,这是诗词习见手法。

演。读这首词要留意一下古音:下阕"笑倚人旁香喘喷","喷"读作fèn;"昏眼犹能仔细看","看"读作kān。

再如一首方言俚语腔的《减字木兰花》:

天然宅院。赛了千千并万万。
说与贤[1]知。表德元来是胜之。
今来十四。海里猴儿奴子是。
要赌休痴。六只骰儿六点儿。

所谓"海里猴儿"即"好孩儿"的谐音,"奴子"即少年奴婢,"六只骰儿六点儿",赌博掷色子掷出这样的点子,叫作"没赛",即最大的点数,引申为没人赛得过。这样的写法,只是纯粹的玩弄文字罢了。苏轼毕竟交游广博,文名满天下,总会在各种宴饮中写下这样的词作,而词句中为我们呈现出来的歌女样子,究竟比玩物好过几分呢?

晏幾道从未以玩赏的心态与歌女交往,《小山词》中的歌女从不似苏轼词中这番样子。苏轼是豁达的名士,晏幾道却是纯真的孩子。所以晏幾道虽然有宰相公子这样的显赫出身,却始终是士大夫世界的局外人。世故圆滑的小人们不会把他引为同道,只会笑他的痴;道貌岸然的正人君子也只会鄙薄他的为人,以洁身自好的姿态和他保持距离。

美与爱与真才是他的王国,他只有在自己的王国里才能如鱼得水。

---

1. 贤:敬语,略相当于"您"。

[3] 单纯到底,别有寄托

士大夫的文学创作,诗从来都是最重要、最正经的事情,以诗立言可以传之名山,而填词只用余力,谁也不该在"消遣"上花费太大的功夫。但是,越是富于文艺气质的人,越是被词的魅力吸引过去,以至于一往情深,一发而不可收。

晏幾道正是这样的人,他无心于世俗功名,不介意主流价值观的方向,既然含着银汤匙出生,索性含着银汤匙到死。所以他罕有写诗,更不曾写过什么高头讲章。既然歌女永远是他的社交圈子里最重要的部分,那么他最理想的社交语言——尽管他真的毫无社交意识——自然非词莫属。

随着父亲晏殊的升谪与生死,晏幾道的人生也经历着几番去留与跌宕,也因而与歌女们发生着各种悲欢离合。文学往往源于聚散无常的人生,以下这首《采桑子》最宜于我们概览晏幾道的人生与词境,尽管这不是他最好的作品之一:

红窗碧玉新名旧,犹绾双螺。
一寸秋波。千斛明珠觉未多。

小来竹马同游客,惯听清歌。

今日蹉跎。恼乱工夫晕翠蛾。

这首词记述与一名歌女的久别重逢，回忆她年少的时候是如何地风姿绰约，如何地为人追捧，而今青春不复，所有繁华俱成往事；自己曾与她青梅竹马，听惯了她的歌声，那是多么久远的回忆啊；此时此刻，为着自己的造访，她正在紧紧张张地梳妆打扮，大约不想让自己看到她脸上的岁月留痕吧。

这样的内容，很容易使我们联想到白居易笔下的琵琶女，曾经"五陵年少争缠头，一曲红绡不知数"，终于耐不住岁月催人，"门前冷落车马稀，老大嫁作商人妇"。但是，在表面故事的高度相似之下，潜藏着最本质的区别。

《琵琶行》完全一派士大夫腔调，写琵琶女只是借他人酒浇自己胸中块垒。很难说白居易对琵琶女真的有多少同情——不，他从来不是一个怜香惜玉的人。他在显贵时广蓄家伎，其中著名者如"樱桃樊素口，杨柳小蛮腰"所称赏的樊素与小蛮，但称赏之余，他还会说"十载春啼变莺舌，三嫌老丑换蛾眉"，家伎稍稍年长，就会被卖出换取年轻的新人——他只是在浔阳江那个特定场景中从琵琶女的身上看到了自己的悲哀，因为自己的仕途蹭蹬掬一把同情的泪水。这首长诗名动天下，无非是因为在无数有着同样遭际的士大夫心中激起最广泛的共鸣罢了。

晏幾道却不同，写歌女便仅仅在写歌女，她们于他从不会成为借题发挥之题，不会成为浇自己胸中块垒的他人之酒。晏幾道并没有白居易那样的高远抱负，因此不会有白居易那样的深沉失落。在白居易以及一切主流士大夫眼中微不足道的事情，譬如与一名青梅竹马的歌女久别重逢，便足以激荡晏幾道心里最大的波澜。他的世界也许太窄小，因而太纯粹。在与歌女的关系当中，他甚至从未意识到自己有着"宰相公子"的地位，即便使歌女侑觞，他与她们也总是保持着一点足以产生羞涩之情的距离。

[4] 小晏的"现代性"

我们常会在晏幾道的词句中看到不应属于他这个阶层的羞涩，似乎他爱意萌生的对象并非身在贱籍的歌女，而是高高在上的女神。他会写尽自己的忐忑和焦灼，别无寄托，更没有半点轻浮的口吻，如这样一首《采桑子》：

金风玉露初凉夜，秋草窗前。
浅醉闲眠。一枕江风梦不圆。

长情短恨难凭寄，枉费红笺。
试拂幺弦。却恐琴心可暗传。

这完全是初恋的味道，他在秋凉中半醉半眠，断断续续地梦着他的恋人；已经寄给她许多书信，而想说的话似乎仍然没有说出一句；随手抚弄琴弦，却怕琴声泄露了心事。我们仿佛看到了一个深陷暗恋中的小男生，始终在患得患失，不敢走出表白的一步。

词的最末两句最是传神："试拂幺弦。却恐琴心可暗传。"所谓幺弦，即琵琶的第四弦，琵琶弦中最细的一根。"幺弦"可以代指琵琶，但修辞上之所以特意以"幺弦"借代，是因为它最能弹出轻柔的音色与微妙的变化。《琵琶行》有"大弦嘈嘈如急雨，小弦切切如私语"，"小弦"即"幺弦"，可以如泣如诉，或如张先《千秋岁》名句所谓"莫把幺弦拨，怨极弦能说"。

　　愈在意，便愈是不敢表露，因为结果只要稍稍不如人意，对痴恋中的人而言就不啻一场灭顶之灾。如此青涩与羞赧的调子谱出了《小山词》的主音，亦谱出了《小山词》在宋代词坛的独特处。

　　擅于言情的词人各有各的基调，而"试拂幺弦。却恐琴心可暗传"的基调我们几乎不会在秦观、柳永身上看到，当然更不会在苏轼、辛弃疾的词中看到。这是晏幾道独有的标签——在士大夫与歌女的关系里，只有晏幾道公然将前者摆在了弱者的地位。在时人眼中这纯属离经叛道，在今人眼中这却是难能可贵。在这层意义上，我们真可以说他是宋代词人中最有"现代性"的一个。

［5］一场自取其辱的词集投献

晏殊的子侄皆未有过显赫的仕宦，所以晏殊的亡故也就意味着晏氏家族忽然失去了唯一的荫蔽。虽然晏殊留下了偌大家业，子孙断不至受穷，但少了权力荫蔽的财富从来都危若累卵，这也是在中国历史上富人总要想方设法与权力联姻的原因。

受一场突如其来的政治斗争的波及，晏幾道失去了父亲留下的几乎所有产业，瞬息间只能依靠微薄的薪俸为生了。宋神宗元丰五年（1082年），晏幾道受命为颍昌（今河南许昌）许田镇镇监。

镇监是各类镇官之一种，位于北宋官制最底层，出名的官卑俸薄。

《梦溪笔谈》记有某镇官在驿站题诗大发牢骚："三班奉职实堪悲，卑贱孤寒即可知。七百料钱何日富，半斤羊肉几时肥。"宋代虽然很有厚待士大夫的名声，但不同品级薪俸悬殊。晏殊处在品级金字塔的顶端，仅靠合法收入便可以富甲一方，晏幾道却被压在品级金字塔的底层，镇监的合法收入只能勉强使人不至饿死罢了。

被生活逼迫到这般田地，即便是不食人间烟火、不谙人情世故的晏幾道也不得不低下高贵的头颅。幸而当地最高长官韩维是晏殊旧属，总还会念及旧日里的香火之情吧？晏幾道身无长物，便手写自己的若干词作，上呈韩维。两人的身份有天壤之别，若非靠着父辈的交谊，晏幾道甚至不会有进呈词作的机会。

在儒家的价值观里，当韩维收到晏幾道发来的含蓄的请求，便有十足的理由给予关照。这非但不会招致以权谋私的骂名，反而会赢得交口赞誉。但韩维偏偏是个正统得过分的人，回复晏幾道说：看到你这些新词，才有余而德不足。愿郎君抛弃有余之才以补不足之德，这才是我心底的厚望。

今天，我们当然最容易责怪韩维古板，而设身处地来看，却真要责怪晏幾道求助无方。向父执辈献上自己的文字，哪有填词而不写诗的道理，即便是诗，也不能露出半点轻浮。

唐代诗人崔颢是一个极著名的反例。当时喜好接引晚辈的达官李邕久闻崔颢才名，邀请他来家中做客。对崔颢而言，这实在是一次跃龙门的机会。而按照惯例，登门拜谒需要献上自己的得意作品才行，并且要把最出色的作品放在第一篇。

崔颢投献的第一篇并非我们今日熟知的《黄鹤楼》，竟然是《王家少妇》，也不知出于有意还是无意：

　　　　十五嫁王昌，盈盈入画堂。
　　　　自矜年最少，复倚婿为郎。
　　　　舞爱前谿绿，歌怜子夜长。
　　　　闲来斗百草，度日不成妆。

这首诗是以一名少妇的口吻讲述婚后的幸福生活，写尽小女人的活泼情态，大意是说自己十五岁那年嫁到了王家，和丈夫恩恩爱爱，如胶似漆；自己不但样貌美，还能歌善舞，闲来做做斗草的游戏（这是唐代女子最流行的一种可爱游戏），有时玩得忘了时间，连梳妆都顾不上了。

平心而论，这首诗的文学表现力上佳，绝对不能算是一首坏诗，然而投献的结果，却是将李邕惹到勃然大怒，竟不许崔颢进门了。诚然，《王家少妇》虽然诗意盎然，文学手法出色，但输在思想格调太低。若拿给歌女演唱，倒也无伤大雅，只是作为投献给尊长的第一篇作品，确实大失礼数。

两相比较，我们会发现晏幾道犯下的错更甚于崔颢，至少在韩维眼里是这样的。想来晏幾道在自己的世界里沉溺太深、专情太久，既不觉得自己失之轻浮，更忘记了士大夫主流世界里的价值标杆。邵博有评议说："一监镇官敢以杯酒自作长短句示本道大帅，以大帅之严，犹尽门生忠于郎君之意。在叔原为甚豪，在韩公为甚德也。"（《邵氏闻见后录》）显然邵博站在了韩维的一边，故而将晏幾道的这番举止理解为豪情——这虽然是嘉许的意思，却实在误解了他。边缘人要想获得同时代人的理解，从来都是一件难事。

[6] 落花人独立，微雨燕双飞：
　　诗与词异趣之一例

韩维对晏幾道的评语无疑代表着当时正人君子们最典型的看法。没错，他是个公子哥，整日里只和歌女们厮混在一起，填词唱歌，诗酒流连，哪有一点做正事的样子呢！晏幾道在士大夫的世界里从来寻不到真正的知音，一切寄托与思念尽数倾泻在歌女身上：

梦入江南烟水路。
行尽江南，不与离人遇。
睡里消魂无说处。
觉来惆怅消魂误。

欲尽此情书尺素。
浮雁沉鱼，终了无凭据。
却倚缓弦歌别绪。
断肠移破秦筝柱。

小晏一生的心绪几乎都在这首《蝶恋花》里。江南烟水路不仅仅是他梦里的世界,更是他最后退守的精神家园,他走遍那里的每一寸土地,苦苦期待与心上人重遇。终于没有重遇,黯然的心情在梦里无处倾诉,醒来只有无穷的惆怅。他想将相思全部写满信纸,但到头来这封信却写不尽,寄不出,只有慢慢地拨动琴弦,乐声排遣不了愁怀,反让人坠落进无限的低迷里去。

　　以常人眼光来看,晏幾道完全不必这般自苦,毕竟在士大夫的阵营里不会尽是韩维那样的人物。譬如旷达不羁的苏轼,他明明最可能成为小晏的知音。事实上,在宋哲宗元祐三年(1088年),苏轼拜托黄庭坚做引荐人,希望能与晏幾道结识,后者却摆出一副高冷样子,谢绝道:"今日政事堂中半吾家旧客,亦未暇见也。"(陆友仁《砚北杂志》)

　　没有足够的语境依托,我们无法知晓晏幾道究竟是以怎样的心态说出这番话的。或许是受尽了"吾家旧客"的冷落,便以略嫌过激的疏离与冷傲来保护自己那颗原本就过于敏感的心,或许是见惯了人情冷暖,于是天然便要反讽一切与人情世故有关的事情……无论如何,苏轼与晏幾道就这样缘悭一面,而后人在惋惜之余,也可以借此窥见小晏的边缘化其实很有几分"咎由自取"。

　　是的,小晏正是这样的人,黄庭坚总结过他的"四痴":"仕宦连蹇,而不能一傍贵人之门,是一痴也;论文自有体,不肯一作新进士语,此又一痴也;费资千百万,家人寒饥,而面有孺子之色,此又一痴也;人百负之而不恨,己信人,终不疑其欺己,此又一痴也。"(《小山词序》)

　　黄庭坚的语气里带着几分外人才会有的欣赏态度,我们不难以小市民的心态准确地猜想出晏幾道的家人对如此"四痴"会如何忍无可忍、怒不可遏。我们不难在身边见到一些以自欺欺人的手段伪装出来的"小孩子",一如狄更斯在《荒凉山庄》里塑造出来的斯金波先生——用他朋友的话说:"他很懂音乐,是一个业余音乐家,不过本来是可以成为一个职业音乐家的。他也懂美术,是个业余画家,不过本来也可能成为一个职业画家的。他多才多艺,风流潇洒。他在事业方面很不幸,在家庭方面也很不幸;可是他不在乎——他是个小孩嘛!"而在谈到他如何照顾他那十几个子女的时候,连他最宽和的朋友也会沉下脸来:"嗯,这个你是可以想象得到的。据说穷人家的孩子不是细心抚养大的,而是没人管教就自个儿长起来了。哈罗德·斯金波的小孩几乎是打滚儿滚大的。"

将自己伪装成一个孩子,不但可以逃避沉重的社会责任,还很容易为自己的荒唐举动求得所有人的谅解,尤其还可以为朋友们提供足够的乐善好施的机会,使后者不断享受助人为乐的满足感。是的,斯金波先生正是以此自傲的。

斯金波式的伪小孩反而可以在险恶的世界中如鱼得水,晏幾道式的真小孩却往往多有付出而鲜有收获。然而世人喜欢斯金波的假,却厌烦晏幾道的真,正是姿态的高与低决定了两者命运的逆与顺。

我们不难想象,晏幾道既然有着孩子式的"四痴",那么,在他身边的常人而非别有用心者的眼里,他会是个多么讨人嫌的角色,后人对他的太多欣赏毕竟是由越拉越开的审美距离慢慢造就的。只有那些美丽而多情的歌女,从不惮贴近他的身边,周旋在他的左右。而他,在一路偃蹇到底的岁月里,也不断以新词怀念着她们。以下这首《临江仙》便是其中的名作:

梦后楼台高锁，酒醒帘幕低垂。
去年春恨却来时。
落花人独立，微雨燕双飞。

记得小蘋初见，两重心字罗衣。
琵琶弦上说相思。
当时明月在，曾照彩云归。

上阕写得亦真亦幻：梦，也许是一场酒宴后的睡梦，醒来发觉早已曲终人散，只剩下楼台高锁、帘幕低垂；也许是恍惚中对当年欢宴的回忆，在今日的冷寂中，当年的歌舞宛如梦幻。

"去年春恨却来时"，其中这个"却"是"再"的意思，如李商隐《夜雨寄北》"何当共剪西窗烛，却话巴山夜雨时"，这个义项已基本不见于现代汉语了。去年所感受到的春愁在今春再度袭来，而这究竟是怎样一种愁绪，词人却不明言，情绪的宣泄至此似乎戛然而止，以一组很有画面感的对仗"落花人独立，微雨燕双飞"收束了上阕，这正是所谓以景结情的套路。

"落花人独立，微雨燕双飞"是小山词里最著名的对句之一，尽管它直接袭自五代诗人翁宏的《春残》诗：

又是春残也，如何出翠帷。
落花人独立，微雨燕双飞。
寓目魂将断，经年梦亦非。
那堪向秋夕，萧飒暮蝉辉。

如果依照今天的著作权法，晏幾道显然要承担道歉与赔偿的责任。但是，翁宏原作沉寂无名，晏幾道的"剽窃"却成为千古绝唱，其中自有文学上的道理。

翁宏《春残》是一首五律，四联八句中唯独以颔联"落花"二句最是醒豁。但以律诗的结构，从首联到尾联分别承担起、承、转、合的任务；位于中间的颔联、颈联必须对仗，所以最出彩的句子往往就在这两联里；而颔联的任务是"承"，即承接首联，颈联的任务是"转"，即从上文的意思宕开，做出一个转折，所以颈联往往较颔联醒豁。试举王勃《送杜少府之任蜀州》为例：

　　城阙辅三秦，风烟望五津。
　　与君离别意，同是宦游人。
　　海内存知己，天涯若比邻。
　　无为在歧路，儿女共沾巾。

我们看颔联"与君离别意，同是宦游人"，意思全是承接首联而来的，有了这足够的烘托之后，颈联宕开，"海内存知己，天涯若比邻"，华彩的乐句出现在最合适的时机。

华彩乐句也可以落在尾联，做一个铿锵的收束，譬如文天祥《过零丁洋》：

　　辛苦遭逢起一经，干戈寥落四周星。
　　山河破碎风飘絮，身世浮沉雨打萍。
　　惶恐滩头说惶恐，零丁洋里叹零丁。

人生自古谁无死，留取丹心照汗青。

试想一下，如果华彩乐句落在颔联，天然便与律诗的结构不合，这就好比一首歌的副歌部分被挪到了开头。当然，大手笔常有破格的能力，譬如杜甫《登高》：

风急天高猿啸哀，渚清沙白鸟飞回。
无边落木萧萧下，不尽长江滚滚来。
万里悲秋常作客，百年多病独登台。
艰难苦恨繁霜鬓，潦倒新停浊酒杯。

这首诗甚至被前人推举为"古今七律第一"，将律诗的对仗手法发挥到了极致，所谓"一篇之中，句句皆律；一句之中，字字皆律"（胡应麟《诗薮》）。颔联"无边落木萧萧下，不尽长江滚滚来"不但传为千古名句，而且在全诗当中并不让人觉察到错位的突兀。我这样讲倒不是慑于诗圣的名头，而是同样有着文学上的道理：之所以有这样的效果，是因为首联便是精巧的对仗，而且"一句之中，字字皆律"，亦即句内有对，那么当颔联承接首联的时候，是以对仗承接对仗，读起来就会有颈联承接颔联的感觉。颈联虽然转折而气势不衰，这就使颔联的华彩乐句得到了妥当的承托。

当我们知晓了这些技法上的奥妙，回过头来再看翁宏的《春残》，就会发现它的警句与整体结构发生了错位，警句之警也就大大受到了限制。而晏幾道点铁成金，完全顺应了《临江仙》这个词牌的结构特点，当词句到了"去年春恨却来时"这里，无论在音律与词意上都造成了一种不稳定感,而"落花"二句是一组五言对仗,亦即最具稳定感的语言结构,为上阕做了完美的收束。以乐理为喻,"去年春恨却来时"是一个属七和弦,以分解和弦的手法弹将出来,倘若得不到一个相应的主和弦的收尾,所有听者都会觉得不适。

再看小晏《临江仙》的下阕:"记得小蘋初见",忽然点明了"去年春恨却来时"究竟恨从何来,点明了"落花人独立,微雨燕双飞"是如何一种物是人非的惆怅。

[7] 歌女佼佼者的文采

　　小晏生涯中鲜有功名，鲜有诗歌，填词几乎就是一切。而在他的填词世界里，随处盛开着歌女的名字——或如"小莲未解论心素"，或如"阿茸十五腰肢好"，或如"遥想疏梅此际"，或如"浑似阿莲双枕畔"，或如"凭谁寄小莲"，或如"赚得小鸿眉黛也低颦"……

　　朦胧的爱慕与大胆的恋情或如冷火，或如烈焰，时不时在这里或那里燃烧，熔铸成词，为后人在草蛇灰线中留下铁证。于是我们看到，晏幾道交往着怎样才华横溢的女子，他们不仅因为郎才女貌而两情相悦，而且彼此都是对方的灵魂伴侣，如这首《六幺令》透露出的：

绿阴春尽，飞絮绕香阁。
晚来翠眉宫样[1]，巧把远山学。
一寸狂心未说，已向横波觉。

1.宫样：宫廷流行的样式。远山：远山眉，眉的一种画法，形如远山。《事林广记》记载宋人美妆："真麻油一盏，多着灯芯搓紧，将油盏置器水中焚之，覆以小器，令烟凝上，随得扫下。预于三日前，用脑麝别浸少油，倾入烟内和调匀，其墨可逾漆。一法旋剪麻油灯花，用尤佳。"

画帘遮币[1]。
新翻[2]曲妙，暗许闲人带偷掐。

前度书多隐语，意浅愁难答。
昨夜诗有回文，韵险还慵押。
都待笙歌散了，记取留时霎。
不消[3]红蜡。
闲云归后，月在庭花旧栏角。

这是《小山词》中较少见的长调，韵脚押入声。入声已在现代汉语中消失，今天以普通话来读，也就失了原有的韵味。大体而言，入声的读音近似于现代汉语中的第四声，但要读得短促、收敛、逼仄，所以写愁绪郁结的内容最宜于选择入声韵脚，譬如岳飞《满江红》（怒发冲冠）。

小晏这首词正是写相思时候的郁结情绪，上阕回忆对方描眉的媚态与歌声的曼妙，尤其是眼波流转间潜藏不住的爱的"狂心"；下阕是说她寄来的书信有太多隐语，让自己费尽疑猜，不晓得要如何作答，而昨夜她写下的回文诗偏偏押了险韵，更让自己为难，索性不作答了，不和诗了，就约好相见的时间、地点吧：在酒宴结束的时候，在鲜花盛开的庭院里，在之前约会过的栏杆转角。

这首词在文学上并无甚可圈可点，却大有文学之外的价值。

---

1. 币（zā），同"匝"，周、遍。
2. 翻：演奏，演唱。偷掐：暗自依着曲调记谱。
3. 不消：不须。

它首先是一封情书，一封词体的情书，不是在酒宴时交给歌伎演唱助兴的，这就意味着，词这种"公共语言"在这里被用作了"私人语言"，而一种文学体裁从公共语言到私人语言的嬗变其实就是一种跨界，而跨界往往意味着创新，意味着某种意义上的开疆拓土。

另外值得我们留意的是，这首词的"收信人"，亦即与晏幾道相恋的这名歌女，有着很惊人的文化素养。是的，她不但有写信的能力，还能在信中多做隐语，有修辞上的才华；她甚至会写回文诗，显然掌握了相当高超的文学技艺；才子与才女的书信往来自然会有诗词唱和，当晏幾道收到回文诗的时候，最适宜的做法就是步韵赓和，即使用原诗的韵脚原字另写一首诗作答，而这位才女似乎故意炫技，又似在故意刁难情人，偏偏用到险韵，将小晏逼到无力赓和的窘境。

所谓险韵，即很难入诗的艰僻字。苏轼有名句"试扫北台看马耳，未随埋没有双尖"，"老病自嗟诗力退，空吟冰柱忆刘叉"（《雪后书北台壁》二首），以"尖""叉"为韵脚字，传为险韵诗歌中的范例。

刻意以险韵为诗，当然纯属文字游戏，今人或讥之为形式主义，然而文学的趣味性最是体现在这样的文字游戏里，并且为文学的社交价值大大加分。歌女写给小晏的险韵诗不啻一种带着娇嗔的挑衅，一种高级形式的打情骂俏，诗的内容反而完全可以无足轻重。

［8］舞低杨柳楼心月，歌尽桃花扇底风

饥者歌其食，劳者歌其事，晏幾道只一味地歌其歌女。常有人批评《小山词》题材过窄，但是，正如贾宝玉断不会想要大观园之外的世界，晏幾道亦断不屑于他的窄小门扉之外的万里关山。

所以他词句里的聚散匆匆总是与歌女有关——聚则沉溺，散则伤悼，既难免聚短而离长，便难免忧伤以终老。当好友沈廉叔、陈君龙先后离世，两家歌伎莲、鸿、蘋、云风流云散，于小晏而言几如世界末日一般。试看一首《蝶恋花》：

卷絮风头寒欲尽。
坠粉飘红，日日成香阵。
新酒又添残酒困。
今春不减前春恨。

蝶去莺飞无处问。
隔水高楼，望断双鱼信。
恼乱层波横一寸。
斜阳只与黄昏近。

一切伤感与烦恼，都只因为"蝶去莺飞无处问"，莲、鸿、苹、云如今安在，只剩下"隔水高楼，望断双鱼信"的徒然。我们很难在其他词人的笔下见到这样的情绪，因为小晏失去的不仅是几位红颜知己，而是自己生命的一部分，最有活力亦最值得珍惜的那一部分——《小山词》自序里如此道出端倪："昔之狂篇醉句，遂与两家歌儿酒使俱流转于人间。"

当年的欢聚，最见于一首《鹧鸪天》，这是小晏最知名的小令之一：

彩袖殷勤捧玉钟。当年拚却醉颜红。
舞低杨柳楼心月，歌尽桃花扇底风。

从别后，忆相逢。几回魂梦与君同。
今宵剩把银釭照[1]，犹恐相逢是梦中。

这首词当是与莲、鸿、苹、云之中的某位歌女久别重逢而作。上阕写回忆：当年的华筵上她如何拚着酒醉，表演一轮又一轮的歌舞，直到明月西沉；下阕写当下：别后相思太久太苦，意外的重逢使人欣喜若狂，疑真疑梦。抚今追昔的凄然，就在这一首小令当中写到了极致。

细读下来，就会读出小晏词中独有的与歌女知音互赏、惺惺相惜的感觉。歌女之所以"殷勤"，之所以"拚却"，自是因为

---

1. 剩：多。张相《诗词曲语辞汇释》卷二："賸，甚辞也，犹多也。字亦作剩。"釭（gāng）：油灯。

引小晏为知音，甘愿为他献上全部的才艺。"拚"是《小山词》里最常见的字眼，同"拼"，有pīn、pàn两读。无论小晏对歌女抑或歌女对小晏，常常要"拚"上什么，这个字上每每见出一往情深、无所保留的真挚。

"舞低杨柳楼心月，歌尽桃花扇底风"，这一组名联最见出"拚"的意思，歌舞忽然不再是酒席上可有可无的娱人节目，却俨然是一种"钟期既遇，奏《流水》以何惭"的尽兴倾吐，正如前述晏殊《山亭柳》所谓"若有知音见采，不辞遍唱《阳春》"。既然知音近在眼前，舞便"舞低杨柳楼心月"，歌便"歌尽桃花扇底风"，总要酣畅淋漓才好。而在有心的听者那里，她的声音就是他要喝的酒。

[9]梦魂惯得无拘检,又踏杨花过谢桥

这首《鹧鸪天》里,知音互诉的酣畅感很容易使我们联想起晏殊那首《山亭柳》来,但小晏不同于乃父,他从来只是很单纯地写自己与歌女的交谊,仅此而已,断不会有那种借他人酒浇自己胸中块垒式的寄托。两者孰高孰下似乎是件极难论定的事,至少在美学意义上可谓"万物并育而不相害,道并行而不相悖",尽管在古人的世界里,咏美人香草却别无寄托的文学简直有点可耻。

幸而小晏是当时社会里十足的边缘人,我们今天才能够读到这等纯粹的言情之语:

醉别西楼醒不记。
春梦秋云,聚散真容易。
斜月半窗还少睡。
画屏闲展吴山翠。

衣上酒痕诗里字。
点点行行,总是凄凉意。
红烛自怜无好计。

夜寒空替人垂泪。

这首《蝶恋花》也是小晏最知名的小令之一，感慨人生聚散只如春梦秋云。其实对于他这样的人，漫道久别，哪怕在当日里刚刚别过，也会生出浓得化不开的思念，如江南梅雨天里不散的云，如巫山朝朝暮暮不歇的雨。一首《鹧鸪天》这样写道：

> 小令尊前见玉箫。银灯一曲太妖娆。
> 歌中醉倒谁能恨，唱罢归来酒未消。
>
> 春悄悄，夜迢迢。碧云天共楚宫遥。
> 梦魂惯得无拘检，又踏杨花过谢桥[1]。

首句"玉箫"，若简单讲，原是唐人韦皋的侍女，后人以其名代指豪门侍女。但深究起来，"玉箫"并不同于"小玉""双成"这些泛泛的代称，而是一个有着独特韵味的文学语码。

唐人范摅认真记载下玉箫的传奇：韦皋年轻时游历江夏，住在姜使君那里教书，姜家有个小婢女，名叫玉箫，刚刚十岁，经常也来服侍韦皋。就这样过了两年，姜使君离家求官，韦皋便离开姜家，住在了一座寺庙里，玉箫还是经常去寺庙照顾韦皋，终于日久生情。后来韦皋因事离开，和玉箫约定：少则五年，多则七年，一定回来接走玉箫，还留下了一枚玉指环和一首诗作为

1.谢桥：唐宰相李德裕有侍妾名谢秋娘，后人以"谢娘"代指歌伎或心仪的女子，"谢桥"即通往谢娘居处的桥。

信物。

　　五年过去了,韦皋没有回来,玉箫总是在鹦鹉洲上默默祈祷等待,就这样又过了两年,到了第八年的春天,玉箫绝望了,绝食而死。姜家人怜悯玉箫,就把韦皋留下的玉指环戴在了玉箫的中指上,将她如此下葬。

　　韦皋做官回来,正巧坐镇蜀州,听说玉箫之死,凄怆叹惋,便日复一日地抄写佛经、修建佛像,终于感动了一位方士。方士施法术使韦皋见到了玉箫的魂魄。玉箫说:"多亏你的礼佛之力,我马上就会托生人家,十三年后定当再到你的身边,做你的侍妾。"

　　后来,韦皋一直坐镇蜀地,多年之后,有人送来一名歌姬,年纪小小,也叫玉箫,相貌也和当年的玉箫一样,再看她的中指,隐隐有一个环形的凸起,正是当年那个玉指环的形状。(《云溪友议》)

　　一旦我们熟悉了玉箫的全部传奇,便会从"小令尊前见玉箫"这一句词里读出更深刻的意思。一个"见"字,忽然有了"重见"的感觉,而这番"重见"分明承载着一份执着,正是这份执着使得三生三世的轮回也淡不去有情人苦苦寻求重见的心。当然,这样的意思并不是词人明确写给我们的,而是以浓缩了太多含义的文学语码在有意无意中传达给我们的。美国桂冠诗人弗罗斯特所谓"诗,就是一经翻译便失去的东西","小令尊前见玉箫"便是一例。

　　一见玉箫,词人便不可救药地沉迷,沉迷在她"太妖娆"的歌声里,于是"歌中醉倒谁能恨,唱罢归来酒未消"。如此归来,未消的是酒意,难耐的是相思,而在这样的春色里,在这样的一个迢迢长夜里，仍未尽失的理智提醒着自己"碧云天共楚宫遥"的冷冷现实。

"楚宫"作为一个经典的文学语码，源自宋玉《高唐赋》与《神女赋》，其基本情节是：宋玉陪楚襄王游玩云梦泽，望见高唐之观上弥漫着一种奇特的云气。楚襄王不明所以，宋玉便解释道："这就是所谓的朝云。当年我们楚国的先王也曾来高唐游玩，疲倦之后白日入梦，梦见一个女子自称巫山之女，自荐枕席，先王便宠幸了她。女子告别的时候，说自己就在'巫山之阳，高丘之阻，且为朝云，暮为行雨，朝朝暮暮，阳台之下'。先王在第二天清早向山上望去，果然见到那样的云气，便给那女子立庙，号为朝云。"

《高唐赋》与《神女赋》在中国文学史上的意义无论怎样估量都不为过。借用美国汉学家薛爱华的结论："实际上，这两篇赋在中世纪诗歌中培育了大量的模仿者，生产了一大批或隐或显的典故。在这些诗作中，随着时间的流逝，性爱色彩越来越鲜明，而神仙色彩则越来越黯淡。"（《神女：唐代文学中的龙女与雨女》）

正是在"性爱色彩越来越鲜明"的语境下，"楚宫"于是暗示出"玉箫"的居处与身份，她既是豪门禁脔，于词人而言一道红墙便是咫尺天涯了，所以才会有"碧云天共楚宫遥"的叹息。然而人所不能行处，梦却可以畅行无阻，"梦魂惯得无拘检，又踏杨花过谢桥"，梦中的词人无牵无挂，行过谢桥，径入楚宫，又一次与玉箫相会去了。

这首词最能见出晏几道特有的洒脱，若换旁人来写同样的题材，在"碧云天共楚宫遥"这样的叹惋之后，一定会顺势以"侯门一入深如海，从此萧郎是路人"一类的决绝语收束，晏幾道却偏偏可以一笔宕开，让现实的束缚让位给梦魂的自在。

"梦魂惯得无拘检，又踏杨花过谢桥"，这是《小山词》中第一等的句子，传说以古板著称的理学家程颐称其为"鬼语也"。这话究竟是褒是贬，不同的人就有不同的理解了。《邵氏闻见后录》说程颐"意甚赏之"，陈永正据此有解读说："连这位方正的道学家都受到小晏词的诱惑，可见真正的文艺作品是有其不可抗拒的魅力。所谓'鬼语'，是因句中幽缈的意境而言，说只有鬼才能写得出来。"（《唐宋词鉴赏辞典》）

然而宋人陈鹄另有记载："[程颐]又见晏叔原词'梦魂惯得无拘检，又踏杨花过谢桥'，乃曰：'此鬼语也！'……叔原寿亦不永，虽曰有数，亦口舌劝淫之过。"（《西塘集耆旧续闻》）这倒更符合程颐一贯的性格，他这样的人最是会拘泥字面，而"梦魂"两句从字面上看，岂不正是写出一个人的"鬼魂"在街道上无拘无束地行走么？在道德家的眼里，小晏之所以未臻高寿，填词以"口舌劝淫"实在负有不可推卸的责任。

[10] 黄庭坚的《小山词序》：一篇用心良苦的辩护词

程颐的形象很容易使我们想起韩雍，偏偏"惯得无拘检"最是小晏性情的写真。以词集投献朝廷大臣，在小晏之前是从未有过的荒唐事。幸而小晏终于能在士大夫阵营里寻到知音——他亲手编订自己的词作，请当时文坛宗主黄庭坚作序，这真需要有冒天下之大不韪的勇气。

黄庭坚竟然也肯拿出冒天下之大不韪的勇气接下这项费力不讨好的任务，一篇序言写得煞费苦心，在词史上有里程碑式的意义。今人进入宋词世界，这篇序言不可不读：

晏叔原，临淄公之暮子也。磊隗权奇，疏于顾忌，文章翰墨，自立规摹，常欲轩轾人，而不受世之轻重。诸公虽称爱之，而又以小谨望之，遂陆沉于下位。平生潜心六艺，玩思百家，持论甚高，未尝以沽世。余尝怪而问焉，曰："我盘跚勃窣，犹获罪于诸公，愤而吐之，是唾人面也。"乃独嬉弄于乐府之余，而寓以诗人之句法，清壮顿挫，能动摇人心。士大夫传之，以为有临淄之风耳，罕能味其言也。

余尝论：叔原，固人英也，其痴亦自绝人。爱叔原者，皆愠而问其目。曰:"仕宦连蹇,而不能一傍贵人之门,是一痴也;论文自有体,不肯一作新进士语,此又一痴也;费资千百万,家人寒饥,而面有孺子之色,此又一痴也;人百负之而不恨,己信人,终不疑其欺己,此又一痴也。"乃共以为然。

虽若此,至其乐府,可谓狎邪之大雅,豪士之鼓吹,其合者《高唐》《洛神》之流,其下者岂减《桃叶》《团扇》哉?

余少时,间作乐府,以使酒玩世。道人法秀独罪余以笔墨劝淫,于我法中当下犁舌之狱,特未见叔原之作耶。

虽然,彼富贵得意,室有倩盼惠女,而主人好文,必当市购千金,家求善本。曰:"独不得与叔原同时耶!"若乃妙年美士,近知酒色之娱;苦节臞儒,晚悟裙裾之乐,鼓之舞之,使宴安鸩毒而不悔,是则叔原之罪也哉!

序言首段介绍晏幾道的身世与性情,一言以蔽之即特立独行,而这正是他一生沉沦下僚的缘故。黄庭坚继而讲道:小晏平生潜心于儒家经典,于"正学"有极高的见识,却从不以此求取功名。——这样的描摹当真完全颠覆了人们对小晏的刻板印象。是的,从小晏流传下来的全部文字里,我们只能看到一个贾宝玉式的形象,"平生潜心六艺"这样的标签只适合贴在程颐身上。黄庭坚分明在告诉世人:小晏并不是疏于儒学、耽于文学的"非主流",他的内核其实是最标准的儒家士大夫的样子,和"我们"并无二致。唯一和"我们"不同的,其实只是他的刻意遮掩罢了。

小晏为何要刻意遮掩自己合乎主流的儒者形象呢?据小晏自己的解释:"我低调做人,尚且被诸公怪罪,倘若直抒胸臆,岂不等于当面啐他们的脸么!"正是因为这个缘故,小晏才会独自沉迷在填词的世界里，虽然填的是词，却寓以诗人的句法。所以他的词作清壮顿挫，能够摇动人心。士大夫传扬他的词作，认为有乃父晏殊之风，却很少有人能够体会到小晏词作背后的深意。

显然，黄庭坚为了拔高小晏的形象，反而露了自相矛盾之嫌：一个真正有着主流内核的人怎么可能与主流群体冰火不容到那种程度呢！《小山词》当真有多少深意吗？当真"寓以诗人之句法"吗？不，这一切只是黄庭坚自作多情罢了。

黄庭坚竭力将小晏包装成主流形象：后者毕生精力其实尽在儒学，即便填词，也会寓以诗人的句法。换言之，小晏虽然鲜有诗文传世，却绝不是一个词人。"词人"是一个有辱斯文的称号，也许冠在柳永那样的人物头上并无不可，但小晏远远不止于此。

我们的确可以从词话中找到一点佐证：晏幾道某次与蒲传正谈起晏殊的词，说父亲虽然填过不少小词，却从未作妇人语。——显然小晏是很介意填词是否"作妇人语"的，而蒲传正举出一个反例："'绿杨芳草长亭路。年少抛人容易去'，难道不是妇人语吗？"

"绿杨"二句出自晏殊一首《玉楼春》，确实全是儿女情长的伤怀。晏幾道却反驳道："你把'年少'的意思理解错了。如果'年少'是指年轻的恋人，那么白居易的'欲留年少待富贵，富贵不来年少去'却该怎么解释？"《苕溪渔隐丛话》记载故事的结尾，说蒲传正"笑而悟"，然而真正说错话的不是蒲传正，却是小晏自己。

站在旁观者的角度来看，这番争执至此可以得出两种解释：一是蒲传正明知晏幾道强词夺理，但点到为止，不为已甚；二是蒲传正当真心有所悟，悟出来的是词人的本意或许很有局限，并不高远，读者却可以发挥理解出高远的意境。

后者正是现代文艺理论里常会提到的一种观点，例证很多，比如晏殊另外一首词《蝶恋花》，原本也只是个相思小令，但其中"昨夜西风凋碧树，独上高楼，望尽天涯路"被王国维用来形容做学问的三重境界之一。而晏、蒲二人所争执的"绿杨"二句，如果将"年少"解为"青春"而非"年轻的恋人"，便果然不是妇人语了——"年少抛人容易去"所意味的，便不再是无情的情郎抛弃多情女子，而是无情的岁月抛弃多情的人，境界顿时为之一阔。

其实我们今天欣赏宋词，往往会偏爱一些"作妇人语"的作品，毕竟儿女情长是人类最永恒的文学主题，而今天的读者也早已从古代士大夫转变为都市里的文艺青年了。两性的语言也确实有着差别：男人语偏于理性，妇人语偏于感性，感性的表达虽然会招致失态之讥，却无疑比理性的表达更有感动人心的力量。

近现代以来，越是有同性恋倾向的男作家越是能够写出风靡一时的文学作品，正是因为他们兼具两性语言之长，尤其擅作细腻的描写。倘有幸请小晏评论一二，他一定会说这是"作妇人语"了。

晏幾道尽管颇不以"作妇人语"为然，却义无反顾地走上了"作妇人语"的创作道路。作家的创作有时并不与其文学主张合拍，这倒也符合人之常情：人作为群居动物之一种，无论再怎样特立独行，或多或少都有着寻求群体认同的渴望，罕有人"自甘堕落"，甘心为千夫所指的事物摇旗呐喊。

黄庭坚自是同样的心态，刻意在小晏单纯的风花雪月里发掘"美人香草"的寄托。在论述小晏性格上的"四痴"之后，他进而道出"至其乐府，可谓狎邪之大雅，豪士之鼓吹"——词不称词，而称乐府，为避鄙俗甚至放弃概念的准确性了。词虽"狎邪"，在小晏手下却入于"大雅"，如同豪士雄壮的乐歌。——如此一番颂扬，已经夸张到颠倒黑白的地步。

黄庭坚不顾事实地为小晏洗白，既表明了在当时的观念里一个潜心填词的士君子是何等不堪，也有黄庭坚借题发挥、为自己剖白的用意——他继而写道：自己年轻的时候也酷爱填词，僧人法云秀批评自己笔墨劝淫，于佛法中当堕拔舌地狱。法云秀如此说，一定没见过小晏的词。

这话说得颇有几分揶揄，似乎黄庭坚认为自己年轻时写过的所谓"淫词"还不如小晏的作品过火。实情如何，当然见仁见智，而最耐人寻味的是，黄庭坚在受了法云秀的告诫之后终于"改邪归正"，成为当世文坛领袖，尤其是江西诗派的第一旗手，为万人师法，而晏幾道在"邪路"上迷而忘归，纵然词填得再好，也只能在社会边缘自生自灭。似乎正是法云秀之有无，注定了两段人生的云泥之别。

于是，小晏文学人生的全部意义便只在于某种"市场价值"：日后若有富贵人家豢养了美丽的歌伎，兼之主人喜好文学，一定会以重金求取小晏词集的善本，恨不与小晏同时。

今天我们会尤其看重这样的价值，然而在古代的士大夫世界里，这样的价值几乎等于毫无价值。

甘心过一种"毫无价值"的人生，这才是小晏最具前卫性的地方。今天读《小山词》，实在很难想到这在当时是怎样前卫的一部作品呢。自然在他的时代里，人人都觉得他很陌生，然而，借用米兰·昆德拉的话语："就凭他是个陌生人，便超越于所有其他人之上。"

第四章

苏轼：新境界

读东坡、稼轩词,须观其雅量高致,有伯夷、柳下惠之风。

——王国维《人间词话》

[1] 一个不幸的奠基者：从柳永说起

文学选本从来都很容易使读者对作家形成偏颇甚至错误的印象，这既在情理之中，也纯属无可奈何。

今天常见的宋词选本最容易激发我们对柳永的热情——诸如"衣带渐宽终不悔。为伊消得人憔悴""渐霜风凄紧、关河冷落、残照当楼""多情自古伤离别。更那堪冷落清秋节"，这许多名篇与佳句塑造出一个侧帽临风、一往情深的才子形象。然而这样的珠华妙笔在柳永的全部作品里非但属于凤毛麟角，甚至最不能代表他的典型风格。

传说柳永一度拜会晏殊，两位大词人的碰面完全没有我们想象中的激动人心。晏殊问起柳永是否还在填词，柳永答道："和您一样填词罢了。"晏殊却说自己虽然填词，却从未写过"彩线慵拈伴伊坐"这样的话。话不投机，柳永悻悻而退。（张舜民《画墁录》）

以上简短的对话需要放在当时的背景之下寻求言外之意。晏殊问柳永是否还在填词，相当于问他是否还在不务正业、玩物丧志。柳永的回答是一种应激式的辩解：填词有何不可，晏殊以宰相之尊还不是一样流连于词的世界里么！柳永试图借"词人"的标签拉近和晏殊的关系，晏殊却不屑与柳永为伍，强调自己填词虽不假，却从未写出过柳永那样的恶趣味。

"彩线慵拈伴伊坐"（"彩线"或作"针线"）出自柳永《定风波》：

自春来、惨绿愁红，芳心是事[1]可可。
日上花梢，莺穿柳带[2]，犹压香衾卧。
暖酥消，腻云亸。终日厌厌倦梳裹。[3]
无那[4]。恨薄情一去，音书无个。

早知恁么[5]。悔当初、不把雕鞍锁。
向鸡窗[6]、只与蛮笺象管，拘束教吟课。
镇[7]相随，莫抛躲。彩线慵拈伴伊坐。
和我。免使年少，光阴虚过。

这首词几乎不见于任何一部宋词选本，但如果要评选柳永的"代表作"而非杰作的话，那么它无论如何都不该漏选，因为这样的词才是柳永的招牌式作品，才是传唱于当时下里巴人世界的

---

1. 是事：事事。可可：漫不经心。
2. 柳带：柳枝。衾：被子。
3. 酥：女子擦脸的油脂。腻云：比喻女子的头发。亸（duǒ）：下垂。
4. 无那：无奈。薄情：负心人。
5. 恁么：这么，如此。
6. 鸡窗：书房的窗。典出《幽明录》："晋兖州刺史沛国宋处宗尝得一长鸣鸡，爱养甚至，恒笼著窗间。鸡遂作人语，与处宗谈论，极有言智，终日不辍。处宗因此言巧大进。"蛮笺：蜀笺，蜀地所产的书写用纸。象管：象牙为笔杆的毛笔。吟课：读书、吟诗。
7. 镇：时常。抛躲：躲避。

流行金曲。如果我们想从风俗史的角度着眼北宋，那么这样的作品远比"渐霜风凄紧，关河冷落，残照当楼"之类的名篇名句来得更有价值。

这首《定风波》用第一人称口吻，写一名女子埋怨着薄情郎一去无消息，自己只能在百无聊赖的日子里错过春光。这样的题材并不下作，其实很多高手都有写过，如欧阳修那首"庭院深深深几许"，历来传为名篇，内容也无非是怨妇埋怨男人变心，流连花街柳巷而不归罢了。欧词与柳词的不同，无非是表达形式的不同：欧词讲得雅，柳词讲得俗。

柳永长久混迹于小市民的社会，填词也沾染了浓浓的小市民腔调。欧词写怨妇，只写到"泪眼问花"的程度，柳词却穷形尽相，一定要在形而下的疆域里写活每一个眼神与动作。倘若换在今天平民社会的市场模式里，柳永一定是明星级的畅销作家，能够迎合最大多数人的共同趣味，因此可以名利双收，而晏殊和欧阳修，倘若他们没有高官身份而只靠写作为生的话，恐怕连糊口都成问题。

然而古代的精英社会遵循另外的模式，"大众"尽管有压倒性的人数优势，却无足轻重地散处于社会边缘。"迎合大众趣味"是一件可耻的事，士君子即便偶尔在下里巴人的世界里放松一下，也不该真的堕落到小市民趣味里。

所以晏殊必须端起架子，极力与柳永撇清干系，耻于将自己降低到柳永的层次。这在宋人中是一种极具代表性的心态，概言之：填词无伤大雅，但切忌滑落到柳永的阵营里。于是，作为宋词的奠基者之一，柳永真的像一块基石一样，被压在整座大厦的最底层，每一块砖瓦都要压他一头、踩他一脚。

[2]豪放派的缘起：
从《江城子·密州出猎》说起

矫枉难免过正。宋词所谓豪放派，正源于一种刻意与柳永拉开距离的努力，苏轼是其为人先者。

苏轼是宋代文坛上第一等的风云人物，而且是第一等的跨界英雄：诗名自不必说，更以文章跻身"唐宋八大家"的阵营，以书法跻身"宋四家"，以学术成为蜀学发轫者，以填词开创豪放一途，即便烧菜也为我们留下东坡肉这样的经典。

毋庸置疑的是，苏轼是当时文学风尚的第一引领者，他在所有文学领域里的成就都是举世公认的，只除了填词这一"小道"。

事实上，苏轼在中年以前很少填词，始终保持着一名主流文人应有的姿态。他即便偶尔填词，亦绝不似晏殊、秦观那般自然，而是有一种另辟蹊径、别出心裁的刻意感。当然，我们若仅从选本中孤立来看苏轼的词，绝不会得出这样的结论，而只有将他的词重新置于当时的社会背景之下，才能看出他的用心良苦。

宋神宗熙宁八年（1075年），苏轼将一首《江城子·密州出猎》寄给好友鲜于子骏。这是朋友间的一件小事，却是词史上的一件大事。其时年将不惑的苏轼出任密州知州，正赶上密州多灾多难的时候，自去年连遭蝗灾、旱灾，人心惶惶。苏轼用到的是在今天看来纯属形而上的办法：连番到常山祈雨。也许祈祷真有灵验，雨水果然如期而至了。于是在是年十月，苏轼再往常山谢神还愿，归途中与同僚放鹰射猎，在一片喜气洋洋里写下这首后来脍炙人口的《江城子》：

老夫聊发少年狂。
左牵黄。右擎苍。
锦帽貂裘，千骑卷平冈。
为报倾城随太守，亲射虎，看孙郎。

酒酣胸胆尚开张。
鬓微霜。又何妨。
持节云中，何日遣冯唐。
会挽雕弓如满月，西北望，射天狼。

这首词写射猎中的狂放之态，所谓"左牵黄。右擎苍"，即左手牵着黄狗，右臂架着苍鹰，这是古人行猎的标准形象。"锦帽貂裘"并非自况，这原是汉代羽林军的装束，这里用以代指从行的官吏与士卒。密州百姓倾城而出，来看苏轼行猎的盛况，苏轼为回报这份盛情，不惜以身犯险，亲手射杀猛虎，不让当年孙策这位射虎名人。当然，苏轼是否真的近身射虎，实在是一件值得怀疑的事情。

下阕一笔宕开，拔高主题。"持节云中，何日遣冯唐"，以汉人冯唐自比。冯唐确实是一位"老夫"，因向汉文帝阐发任用将帅的管理艺术，赢得后者信任，持节赴云中赦免名将魏尚。苏轼很希望能为朝廷筹边御敌，尽管自己只是文臣，但冯唐又何尝带过兵、打过仗呢？

"会挽雕弓如满月，西北望，射天狼"，这一句化自《楚辞·九歌·东君》"举长矢兮射天狼，操余弧兮反沧降"。要理解它，需要一点古代星相学的知识。古代星象家将天穹分成若干区域，每一个天区都有其对应的地理分区。天狼星属于东井分野，在屈原时代恰恰对应着秦国这个"虎狼之邦"。射天狼所操之"弧"并非真实的弓，而是天上的弧矢九星。弧矢九星又名天弓，看上去正是一副张弓搭箭的样子。占星家有"天弓张，天下尽兵"的说法，意即当弧矢星出现芒角、光线闪烁不定的时候，人间就要发生大规模的战争了。弧矢星摆出张弓搭箭的样子，箭镞所向，正是西北方的天狼星。天狼星的明暗象征着暴秦势力的强弱，所以"操余弧""举长矢""射天狼"，既在客观上道出了弧矢星与天狼星在天穹中的真实关系，也在主观上自然表达出对暴秦的仇恨。

在苏轼的时代，天下格局已变，星相学也只有在含羞带臊中与时俱进了。不变的是，天狼星依然象征着夷狄，亦即骚扰华夏文明的野蛮部落，譬如屡屡寇边犯境的西夏政权。于是屈原的"操余弧""举长矢"变成了苏轼的"挽雕弓如满月"，弧矢九星就这样箭指西北，遥射天狼。

今天在清朗的夜空下，我们仍会很容易地看到"会挽雕弓如满月，西北望，射天狼"的星象，毕竟天狼星是全天最明亮的一颗恒星。

那么，为什么一首描述行猎的词会以"射天狼"结尾呢？其中有儒家的内在逻辑。

儒家传统中，对打猎有特殊的重视：有战事就打仗，没战事就打猎，理论上说一年四季都该打猎，但实际情况可能更加接近于《国语·周语上》中虢文公对周宣王的进谏所谓"三时务农而一时讲武"，在冬天农闲的时候对国人进行军事训练。打猎在一定程度上就相当于军事演习，而另外一层意义是以猎物来祭神祭祖。周人所谓"国之大事，在祀与戎"，而打猎与这两件国家头等大事全有联系。所以打猎不是玩乐，而是儒家的正经事，至少若打猎打得好，打仗应该就不会太差。

《毛诗》有所谓"习于田猎谓之贤"，因为打猎有许多礼仪需要遵守，维护礼制也就是维护政治稳定。即便在秦汉以后，我们感觉儒家知识分子总在劝说皇帝不要耽于游玩打猎（那时候的打猎已经渐渐失去军事演习和祭神祭祖的性质了），其实并不尽然——《后汉书·马融传》收录了马融上奏的一篇《广成颂》，就是建议要把打猎活动恢复起来。马融是东汉首屈一指的大儒，他眼见当时的儒生们力主文德、排斥武功，推动政府废止了田猎之礼和战阵之法，结果盗贼越发横行，肆无忌惮，所以《广成颂》就是针对这个问题而写的，认为文武之道不可偏废。

所以，从"密州出猎"到军事演习的联想，再到"会挽雕弓如满月，西北望，射天狼"的保家卫国壮志的抒发，自有其一以贯之的逻辑脉络。

这样的词，在当时可谓"前不见古人，后不见来者"，似乎一口气挑战了词的所有禁忌。苏轼应当感到有必要解释一点什么，所以，当他将这首词寄给好友鲜于子骏的时候，在书信中确实做了特别的说明：

> 忝厚眷，不敢用启状，必不深讶。
>
> 所惠诗文，皆萧然有远古风味。然此风之亡也久矣。欲以求合世俗之耳目，则疏矣。但时独于闲处开看，未尝以示人，盖知爱之者绝少也。
>
> 所索拙诗，岂敢措手，然不可不作，特未暇耳。近却颇作小词，虽无柳七郎风味，亦自是一家。呵呵。数日前猎于郊外，所获颇多，作得一阕，令东州壮士抵掌顿足而歌之，吹笛击鼓以为节，颇壮观也。写呈取笑。

书信起首说承蒙厚爱，自己不敢用启、状的形式写信，一定不会使对方惊讶。这几句看似莫名其妙的话其实很耐人寻味。启与状都是较正式的文体，鲜于子骏大约有了升迁，苏轼本当具启恭贺，但他并未这样做，想来鲜于子骏也不会以他的失礼为然，这应当是当时党派斗争的严峻形势所致。

伴随王安石新法的推行，士大夫阵营分裂为新党与旧党。苏轼属于旧党人物，于新党当政的当口动辄得咎，总要有点临深履薄、谨言慎行的自律才可以明哲保身。信中继而称道鲜于子骏此前寄来的诗文，论其古调不合于时。最后谈及鲜于子骏向自己索要诗歌新作，偏偏自己这段时间无暇写诗，却颇作小词。——"小词"恰与鲜于子骏的诗歌"古调"形成一个很有趣的对照，近乎朋友以歌剧相赠，自己却以流行歌曲回报。倘若不是知心至交，这样荒唐的行径一定会惹对方发怒。

我们还可以参照上一章的内容：黄庭坚为晏幾道的词集作

序，称词为"乐府"，这是以大词称呼小技，很有刻意恭维与拔高的意思；苏轼非但全无忌讳，还特意在"词"前加了一个"小"字，虽有自谦的味道，也道出了词作为一种文体是何等之卑微。

至于近作"小词"究竟写得如何，苏轼自谓"虽无柳七郎风味，亦自是一家"。这话暗示出柳永的词风才是世人心中的词的标准模样，亦即词天然就该具有"柳七郎风味"（柳永排行第七，故称柳七或柳七郎）。"柳七郎风味"完全可以翻译为"低级趣味"。苏轼的词却摆脱"柳七郎风味"而自成一家，这不啻做了一件严重破格的事情。而破格之处究竟何在呢——这首《江城子》随信寄出，不宜于歌女妙曼的歌喉，恰恰相反，"令东州壮士抵掌顿足而歌之，吹笛击鼓以为节，颇壮观也"，大约相当于今天以军乐队来伴奏演唱了。

且不论其他，仅仅试想请晏幾道所熟识莲、鸿、蘋、云四位歌女中的任何一位唱"老夫聊发少年狂"这一句，无论歌者还是听者，当时一定都会笑场。

显然，苏轼是在有意识地走到柳永的反面。此前虽然晏殊诸公也在刻意与柳永划清界限，但毕竟都在《花间集》的风尚里徘徊，都在歌儿舞女的浅斟低唱里流宕忘返。譬如同样写言情小说，琼瑶是俗文学里的明星，川端康成却拿得下诺贝尔文学奖，有文学鉴赏力的人看得出两者的云泥之别，普通人却只看到同样的言情，同样的细腻，所以很容易将两者并为一类，甚至混为一谈。但雨果写出《悲惨世界》《巴黎圣母院》，其中虽然也有着纯而又纯的爱情主题，然而任谁都听得出其中的黄钟大吕之音，绝不会将它们与前者一起归入言情小说的一类。

［3］一次有意为之的文学实验

诚然，苏轼正是要在词的世界里打造黄钟大吕之音，亦即指出词的"向上一途"，为此不惜在一首词里同时打破填词传统里的多项规范。将这首《江城子·密州出猎》还原到宋词的脉络里，顿时就会发现：不但题材出位了，腔调、秉性也一并出位了。

词，原本是作为一种"公共文学"而存在的，在公共场所付诸传唱，唱一场又一场风花雪月的事，创作者本人几乎完全隐藏在文本与唱腔之后。即便是晏殊那首破格之作《山亭柳·赠歌者》（见本书第二章），词人自己也只是在"犹抱琵琶半遮面"地躲藏在言外之意的幕布后面，从未堂皇地走上前台。

作为"公共文学"，一首词自然不会有确定的指向。倘若词意伤春悲秋，那么伤春悲秋的人是你也好，是我也好，是其他任何人都好，它只是一种宽泛的情绪，从不出现特定的人和特定的事。

晏幾道将"公共文学"向"私人文学"的方向做了相当程度的调整，《小山词》里于是有了特定的人和特定的事，亦即有了特定歌女的名字和特定场景中的故事。但是，小晏本人的"私语"完全可以被公共语言挪用，因为"莲、鸿、蘋、云"之类的名字可以很自然地转化为"谢娘""玉箫""小玉""双成"那样的文学语码,被任何人用作任何歌女的代称。而小晏与歌女所发生的特定故事,被《小山词》记录下来的故事,大多面目模糊,用于此人此事亦可,用于彼人彼事亦可,用于公共场所的演唱亦无不可。

但苏轼这首《江城子·密州出猎》谁可以唱,在怎样的场合可以唱,哪些人才可以做适宜的听众呢?

是的,这首词里明确出现了"我",即"老夫聊发少年狂"之"老夫",创作者本人的形象无遮无拦地出现在词的"正面",这足以使当时听惯了"杨柳岸、晓风残月"的人们大感骇异。"我"如果仅仅是"我"倒也罢了,歌女倒无妨唱一句"我欲乘风归去",但这个"我"偏偏还有很具体的界定:一名"老夫""太守"。这名"老夫""太守"在做的事更是歌女绝不可能参与的:统领群僚出郊行猎,还要"左牵黄。右擎苍",甚至亲身射虎。

歌女当然唱不来这样的词,而即便真如苏轼所谓"令东州壮士抵掌顿足而歌之,吹笛击鼓以为节",也会有太强烈的违和感。归根结底,因为这真的不是一首词,而是一首以词的格式写成的诗。换言之,只要它换上诗的装束,一切违和感便不复存在了。是的,这就是一场典型的跨界创新。

刻意打破一种习以为常的规范,这往往需要当事人从大脑的舒适区中跳脱出来,所以也往往是只属于天才的事业。借用乔治·桑塔亚那的说法:"规范并非无缘无故地出现的,而天才都知道如何通过重新鉴别规范的正当性来超越规范。他也完全不会受到诱惑,为了满足自己一时的心血来潮而去推翻规范。"

（《诗歌的元素与功能》）

宋词的文学价值在很大程度上得益于苏轼这一场具有实验意义的以诗为词的"超越规范"——当词的唱法被历史掩埋，当歌女文化成为词乐的随葬品，词便以几分"买椟还珠"式的姿态沦为纯粹的纸面文学了，或者说变成了另一种形式的诗。我们也只能以欣赏诗的方式来欣赏那些本该与诗大异其趣的词，词于诗意之外的属性因此变得无足轻重。

这当然只是后话，在苏轼当时，在词仍旧是歌席酒筵上的公共文学的时候，不难想象苏轼的创新为世人带来何等程度的惊奇。这样的词，很可能将会与"萧然有远古风味"的鲜于子骏的诗文一样，"但时独于闲处开看，未尝以示人，盖知爱之者绝少也"——苏轼这番话，怕也在有意无意间另有所指吧。

[4] 填词畏闻文字狱

中年以后，苏轼的文学趣味忽然转向填词，这实在有一些很现实、很功利的缘故。

才子总有自由散漫的天性，澎湃的创作欲也总会天然地逼迫自己发声，正所谓骨鲠在喉、不吐不快。而在复杂诡谲的政局里，才子们自当听从孔子"危行言孙"的教诲，少说少写，临深履薄——当然，违背天性的事情从来都难被人做好。所以不难想见，在党争最激烈的时候，苏轼注定会以口舌招祸。他的文名太著，交游太广。他是旧党中不同于司马光的另一面旗帜。司马光是被人尊敬的，苏轼却是被人喜爱的。自然除了苏轼，还会谁更适合来做新党发难的突破口呢？

宋神宗元丰二年（1079年），新党用心索隐苏轼诗文中"讥讪时政"的内容，力证有定苏轼死罪的必要。案件交由御史台审理，御史台古称乌台，故此史称此案为"乌台诗案"。这不仅是苏轼人生中的一个转捩点，亦属宋史中的一桩大事，甚至在相当程度上改变了宋词的发展走向。

我并无意详述乌台诗案之始末，更无意为苏轼辩冤——事实上，如果讥讪时政真的是一种罪行，那么苏轼无疑罪有应得，尽管他的政敌们也没少做深文罗织、穿凿附会的事情。

险死还生之后，苏轼那不可遏止的才情和不可救药的乐天态度第一时间便催生出这样的诗句："平生文字为吾累，此去声名不厌低。塞上纵归他日马，城东不斗少年鸡……"（《十二月二十八日，蒙恩责授检校水部员外郎黄州团练副使，复用前韵》二首之二）似乎他深恨自己被文字所误，决定从此谨言慎行，宁愿失去文学上的一切荣誉；塞翁失马纵然非祸，但也不要仗着侥幸再与朝中小人作对了吧。

是的，苏轼终是摆脱不了聪明人特有的讽刺意识，才"自责"了几句，便发出"城东不斗少年鸡"的讥讽。这一句诗，典出陈鸿《东城父老传》：唐玄宗宠爱一个叫作贾昌的斗鸡小儿，给了他极其尊贵的待遇，恩宠数十年。后来安史之乱爆发，唐玄宗逃亡蜀地，失掉靠山的贾昌只好隐姓埋名，寄居于一所寺院，家里的巨额财富尽数为乱兵所劫。苏轼以贾昌代指朝廷里那些庸碌小人，鄙夷他们不过是斗鸡走狗的弄臣罢了。诗成之后，苏轼掷笔笑道："我真是不可救药啊！"

苏轼确实需要多一点创作上的自律了。他在乌台诗案中险些投水自尽，家人烧掉了他三分之二的手稿，这都是余痛未消的教训啊。

《诗经》早早为中国社会奠定了讽谏与观风的传统：士君子有义务以诗歌表达对时政的不满，但用心、腔调一定是忠厚的，切忌冷嘲热讽；朝廷也有必要时刻关注社会上流传的各种诗歌，关注诗歌即意味着关注民意。所以诗歌天然就有政治属性，甚至可以说，政治属性而非文学属性才是诗歌的第一属性。那么顺理成章的是，在政治局势复杂的时候，写诗就变成了一项高危事业，你的反对派自然就会从你的"政治作品"里搜罗到你的源于险恶用心的"政治错误"。

苏轼《七月五日二首》之一有"避谤诗寻医,畏病酒入务"。官员托病离职为"寻医",农忙期间罢止诉讼为"入务"。如此一番谑语,意即为免遭人讪谤,索性不作诗也不喝酒了。

然而夜莺终归要歌唱,才子终归不能噤声,旺盛的创作欲不妨疏导到词的领域——那是一个风花雪月的世界,没有人会拿一首词当作词人的"正经创作",即便真的有人这么做,旁人也只会一笑置之,讥嘲他小题大做。这就是苏轼在乌台诗案之后的生存策略。但是,他毕竟是诗人,毕竟是士大夫当中的翘楚,他被压制的诗才注定会倾注到词的创作里去。

苏轼所谓"以诗为词",在相当程度上正缘于这样的逻辑。

[5]苏轼通晓音律吗：
从《念奴娇·赤壁怀古》说起

《念奴娇·赤壁怀古》是苏轼在被贬黄州的惨淡岁月里写就的，在国人耳熟能详的词作里牢牢占有一席之地。时为宋神宗元丰五年（1082年）七月，政坛上当真"乱石穿空、惊涛拍岸"的时候：

大江东去，浪淘尽千古、风流人物。
故垒西边人道是，三国周郎赤壁。
乱石穿空，惊涛拍岸，卷起千堆雪。
江山如画，一时多少豪杰。

遥想公瑾当年[1]，小乔初嫁、了雄姿英发。
羽扇纶巾谈笑间，樯橹灰飞烟灭。
故国神游，多情应笑、我早生华发。
人间如梦，一樽还酹江月。

1.当年：盛年。

不，标点并没有点错，这才是依照词谱所做的标准断句。大家一般见到的版本，是根据语意来做标点的，而苏轼这首词，语意上的断句偏偏和唱腔上的断句不同。

这是中国古典诗词中的特例，或者说是较少见的现象，而熟悉英国古典诗歌的读者对此一定不会陌生。我在《诗的时光书》里曾有解说叶芝名作《当你老了》（When You Are Old），做过如此一番中西对照：在中国传统诗歌里，基本上每一句诗都表达一个完整的意思，比如"白日依山尽，黄河入海流"，两句诗分别是两个独立而完整的意思；即便是两句诗共同组成一个完整的语义结构，比如"欲穷千里目，更上一层楼"，每一句诗在语法上至少是相对完整的。所以，中国的诗歌读者往往习惯于一句一句地理解诗歌。但英语诗歌完全不同。如果以英语的方式来写这首《登鹳雀楼》的话，那么有可能是这样的：

白日依山尽，黄河
入海流。
欲穷千里目，更上
一层楼。

我们再看《当你老了》的第一诗节，最后两句是：

And slowly read, and dream of the soft look
Your eyes had once, and of their shadows deep.

中文诗歌的阅读习惯会使我们很难一下理解这两句诗到底在说什么，因为Your eyes had once虽然是一行诗的开头，在语义上却是修饰上一句末尾那个look的定语从句，而and of their shadows deep，这句里边的of衔接的是上一句里的dream。所以在语义上，这两句诗应该读作：And slowly read, and dream of the soft look your eyes had once, and dream of their shadows deep.

于是我们发现，国人阅读英语诗歌所遇到的音律障碍竟然出现在苏轼的词里。人们对苏词无论褒贬，往往都跨不过这一道障碍。

《古今词论》记有毛稚黄的一段议论："东坡'大江东去'词，'故垒西边人道是三国周郎赤壁'，论调则当于'是'字读断，论意则当于'边'字读断。'小乔初嫁了雄姿英发'，论调则'了'字当属下句，论意则'了'字当属上句。'多情应笑我早生华发'，'我'字亦然。……文自为文，歌自为歌……"

"论意"即从语义上断句，"论调"即从唱腔上断句。语义上的断句与唱腔上的断句有了冲撞，这显然会使歌女们无所适从。所以精通音律的人往往对苏轼的词颇有微词，如李清照说苏词只是"句读不葺之诗，又往往不协音律"（《词论》），彭乘说"子瞻之词虽工，而不入腔处，正以不能唱耳"（《墨客挥犀》）。

苏轼是否真的缺乏足够的音乐素养呢？史料竟然也提供了反证：苏轼填有一首长调《戚氏》（玉龟山）。《戚氏》是很考验音律的词牌，于是万树《词律》有评语说："人每谓坡公不叶律，试观如此长篇，字字不苟，何尝不协乎？故备录之。且李方叔云：'此是因妓歌此调，词不佳。公适读《山海经》，乃令妓复歌，随字填去，歌完词就。'然则坡仙岂非天人，而奈何轻以失律讥之欤？"

词家很少有填《戚氏》这个词牌的，今天常见的宋词选本也几乎从不选录这个词牌之下的作品。是的，倘若我们只将词作为一种文字艺术来欣赏的话，恐怕没人读得来这一种三阕结构的鸿篇巨制，只有当我们站在史学与社会学的角度，才会在苏轼这首《戚氏》当中发现耐人寻味的妙处：

玉龟山[1]。东皇灵姥统群仙。
绛阙岧峣[2]，翠房深迥，倚霏烟。
幽闲。志萧然。金城千里锁婵娟。
当时穆满巡狩[3]，翠华曾到海西边。
风露明霁，鲸波极目，势浮舆盖方圆。
正迢迢丽日，玄圃[4]清寂，琼草芊绵。
争解绣勒香鞯。
鸾辂驻跸，八马[5]戏芝田。
瑶池近、画楼隐隐，翠鸟翩翩。

1.玉龟山：传说中西王母的居所。姥（mǔ）：老年妇女。
2.岧峣（tiáo yáo）：高耸。
3.穆满巡狩：指周穆王巡行天下的传说。翠华：翠羽为饰之旗，代指天子仪仗。
4.玄圃：东方朔《十洲记·昆仑》："咸阳去此四十六万里，山高平地三万六千里。上有三角，方广万里，形似偃盆，下狭上广，故名曰昆仑。山三角，其一角正北，干辰之辉，名曰阆风巅；其一角正西，名曰玄圃堂；其一角正东，名曰昆仑宫。"
5.八马：穆王八骏。

肆华筵。闲作脆管鸣弦。

宛若帝所钧天[1]。

稚颜皓齿[2],绿发方瞳,圆极恬淡高妍。

尽倒琼壶酒,献金鼎药,固大椿年。

缥缈飞琼妙舞,命双成奏曲醉留连。

云璈[3]韵响泻寒泉。

浩歌畅饮,斜月低河汉。

渐绮霞、天际红深浅。

动归思、回首尘寰。

烂漫游、玉辇东还。

杏花风、数里响鸣鞭。

望长安路,依稀柳色,翠点春妍。

《戚氏》分为三阕,韵脚平仄错杂,很考较词人的功力。李之仪以当事人的身份记录有苏轼创作这首《戚氏》的全部经过:

中山控北虏,为天下重镇,异时选寄,皆一时人物。然轻裘缓带,折冲樽俎,韩忠献、宋景文公而已。元祐末,东坡老人自

---

1. 帝所钧天:《穆天子传》:"庚辰,至于□,觞天子于盘石之上。天子乃奏广乐。"郭璞注:"《史记》云:赵简子疾,不知人,七日而寤,曰:'我之帝所,甚乐,与百神游于钧天,《广乐》九奏万舞,不类三代之乐,其声动心。'"钧天:天之中央。
2. 稚颜皓齿:寿高而容貌年轻。绿发:黑发。方瞳:典出《南史·陶弘景传》:"仙书云:'眼方者寿千岁。'"
3. 云璈:古乐器名。

礼部尚书，以端明殿学士加翰林院侍读学士，为定州安抚使。开府延辟，多取其气类，故之仪以门生从辟，而蜀人孙子发实相与俱。于是海陵滕兴公、温陵曾仲锡为定倅，五人者每辨色会于公厅。领所事竟，按前所约之地，穷日力，尽欢而罢。或夜，则以晓角动为期，方从容醉笑间，多令官妓随意歌于坐侧，各因其谱，即席赋咏。一日，歌者辄于老人之侧作《戚氏》，意将索老人之才于仓卒，以验天下之所向慕者。老人笑而颔之。邂逅方论穆天子事，颇摘其虚诞，遂资以应之。随声随写，歌竟篇就，才点定五六字尔。坐中随声击节，终席不间他辞，也不容别进一语。临分曰：'足以为中山一时盛事，前固莫与比，而后来者未必能继也。'方图刻石以表之，而謫去，宾客皆分散。政和壬辰八月二十日夜，葛大川出此词于宁国庄，姑溪居士李之仪书。

李之仪本人是北宋倾力填词的名家，是苏轼的门人晚辈，故此对苏轼这一番惊才艳羡的炫技留有了极其深刻的印象。苏轼时任定州安抚使，常与僚属宴饮尽欢，酒宴中多令官妓随意歌唱，座中士大夫各因官妓的唱腔即席填词。换言之，这意味着对急才的严格考验，苦吟派、江西派的创作者显然不能胜任。某天有一名官妓在苏轼身边唱起了《戚氏》的调子，这真是存心刁难了。即席创作《浣溪沙》一类的小令倒不算很难，而创作《戚氏》这样长调中的长调显然很难靠仓促间的临场发挥。但苏轼笑呵呵地接受了刁难，既然刚刚讨论着穆天子会见西王母的荒诞传说，顺手就将这段传说的内容拿来填词，"随声随写，歌竟篇就"，待官妓一首《戚氏》的旋律唱罢，词亦随之收尾。这样的急才，比之曹植七步成诗不啻难上百倍。所以足为"一时盛事"，前无古人，后来恐怕亦无来者，若非苏轼随即又遭贬谪，这件盛事就会被刻石留念了。

竟然也有人对此不以为然。南宋费衮《梁溪漫志》甚至有如此这般的辨伪："东坡御风骑气，下笔真神仙语，此等鄙俚猥俗之词殆是教坊倡优所为，虽东坡灶下老婢亦不作此语，而顾称誉若此，岂果端叔之言邪？恐疑误后人，不可以不辨。"

这首词纵然不曾真的堕落到费衮所谓"鄙俚猥俗"的程度，至少也算不得文学佳作，但费衮以这样的标准来怀疑它是伪作，连带怀疑李之仪的记录亦非真相，这显然搞错了方向。李之仪之所以郑重其事地记录这件"盛事"，全不因为这首《戚氏》的文学性，而是真正以"词"的标准来衡量它的——它是酒席间的即兴作品，是助兴的玩笑，是合乎复杂音律的高端写法，是最宜于在词的音乐技巧上为苏轼正名的东西。至于它是不是一件纸面上的文学佳作，这又有什么要紧呢？

如此看来，苏轼明明是通晓音律的，他填词之所以每每不合音律，显然有另外的理由。前人常说苏轼在文字间纵横捭阖，不屑为音律束缚。我很难认同这样的理由，因为诗词正如闻一多所谓是"戴着镣铐的舞蹈"，愈严苛的规则才愈有炫技的空间，何况以苏轼大才，每每成功挑战最高难度的修辞，又怎会有这样的"不屑"呢？

想来最合理的解释是：苏轼刻意以诗为词，借着词这种"不正经"的文体继续写他那些不吐不快、却容易为他招灾惹祸的诗。这样的词，他并不需要在酒筵歌席中入乐，亦不求歌女的传唱——传唱度越低反而越好，正应了"平生文字为吾累，此去声名不厌低"的自我告诫。

是的，苏轼的一些词作，正是要在这样的背景下才可以得到正确的理解。

俞文豹有一段最常为人援引的记载："东坡在玉堂日，有幕士善歌，因问：'我词何如柳七？'对曰：'柳郎中词只合十七八女郎，执红牙板，歌"杨柳岸、晓风残月"，学士词须关西大汉，铜琵琶，铁绰板，歌"大江东去"。'东坡为之绝倒。"（《吹剑录》）这位幕士的评语究竟是褒是贬，各人总有各人的理解，但其至少说明了一个事实：苏轼的词在当时毕竟离经叛道，士大夫的筵席场合怎么可能安排关西大汉来做歌舞表演呢？

[6]深深掩藏的悲伤：
《蝶恋花》（花褪残红青杏小）

宋哲宗绍圣元年（1094年），新党要人章惇拜相，标志着新一轮无情的政治清洗的开始。林语堂《苏东坡传》对这一年的事情有很生动的描绘："为了使皇帝深信所有元祐诸臣都是皇帝的敌人，章惇以他们都犯有破坏先王的新政之罪，而予以控告，还嫌不够。章惇这群人都是精明能干的政客，他们必须使皇帝痛恨所有元祐诸臣不可。当然，最足以伤害到皇帝个人的，莫如说某人当年曾与皇太后密谋夺取他的皇位。由于死无对证，又由于对宫廷官吏采用刑逼，阴谋之辈自然能捏造莫须有的造反谣言。……一个推翻皇帝的大阴谋已经揭开，年轻的帝王冲冲大怒。……罢黜、监禁、贬谪的圣旨，简直密如雨下。与苏东坡同时，有三十几个元祐期间的大臣受了降官或贬谪。惩处大臣人数之众，为往古所未有。章惇报仇的机会终于到来。他现在冒着恶魔般的怒火在疯狂般进行，因为皇太后摄政期间，他曾身遭监禁，当年苏东坡预测会犯谋杀罪的人，现在当权了。正如同他当年横过下临不测之深涧的一条独木桥，他一向是天不怕地不怕的。在京都之时，他曾和他族叔的情妇通奸，他曾经从窗子跳出来，砸伤一个街上的行人，但是那件事情没有认真起诉。在王安石当权之时,正人君子派的大臣都因进忠言而丢官,章惇则左右逢源,步步高升。现在章惇刚在四月官拜宰相之职,他立刻把旧日的狐朋狗党都召还京都,畀予重位。这一群人,也非比寻常,都是精力过人,长于为恶。"(张振玉译)

任谁都无法在一群"职业小人"所布下的十面埋伏中全身而退。苏轼这一回具体的罪名依然关乎文字,即"前掌制命语涉讥讪",为此远贬英州。是年闰四月,明媚的初夏天气里,一首《蝶恋花》写于赴英州的途中:

花褪残红青杏小。
燕子飞时,绿水人家绕。
枝上柳绵吹又少。
天涯何处无芳草。

墙里秋千[1]墙外道。
墙外行人,墙里佳人笑。
笑渐不闻声渐悄。
多情却被无情恼。

这首《蝶恋花》常被当作一般意义上的婉约词来看,写初夏的风光,写邂逅中一段若有若无的情愫,清新明快,甚至带着几分幽默。然而宋人有记载说:"东坡渡海,惟朝云王氏随行。日诵'枝上柳绵'二句,为之流泪。病极,犹不释口。"(《冷斋

1.秋千:即秋千。

夜话》）又有记载："子瞻在惠州,与朝云闲坐,时青女初至,落木萧萧,凄然有悲秋之意。命朝云把大白,唱'花褪残红'。朝云歌喉将啭,泪满衣襟。子瞻诘其故,答曰:'奴所不能歌,是"枝上柳绵吹又少。天涯何处无芳草"也。'子瞻翻然大笑曰:'是吾正悲秋,而汝又伤春矣。'遂罢。朝云不久抱疾而亡,子瞻终身不复听此词。"（《林下诗谈》）

朝云可谓苏轼的第一红颜知己,对这首《蝶恋花》悲怆到如此程度,尤其对"枝上柳绵"二句哽咽而不能歌,显然词的内涵及其所引发的联想绝不只是字面上这样单纯。是的,我们一旦将它还原到绍圣元年的险恶时局下,忽然就会读出另外一层意思与另外一种情怀。

"花褪残红青杏小",季节更迭似乎对应着人事的更迭。多少知交好友在这个季节更迭的时候被逐出朝廷,散落在天涯,岂不正如"枝上柳绵吹又少。天涯何处无芳草"的景象。高墙隔断内外,墙外人渐行渐远,墙里人只自顾自地欢笑嬉戏。"里"与"外","笑"与"恼","无情"与"多情",在这一连串的对比中泛着单恋一般的心酸。此时的苏轼确实最有单恋者的可怜相:一次次渴望上殿面君,却一次次遭到拒斥,深沉的多情面对冷酷的无情,被撞得头破血流。这是屈原式的忧愤,所以才有了屈原式的美人香草的寄托。这首《蝶恋花》如同一首微缩版的《离骚》,以轻驭重,将忧愤寄托在若有若无之间。这样的意思倘若写在诗里,新一轮的文字狱定会如影随形了。

词总会自由一些,既然是"不甚正经"的文体,反对派总不好意思在朝堂上公然深挖它的"政治隐喻",即便他们真的这样做了,也只会使自己成为世人的笑柄吧。这倒不是说词不可以作为"罪证"——当然可以，只不过以词作为罪证，只有两性关系才是唯一适宜的突破口，欧阳修就曾遭遇过这样的羞辱和折磨（详见本书第五章）。幸而这并不是苏轼要担心的问题。

就这样，苏轼找到了新的灵魂宣泄的渠道。如《蝶恋花》这样的词，如果你肯多花一些心思琢磨，就会从中体会到一些哲理层面的佳境；如果你了解了它的背景，便会感受到作者的苦闷、落寞与强自排解的心情。各个角度都有它的读法，你思考得越多，越会觉得它耐人寻味，这正是所谓艺术深度之一例。

[7] 一首铺排古典成语的词：
《行香子》（三入承明）

当苏轼真正用心经营起词的世界，以如椽巨笔驾驭这一"雕虫小技"，简直要令每一个角落都别开生面、气象万千。正如滔天洪水侵袭窄小的河床，注定冲垮河堤，开辟出无数条支流，而当洪水退去，河道不知已被拓宽了多少。

仅以题材论，《花间集》所开拓的风花雪月的河床忽似被造物主随意指点，竟然无语不可入词，旧日里被人奉为圭臬的规则忽然变得荒唐可笑了。在时人眼里，一定常常惊叹于苏轼填词手段的前卫性吧，如这首《行香子》：

三入承明。四至九卿。
问书生、何辱何荣。
金张七叶，纨绮貂缨。
无汗马事，不献赋，不明经。

成都卜肆，寂寞君平。
郑子真、岩谷躬耕。
寒灰炙手，人重人轻。

除竺乾学，得无念，得无名。

这样的词，已经完全是诗的样子，再不见半点《花间集》的影子，而且句句用典，典故还几乎都与官场有关，实在不宜于在花前月下的筵席上歌唱。

苏轼写诗就很有用典成癖的样子，所以钱锺书有评论说："苏轼的主要毛病是在诗里铺排古典成语，所以批评家嫌他'用事博''见学矣然似绝无才''事障''如积薪''窒、积、芜''獭祭'，而袒护他的人就赞他对'故实小说'和'街谈巷语'，都能够'入手便用，似神仙点瓦砾为黄金'。他批评过孟浩然的诗'韵高而才短，如造内法酒手而无材料'，这句话恰恰透露出他自己的偏向和弱点。同时，这种批评，正像李清照对秦观的词的批评：'专主情致而少故实，譬如贫家美女，虽极妍丽丰逸，而终乏富贵态'，都可以帮助我们了解在那种创作风气里古典成语的比重。"（《宋诗选注》）

当然，铺排古典成语很难说是一种"毛病"。倘若我们本着"万物并育而不相害，道并行而不相悖"的儒家古训，不妨将苏轼的铺排看作一种"风格"。他的学养太驳杂，也太笃实，所有在常人看来冷僻的典故于他而言只不过是信手拈来的家常话。要求他在写作的时候刻意隐去这些"家常话"，这实在有点不近人情了。只要让他挥洒自如，就注定写成"铺排古典成语"的样子，写诗如此，填词亦如此。常人纵然觉得写诗"铺排古典成语"尚可容忍，却绝不认为词可以如此写。苏轼偏就这样写了。这也许还与他"文坛领袖"的地位有关，他是文学风尚的引领者，完全不必在意从脚下和身后传来的蚊蚋一般的讥议声。

[8] 官场典故种种

与《蝶恋花》（花褪残红青杏小）同时，这首《行香子》也是宋哲宗绍圣元年的作品。"三入承明"化自应璩《百一诗》"问我何功德，三入承明庐"。承明庐是汉代承明殿旁的房屋，为侍臣入宫值宿的居所。"四至九卿"语出《汉书·汲黯传》：名臣汲黯的外甥司马安"文深巧善宦，官四至九卿，以河南太守卒"。作为臣子，"三入承明""四至九卿"，在常人眼里都是无上的荣光，苏轼自己也有过受皇帝宠信的类似际遇，但此时在贬官途中，他却对庸常的人生观萌生了怀疑，以至于问出"问儒生、何辱何荣"这样的话来——"三入承明""四至九卿"当真足堪荣耀吗？

"金张七叶，纨绮貂缨"，语出左思《咏史》"金张藉旧业，七叶珥汉貂"。汉代有金日磾、张安世两大家族，一连七代为皇帝近臣，宠贵无双。然而他们究竟是凭着怎样的勋劳才赢得这份宠贵的呢？——他们既没有武功（无汗马事），也没有文才（不献赋，不明经）。而那些有真才实学且品格高尚的人，譬如严君平，只能在成都街市上摆摊算卦（成都卜肆，寂寞君平），再如郑子真，也只是在躬耕隐居的生涯里独守寂寞（郑子真、岩谷躬耕）。

"寒灰炙手,人重人轻",语出《史记·韩长孺列传》:"安国坐法抵罪,蒙狱吏田甲辱安国。安国曰:'死灰独不复然乎?'田甲曰:'然即溺之。'"这也是成语"死灰复燃"的出处。官员遭贬,或成死灰,而死灰复燃,亦或有"炙手可热势绝伦"的模样。官场就是这样波诡云谲、翻云覆雨,官场中人也总有或前倨后恭或落井下石的势利。

官场既然险恶如此,一个正直的人应当如何自处呢?词的末句给出答案:"除竺乾学,得无念,得无名"。竺乾为印度别称,代指佛陀;无念、无名皆为佛学术语,简言之就是灭绝欲念、得成正果的意思。

稍稍讲一下这一句中的"除"字。《行香子》词牌,"除"字的位置必须是仄声字,苏轼倒没有出律,因为这里的"除"不读作chú,而读作zhù,意思是开启、给予。古汉语有大量音、义都已在现代汉语中消失,所以在今天常用的《现代汉语词典》里是查不到的。仅以"除"字为例,它还有shū的读音,用作四月或十二月的别名。

[9] 为灵魂伴侣画一幅肖像：
《殢人娇》（白发苍颜）

苏轼既有"除竺乾学，得无念，得无名"的打算，兼以谪居无事，便当真拿佛经消磨时间了。

苏轼远贬惠州，带了侍妾朝云随行，于是如林语堂所谓："苏东坡在惠州的生活，谁都知道是和朝云的爱情相关联的。"两人的爱情至此而升华到了一种相当超然的状态，彼此是相濡以沫的精神伴侣，却不再有任何程度上的肌肤之亲了。

绍圣二年（1095年）五月初四日，即端午节前的一日，苏轼为朝云写下一首《殢人娇》，又是一种全新的腔调：

> 白发苍颜，正是维摩境界。
> 空方丈、散花何碍。
> 朱唇箸点，更髻鬟生彩。
> 这些个，千生万生只在。
>
> 好事心肠，著人情态。
> 闲窗下、敛云凝黛。
> 明朝端午，待学纫兰为佩。

寻一首好诗，要书裙带。

首句"白发苍颜"是苏轼自况，这话已不复"老夫聊发少年狂"时候的夸张作态，他已经真的迈入了花甲年纪。人生至此而有了新的姿态，亦即"正是维摩境界"。

维摩即维摩诘，是大乘佛教经典《维摩经》的核心人物，苏轼这首词是用到《维摩经》的意象。维摩诘是中国传统文化很要紧的一个语码，我这里不妨多费一点介绍的笔墨。《维摩诘经》自唐代以来最流行于士大夫的圈子里，正如净土信仰最流行于底层大众。倘若今天我们必须信奉一部佛经，必须从佛教角色中选择一位人生偶像的话，我有十足的理由相信，《维摩经》和维摩诘一定会成为最大多数人的一致选择。

原因无他，维摩诘神通广大，富可敌国，创意无限，引领时尚潮流，这样一个人还居然涅槃成佛了，然后他的传记成为无数有志青年的人生指南。这样一个人在今天看来是多么的良善可亲，而在古老的印度世界里，他曾是何等的离经叛道。我们不妨试想一下，倘若花天酒地、偎红倚翠的日子里也半点不碍成佛，该让那些老老实实吃斋守戒的出家人情何以堪呢？

在佛陀宣教的时代里还没有这样的事情，但佛陀圆寂了，印度的政治格局发生变动了，最可怕的是，虽然西部地区仍然贫穷落后，经济却在一些东部城市悄然发展起来了。金钱与贫富差距究竟有着何等程度的动摇世道人心的力量，这是今天的任何一个凡人都能够轻易想见的。

于是，当来自西部贫困地区的耶舍比丘偶至东部城市之后，惊讶地发现当地僧侣竟然会向施主们乞讨金钱！——佛陀圆寂才不过一百多年，戒律就已经被败坏到这种地步了！修行者历来只能乞食，不能乞钱，就连乞食也仅仅乞讨当天所需的食物，绝不能留半粒粮食的积存。佛陀当初制定这样的戒律实在是煞费苦心：贪、嗔、痴是佛法三毒，戒除贪念要从舍弃一切开始。只有彻底地抛妻弃子、抛家舍业、身无长物，只有一袭简单的衣衫和一只乞食的钵，不留半点贮藏——正如晚唐诗僧贯休的自况："一瓶一钵垂垂老，千水千山得得来。"——只有这样，你才不易对任何人、任何事动了牵挂。

"无挂碍故，无有恐怖，远离颠倒梦想，究竟涅槃"，这是《心经》讲给世人的最基本的佛理。那么，想想那些在蝇营狗苟中辛苦求生的小市民吧，他们每天都要反反复复地计算开销和结余，还要为明天和明年预留各种各样的费用，要为风韵犹存的妻子多赚一些脂粉，要为青春期的孩子多赚一些口粮，各种操心，各种颠倒梦想，怎么可能斩断业力，从六道轮回中跳脱出来呢？

而这些东部发达地区的僧侣，这些本该严守戒律的修行者，竟然向人乞讨金钱！千里之堤，溃于蚁穴；长此以往，佛将不佛。

于是耶舍比丘匆匆赶回西部大本营，做了一件有大魄力的事情。

耶舍比丘回去之后，邀集东西两方长老会聚一堂，重申戒律，判定"乞讨金钱"是一项令人发指的犯戒行为。当时集会者有七百人，多是各地年高德劭的上座长老，史称"七百结集"。

这本该是一次大获全胜的整风运动，无奈时代变了，少壮派不服气上座长老的墨守成规，偏要与时俱进不可，于是另外召集了一场集会，重新订正经律，为收受金钱的行为正名。少壮派至少占了人数上的优势，据说与会者有上万之众，因此史称"大结集"。

"金钱是万恶之源"，这句老生常谈果然是有道理的。正是金钱，并且是区区一点小钱，导致了佛教历史上的第一次大分裂。从此一个完整的佛教阵营判然分为上座部和大众部两派，各行其是，互不服气。而商业、贸易丝毫不为僧侣们的态度所动，自顾自地蓬勃兴盛着。及至大乘佛教兴起的时候，印度社会的贫富差距越发惊人，越来越多有能力一掷千金的富商大贾对日渐占据主流地位的佛教萌生了好感。他们也想修行佛道，达到解脱的妙境，从此不堕轮回之苦。但是，让他们甘心抛弃偌大的家业，这真是难比登天的事情啊，何况还有那么多温柔美丽的姬妾令他们太难割爱呢。

一个人获得的越多，舍弃的难度也就越大，这不过是人之常情，所以马克思才说无产阶级是最具革命性的，因为他们一无所有——"无产者失去的只是锁链，得到的是整个世界"。所以任何社会只要想求稳定，总要或多或少地使无产者有那么一点财产才行。

比起潜在的收益，人类天然会对潜在的损失更加耿耿于怀。现代心理学以大样本的统计数据为我们揭示的这个心理痼疾同样适用于我们的先辈，所以在各种反对财产制度的宗教里，只有数量少到几乎可以忽略不计的富人真的做到了决绝。

哈耶克虽然不是宗教领域的专家，却在这个问题上给出过一个非常精辟的见解："在过去两千年的宗教创始人中，有许多是反对财产和家庭的。但是，只有那些赞成财产和家庭的宗教延续了下来。"（《致命的自负》）

于是，佛陀与"七百结集"时代的佛教只能成为供人凭吊的历史。在公元二世纪的印度，僧侣们需要养成包容财富制度与家庭生活的宽广心胸了。就是在这样一个时代里，《维摩经》翩然登场，迅速成为我们文化基因中一个顽固的编码。

《维摩经》，全称《维摩诘所说经》，以高明的文学手法使维摩诘横空出世：这是一位手眼通天的巨富，常常流连于风月场所，以穷奢极欲的姿态享尽荣华富贵。我们似乎理应做出这样的推断：将会有一场突如其来的灭顶之灾残忍地夺走维摩诘的一切，使他彻悟富贵无常的道理，于是悬崖撒手，皈依佛门，身后只落得个白茫茫大地真干净。

但《维摩经》的情节竟然不是这样发展的。真相出人意表：维摩诘竟然早已成佛，只是为了普度众生才纡尊降贵地来到这个软红尘里。既要度人，风月场所岂不是最好的去处么，正如"公门里边好修行"的道理一样。

维摩诘精通佛法，能言善辩，行事超乎常理。他不仅要度化凡人，还要点化菩萨。某次他装病来骗取文殊菩萨的探望，出家人不打诳语的戒律也就事急从权了。文殊菩萨一行人略带忐忑地走进了维摩诘那间著名的卧室——那里虽然只有一丈见方，却无论来多少人都容纳得下，"其犹方丈之室，文殊等入，中宽如容十方世界"（《维摩经》），这就是"方丈"一词的语源——维摩诘悠悠然开导文殊说：修行何必一定出家呢？居家也能成佛，涅槃境界就在世俗生活当中，哪怕你是一个正在金山银海、醇酒美人当中打滚的巨富，只要你依据直心行事，那就是在家修行的佛道，就是在净土世界里的生活。

今天我们半点也不会觉得这是什么新奇可怪的观念，因为

《维摩经》的哲理千百年来已经以润物细无声的方式浸淫人心了。但在公元二世纪的印度，对那些固守原始信条的修行者而言，这真是不折不扣的异端邪说。

可是少数长老们的固执又怎么拗得过世道人心的潮流所趋呢？并不令人意外，《维摩经》在印度上流社会大行其道，那些王公贵族、富商巨贾终于解决了不知如何"不负如来不负卿"的两难困境。至于他们是否真的已经有了维摩诘那样的修为，真的对物欲与色诱全不动心，这倒难说，但至少他们有着掩耳盗铃的心灵手段。

元稹《大云寺二十韵》有"听经神变见，说偈鸟纷纭"，说的正是维摩诘开导文殊菩萨时候的一段插曲：当时方丈之室藏有一位隐身的天女，待维摩诘讲到妙处便即现身，以花朵撒落在诸位菩萨和大弟子的身上。花朵一触到菩萨的身体即皆坠落，却附着在大弟子的身上，这是因为大弟子的业力结习尚未消尽的缘故。

李商隐有一首名为《咏梅》，却暗喻某位美姬的诗说"维摩一室虽多病，亦要天花作道场"，用的便是这则典故，意思是说：我虽如维摩诘一般抱病幽居，却也希望这位美女大驾光临，一展天女散花的魅幻手段。

李商隐自比维摩诘，仅仅是一种戏谑而已，唐代大诗人中只有王维和白居易真正是以维摩诘当作人生楷模来亦步亦趋的。苏轼贬至惠州，也常常以维摩诘自比。当然，此时的他绝没有维摩诘的骄人财富与通天手段，有的只是这首《殢人娇》所谓的"维摩境界"，即结习已尽，花落而不沾身，所以"空方丈、散花何碍"。

苏轼就这样以维摩诘自比,以天女比朝云,于是两人相对共处的日子虽不复夫妇之欢,却别有一番灵魂相悦的意味。苏轼初到惠州时,写信给友人钱济明,言及"某到贬所,阖门省愆之外,无一事也。瘴乡风土,不问可知,少年或可久居,老者殊畏之。唯绝嗜欲,节饮食,可以不死。此言以书之绅矣,余则信命而已"。惠州在宋代仍属中原文明之外的瘴疠之地,使太多人望而生畏。苏轼的应对之法既简单又无奈:绝嗜欲、节饮食而已,这是"尽人事"的极限处,其余就只有"听天命"了。

苏轼多次提及自己"绝欲息念"的养生之道,与爱妾朝云就这样在灵魂相对的日子里厮守。他仍能欣赏朝云的美丽,如词中"朱唇箸点,更髻鬟生彩",她的嘴唇点上了小而圆的朱红色,如筷子头一般大小(这正是古人对樱桃小口的审美),她的黑发泛着动人的光泽。虽然结习已尽,花落已不沾身,但"这些个,千生万生只在",她朱唇秀发的美丽模样已经烙印在他记忆的最深处,将在千万次轮回中反复重现。

下阕"好事心肠,著人情态",写朝云的性情;"闲窗下、敛云凝黛",写朝云蹙眉愁思的样子。"明朝端午,待学纫兰为佩",化用《离骚》"纷吾既有此内美兮,又重之以修能。扈江离与辟芷兮,纫秋兰以为佩",苏轼如屈原一般遭贬,朝云亦无怨无悔追随。"寻一首好诗,要书裙带",写朝云选了一首心爱的诗,要苏轼为自己写在裙带上。裙带书诗,这是宋代女子的一种服饰风尚,大约可以算作今天"文化衫"的鼻祖了。

有必要重点讲一个字,即"著人情态"之"著"。这是古典诗词中的常用字,读作zhuó,意思是"附着""亲附"。它在现代汉语里通常只剩下zhù的读音,用于"著作""著名"之类词汇,而在古汉语里,它还读作chú,"著雍"即天干"戊"的别称,是古代纪年的习见术语。

"著"另读作zhāo,有"放置"的意思,如苏轼《南堂》诗"更有南堂堪著客",又指下棋的一次落子;另读作zháo,意为"燃烧";另读作zhe,用作动词之后的助词——在以上三个读音与义项上,字形在今天都已经简化为"着"。简体字并不曾在全部音义上取代繁体字,所以读简体字的古文,总会时而出现容易令人混淆的情况,这毕竟是件无奈的事。

话说回来,这首《殢人娇》完全可以看作一幅以文字点染的文人画,朝云的形象就在动态与静态的交叠里鲜活起来。描摹女子与爱人的词在苏轼之前并不少见,却从未有这种画像或精神小传式的作品。这正是苏轼的独创处,尽管这一独创亦如他的其他许多独创一样,是在无意间自然发生的。

翌年,即绍圣三年(1096年)七月,朝云病故。"绝欲息念"虽然使苏轼挨过了传说中的瘴疠,却未能救得朝云的性命。苏轼为赋《西江月》一首,名为"咏梅",实为对朝云的悼念:

玉骨那愁瘴雾,冰姿自有仙风。

海仙时遣探芳丛。

倒挂绿毛么[1]凤。

素面常嫌粉涴[2],洗妆不褪唇红。

1.么(yāo):同"幺"。绿毛么凤:苏轼《十一月二十六日松风亭下梅花盛开》诗后《再用前韵》有"蓬莱宫中花鸟使,绿衣倒挂扶桑暾",苏轼自注:"岭南珍禽有倒挂子,绿色,红喙,如鹦鹉而小,自东海来,非尘埃中物也。"
2.涴(wò):弄脏。

高情已逐晓云空。
不与梨花同梦。

苏轼于词下作跋:"诗人王昌龄梦中作梅花诗。南海有珍禽,名倒挂子,绿色,如鹦鹉而小。惠州多梅花,故作此词。"所谓王昌龄梦中作梅花诗,其中有"落落漠漠路不分,梦中唤作梨花云"。于苏轼而言,高情的梅花已随"晓云"(暗示朝云)飞散,不似梨花一般入梦相随了。此种刻骨的伤心,原非词这种文体所能承载的。

[10] 咏物词的极致：
《水龙吟》（似花还似非花）

王国维《人间词话》有议论说："东坡《水龙吟》咏杨花，和均而似元唱。章质夫词，元唱而似和均。才之不可强也如是！"又有："咏物之词，自以东坡《水龙吟》最工……"这是将苏轼咏杨花的一首《水龙吟》标举为历代咏物词之翘楚。而最堪钦羡的是，这样一首词竟然并非首倡，而是"和均"。

"和均"即步韵，依照他人作品原韵的唱和之作。步韵的风气始于白居易和元稹，两人太频繁地互赠诗歌，你步我的韵，我步你的韵，来来回回总有用不尽的雅兴。

诗词对于古代文人不仅仅是一种艺术创作，还是一种社交手段，而步韵是最能发挥社交功能的。如王国维这样单纯崇尚艺术的人，自然会对步韵心怀轻蔑。步韵会凭空增加技术难度，因为你要严格依照别人的韵脚写出自己的意思。闻一多说"诗歌是戴着镣铐的舞蹈"，那么步韵就意味着在镣铐之外再套上一副枷锁。

所以步韵之作每每差强人意，只有极少数可以晋身于第一流作品之列。可想而知，步韵一般都比不过原作，除非步韵者是世不二出的天才。

苏轼就是这样的天才，当他的同僚兼好友章楶写出一首哄传一时的杨花词，他的步韵之作反而后来居上，使章楶的词倒像是勉强步韵来的。章楶，字质夫，宋英宗治平二年（1065年）进士，是以书生建立武功的一代传奇人物。

宋神宗元丰四年（1081年），章楶赴任荆湖北路提点刑狱，苏轼正因为乌台诗案的缘故编管黄州，两地相距不远，很方便书信与唱酬往还。苏轼在写给章楶的一封信里讲到了两首杨花词的来龙去脉：

某启。承喻慎静以处忧患。非心爱我之深，何以及此，谨置之座右也。柳花词绝妙，使来者何以措词。本不敢继作，又思公正柳花飞时出巡按，坐想四子，闭门愁断，故写其意，次韵一首寄去，亦告不以示人也。七夕词亦录呈。药方付徐令去，惟细辨。……

以此推断，章楶之前有书信叮嘱苏轼，要以"慎静"的心态挨过这段磨难，信中还附有《水龙吟》咏杨花之词。苏轼这番获罪有新旧党争的背景，牵连广大，章楶也算是难兄难弟之一。苏轼感时伤世，步韵一首《水龙吟》随信寄去，但汲取了章楶"慎静"的劝告，嘱咐他不要将这首词给旁人看到。

所以，无论是章楶的原作还是苏轼的唱酬，都不仅仅是以咏物词的姿态描摹杨花，其中别有寄托，不宜与外人道。章楶原作如下：

燕忙莺懒芳残，正堤上柳花飘坠。

轻飞乱舞，点画青林，全无才思。
闲趁游丝，静临深院，日长门闭。
傍珠帘散漫，垂垂欲下，依前被、风扶起。

兰帐玉人睡觉，怪春衣雪沾琼缀。
绣床渐满，香球无数，才圆却碎。
时见蜂儿，仰粘轻粉，鱼吞池水。
望章台路杳，金鞍游荡，有盈盈泪。

　　章楶开门见山，点出"杨花飘坠"，这正是沈义父会蹙眉而王国维会颔首的写法。杨花"轻飞乱舞，点画青林，全无才思"，这里却用到一个文学语码：韩愈《晚春》诗有"草树知春不久归，百般红紫斗芳菲。杨花榆荚无才思，惟解漫天作雪飞"，杨花和榆荚属于草木之中懵懵懂懂的一类，全不与群芳争奇斗艳。韩愈是以杨花与榆荚自况，说自己既无心机，亦无才华，不堪与同僚争权夺利。章楶用到了这一语码，因为这正是自己与苏轼的共同写照。

　　杨花不与群芳争春，终日只是"闲趁游丝，静临深院，日长门闭"，无奈杨花欲静而春风不止，"傍珠帘散漫，垂垂欲下，依前被、风扶起"。如此描写可谓得杨花之神理，亦可谓得官场浮沉之神理。

　　下阕视角忽然一变，写"玉人"看杨花的百般姿态，触绪伤怀，"望章台路杳，金鞍游荡，有盈盈泪"。这又是一个文学语码：汉代长安有章台街，遍植柳树，是全国最著名的红灯区，在历代文人笔下成为秦楼楚馆的代称。丈夫冶游不归，少妇空闺凝

望,从闺阁中飘坠的杨花联想到章台路上的柳绵,正如远贬外地的官员无限缅怀帝京一般。苏轼步韵之作如下:

> 似花还似非花,也无人惜从教坠。
> 抛家傍路,思量却是,无情有思。
> 萦损柔肠,困酣娇眼,欲开还闭。
> 梦随风万里,寻郎去处,又还被、莺呼起。
>
> 不恨此花飞尽,恨西园落红难缀。
> 晓来雨过,遗踪何在,一池萍碎。
> 春色三分,二分尘土,一分流水。
> 细看来不是,杨花点点,是离人泪。

这首词的末句,通常的断句是"细看来,不是杨花,点点是离人泪",这是依语意为断,但如果依照词谱,或者说依照歌女的唱腔,断句就应是"细看来不是,杨花点点,是离人泪"。今天读词,我以为还是依照词谱断句为好,最可以体会词的味道。

起首"似花还似非花",杨花虽然有花之名,实则只是柳絮。刘熙载《艺概》称这一句"可作全词评语,盖不即不离也"。确实,全词始终都在不即不离之间,似写花却在写人,似写人却在写花,似写实却在记梦,似记梦却在言情,以朦胧之笔转换于虚实之间。

时序变迁,杨花自然飘坠,在词人看来却是有意地"抛家傍路"。章楶当时读到这里,一定体味得出其中所蕴含的身世之慨。杨花究竟有无"才思",苏轼分明在向章楶作答:"思量却是,无情有思。"看似"杨花榆荚无才思,惟解漫天作雪飞",实则细细思量,在抛家傍路的时候又何尝没有柔肠百转呢?"萦损柔肠,困酣娇眼,欲开还闭",这究竟是杨花情态的拟人之语,还是章楶笔下那名"玉人"的写照呢?"梦随风万里,寻郎去处,又还被、莺呼起",究竟梦如杨花,抑或是杨花如梦,究竟是杨花被黄莺的飞动带起,抑或是她的梦被莺声惊起,亦真亦幻,无从分辨。

下阕道出伤心的原委:"不恨此花飞尽,恨西园、落红难缀。"是杨花飞尽也罢,是群芳凋零也罢,最堪恨者是它们带走了春光。剩下的是什么?是"晓来雨过,遗踪何在,一池萍碎",是一场雨后,点点杨花在池塘上漂浮,再也无力飞起。古人相信杨花入水化为浮萍,这虽然不是科学上的真实,却是诗意中的真相。这真相令人伤感,想那漫天的杨花最后要么碾入尘土,要么随水漂流,只消几日的光景便仿佛从来没存在过。"春色三分,二分尘土,一分流水",而那流水中的"一池萍碎"若待仔细看来,"不是杨花点点,是离人泪"。

两首《水龙吟》俱属佳作,苏轼终归以不即不离、虚实难辨的写法更胜一筹。王国维是天才论者,所以认为两首词的高下之别缘于章楶才力有限,苏轼天才绝顶。文学艺术上的造诣的确需要功力为基础,但功力是每个人只要用心都可以获得的,只有与生俱来的天赋是决定顶尖高手高下之别的唯一砝码。

[11] 词的"空灵蕴藉"与歌声的速度:《水调歌头》(明月几时有)

宋神宗熙宁九年(1076年),苏轼正在密州知州的任上,于中秋佳节欢饮达旦,大醉后写下了中国历代中秋诗词中的第一名篇,即《水调歌头》(明月几时有)。词前有小序:丙辰中秋,欢饮达旦,大醉。作此篇,兼怀子由。

明月几时有,把酒问青天。
不知天上宫阙,今夕是何年。
我欲乘风归去,又恐[1]琼楼玉宇,高处不胜寒。
起舞弄清影,何似在人间。

转朱阁,低绮户,照无眠。
不应有恨,何事长向别时圆。
人有悲欢离合,月有阴晴圆缺,此事古难全。
但愿人长久,千里共婵娟。

1.又恐:一作"惟恐"。苏轼以乘风上天为"归去",暗示自己是谪居人间的仙人。

小序所谓"兼怀子由",是怀念已分别五年的兄弟苏辙(字子由)。苏氏两兄弟感情极深,但官场浮沉总是身不由己,永远都是聚少离多的局面。词的字面上似乎只是中秋怀人的意思,但我们看两位古人的议论:

《蓼园词评》黄氏语:"按通首只是咏月耳。前阕是见月思君,言天上宫阙,高不胜寒,但仿佛神魂归去,几不知身在人间也。次阕言月何不照人欢洽,何似有恨,偏于人离索之时而圆乎?复又自解,人有离合,月有圆缺,皆是常事,惟望长久,共婵娟耳。缠绵惋恻之思,愈转愈曲,愈曲愈深。忠爱之思,令人玩味不尽。"

《蒿庵论词》冯煦语:"又云:'词以不犯本位为高,东坡《满庭芳》"老去君恩未报,空回首,弹铗悲歌",语诚慷慨,然不若《水调歌头》"我欲乘风归去,又恐琼楼玉宇,高处不胜寒",尤觉空灵蕴藉。'"

为什么在黄氏和冯煦的理解里,这首词竟然都与"思君""君恩"有关呢?冯煦以苏轼《满庭芳》之"老去君恩未报,空回首,弹铗悲歌",与《水调歌头》之"我欲乘风归去,又恐琼楼玉宇,高处不胜寒"作为同一个意思的两种表达——前者太直白,宜于诗而不宜于词,后者"空灵蕴藉",亦即以较隐晦的手法表达与前者同样的含义。今天看来,这简直有点匪夷所思。

然而陈元靓《岁时广记》引《复雅歌词》又有记载说:"是词乃东坡居士以丙辰中秋,欢饮达旦,大醉,作《水调歌头》,兼怀子由。时丙辰熙宁九年也。元丰七年,都下传唱此词。神宗问内侍外面新行小词,内侍录此进呈。读至'又恐琼楼玉宇,高处不胜寒',上曰:'苏轼终是爱君。'乃命量移汝州。"

"量移汝州"一事是苏轼绝境中的一线曙光。元丰七年（1084年）正月，神宗有手札："苏轼黜居思咎，阅岁兹深，人材实难，不忍终弃，可移汝州团练副史，本州安置。"苏轼这才得以离开那个让他写下《念奴娇·赤壁怀古》的黄州险境。

王水照、朱刚的《苏轼评传》有这样一段分析："汝州（今河南临汝）在宋时属京西北路，离北宋政治中心较近。从黄州移汝州，虽然仍是团练副史、本州安置，但那意思，似乎是将得罪贬窜转为赋闲待用了。这大概是宋神宗晚年准备调和参用新、旧党人的一个表示，苏轼自也在他的考虑之内；而苏轼本人，当亦须将自己的心态、政见调整到与神宗之意相一致，以期重获政治生命。"

苏轼虽然吃尽了文字上的苦头，却因为这首词重新赢得了宋神宗的好感，命运意外地因此转折。这一切都是因为宋神宗从词句里读出了"苏轼终是爱君"的意思，这愈发使今天的读者困惑不解了。

宋神宗是在具体的语境下读出了词的深意。苏轼当时仕途失意、亲人远隔，落寞间隐隐有寻仙出世的愿望。古代士君子有"达则兼济天下，穷则独善其身"的处世纲领，失意时最容易逃入隐逸的世界，而隐逸的世界里，修仙正是最有诱惑力的事情。李白就是一个典型，每一感觉"大道如青天，我独不得出"，便忙着炼丹修道，做起白日飞升的大梦。苏轼虽不似李白那般癫狂，但这首《水调歌头》却真的以谪仙自居，一句"我欲乘风归去"，道出人间只是贬所，天界才是原本的家园。对人世无奈了、倦怠了，想要一走了之了，结果却"又恐琼楼玉宇，高处不胜寒",不直言自己对人世的留恋,只勉强找借口说天界太寒冷。

谪仙又怎会顾虑天界的寒冷呢,这借口当然太牵强,而读者只有透过这牵强的借口,才能体会出词人不忍"独善其身"的纠结、焦灼与挣扎。不舍人间,于士大夫而言自然意味着不舍政坛,而这份不舍,在宋神宗的理解里分明缘于苏轼的拳拳爱君之心。我们倒也不能怪神宗做了过度的解读,他们君臣毕竟相处了那么久,有那么多共同的往事,彼此之间确乎有着一片真心。

至此回顾冯煦的评语"词以不犯本位为高",意即词还是要有词的样子,爱君之心若写成"老去君恩未报,空回首,弹铗悲歌",就嫌直白了,而词的"空灵蕴藉"正要在曲折委婉、朦胧隐约、含而不露上着力才好。

上引《复雅歌词》还为我们透露了词意之外的一个信息,稍稍留意一下就会发现:《水调歌头》作于熙宁九年的密州任上,元丰七年成为汴京的流行歌曲,亦即从山东诸城到河南开封,竟然用了足足八年时间,这首词才打入京城时尚中心的流行歌曲排行榜。在这惊人的慢速度的背后,一定藏着什么我们已无从知晓的奥秘。

宋徽宗宣和年间,国宝级歌唱家袁绹如此追忆往昔:"东坡公昔与客游金山,适中秋夕,天宇四垂,一碧无际,加江流顷涌,俄月色如昼,遂共登金山山顶之妙高台,命绹歌其《水调歌头》曰:'明月几时有,把酒问青天。'歌罢,坡为起舞,而顾问曰:'此便是神仙矣!'"(《铁围山丛谈》)

苏轼"坡仙"的形象,就在这样的词与这样的逸事中愈发逼真起来。其实或写作,或歌舞,或做出飘飘欲仙的姿态,归根结底无非是纾缓压力的方式罢了,和我们今天旅游、购物、泡吧、瑜伽等并没有本质上的不同。只不过古代精英纾缓压力的方式可以成型为流传千年的艺术品,而其所依附的文化精英的社会结构早已不复存在,只余下一点文字供我们在这个虽活力满满却略嫌庸俗无趣的市民社会里无限缅怀了。

[12] 无理之理与万物有灵：
《卜算子》（缺月挂疏桐）

站在审美的角度来看，还原语境的读法不一定总是必要的。往往进入语境可以得其透彻，而抽离于语境之外可以得其寥廓。苏轼被贬黄州之后，写有一首很有名的《卜算子·黄州定慧院寓居作》，正是一个很有趣的例子。原词如下：

缺月挂疏桐，漏断人初静。
时见幽人独往来，缥缈孤鸿影。

惊起却回头，有恨无人省。
拣尽寒枝不肯栖，寂寞沙洲冷。

其时苏轼暂住在黄州定慧院寓所，彻夜无眠。上阕是说铜壶滴漏的声音已经听不到了，夜已不知道多深，一弯月亮挂在稀疏的梧桐枝头。天地空寂，什么动静都没有，只有幽居的人独来独往，如同失群的大雁。下阕专写大雁，说大雁受了惊，蓦然回头张望，心中的愁绪没人懂得，把高高的树枝挑了个遍却终于不肯落脚，只在寂寞而清冷的沙洲上歇宿。

人与雁的形象合而为一，言在彼而意在此。大雁"拣尽寒枝不肯栖"正是儒家士人"慎出处"的意思，绝不肯轻易寄身，而这样的修辞手法，必须有活络的脑筋才能理解。宋人胡仔记载，当时有人指出这句词的语病，说鸿雁天生就不在树枝上栖息，只会在田野苇丛间。这当然是不争的事实，但胡仔替苏轼辩解道："此词本咏夜景，至换头但只说鸿，正如《贺新郎》词'乳燕飞华屋'，本咏夏景，至换头但只说榴花。盖其文章之妙，语意到处即为之，不可限以绳墨也。"（《苕溪渔隐丛话》）

胡仔的辩护并未抓到症结，又有王楙搬出隋朝人李元操《鸣雁行》的诗句"夕宿寒枝上，朝飞空井旁"为证，还讥讽说"仆谓人读书不多，不可妄议前辈诗句"。（《野客丛书》）但这样的证据，其实只证明李元操的诗也有一样的语病罢了。又有张吉甫搬出《周易》"鸿渐于木"为证，这倒是个有着绝对权威的出处，但反驳者仍有说辞："此益可笑。《易》象之言，不当援引为证也。其实雁何尝栖木哉。"（《溽南诗话》）

上述这些往复诘辩透露给我们一个很耐人寻味的信息：即便是古代的高级知识分子，对诗词的理解力竟然也可以糟糕到这样的地步，今天的读者也许会感到几分宽慰吧。其实苏轼只是用到一种并不甚罕见的修辞罢了：大雁确实不会在树枝上栖息，只会选择沙洲中的芦苇荡，这是天性使然，并没有什么特殊的含义，词人却偏偏将客观的天性理解为主观的选择，用上了"拣尽""不肯"这些表达主观意愿的词语，于是大雁之所以"拣尽寒枝不肯栖，寂寞沙洲冷"，不再是客观天性使然，而是出于它自主的、富于道德意义的抉择。就是这样，一种"无情"的客观现象里出现了"有情"的主观立场。

这样的修辞，著名者如王禹偁《村行》诗的颔联"万壑有声含晚籁，数峰无语立斜阳"，钱锺书有一番详尽的分析说："按逻辑说来，'反'包含先有'正'，否定命题总预先假设着肯定命题。王夫之《思问录·内篇》所谓：'言"无"者，激于言"有"而破除之也。'诗人常常运用这个道理。山峰本来是不能语而'无语'的，王禹偁说它们'无语'，或如龚自珍《己亥杂诗》说'送我摇鞭竟东去，此山不语看中原'，并不违反事实；但是同时也仿佛表示它们原先能语、有语、欲语而此刻忽然'无语'。这样，'数峰无语''此山不语'才不是一句不消说得的废话。（参看司空图《诗品》：'落花无言'，或徐夤《再幸华清赋》：'落花流水无言而但送年'，都是采用李白《溧阳濑水贞孝女碑铭》：'春风三十，花落无言'。）改用正面的说法，例如'数峰毕静'，就减削了意味，除非那种正面字眼强烈暗示山峰也有生命或心灵，像李商隐《楚宫》：'暮雨自归山悄悄'。有人说，秦观《满庭芳》词：'凭阑久，疏烟淡日，寂寞下芜城'比不上张昪《离亭燕》词：'怅望倚层楼，寒日无言西下'（《历代词人考略》卷八），也许正是这个缘故。"（《宋诗选注》）

深究起来，这样的修辞方式当是源于"万物有灵"的原始思维，人类基于同情心、同理心而理解万事万物之所以或如此或如彼的原因。而这个逻辑是可以反溯的——这正是文人的点化之功——万事万物之所以呈现出或如此或如彼的样子，皆是因为观者的心或如此或如彼而已。大雁之所以"拣尽寒枝不肯栖，寂寞沙洲冷"，皆是因为苏轼本人审慎于政治阵营的抉择与去留，并始终固守着自己的道德原则罢了。

[13]还原与抽离

这首《卜算子》写得空灵而含蓄,大有《离骚》深意。"苏门四学士"之一的黄庭坚对它有极高的评价:"东坡道人在黄州时作。语意高妙,似非吃烟火食人语。非胸中有万卷书,笔下无一点尘俗气,孰能至此!"(《跋东坡乐府》)

这是当时一首正经的诗歌作品所能得到的最高评价了,然而这样的评价却给了一首小词,这是黄庭坚的大胆处。而超凡脱俗也好,胸藏锦绣也罢,无疑都是证明这样一首词其实正是词人之人格的完美体现,此前人们并不以为词这种"低俗的娱乐文学"可以肩负如此重任。

今天我们当然摆脱了北宋士人的"时代局限性",于是平心而论,这首《卜算子》完全可以作为"诗言志"传统中的典范之作。它没有半点娱乐腔调,即便再合乎音律,也绝不适宜在酒筵歌席上演唱。凄冷的气氛、孤独的意象,莫不在遥遥承接着《离骚》的传统,而无论是《离骚》的意象还是屈原的形象,都不是任何人可以亵玩的。

果然有人本着《离骚》美人香草的传统来做解读,如南宋鲖阳居士有逐句的阐发:"'缺月',刺明微也。'漏断',暗时也。'幽人',不得志也。'独往来',无助也。'惊鸿',贤人不安也。'回头',爱君不忘也。'无人省',君不察也。'拣尽寒枝不肯栖',不肯偷安于高位也。'寂寞沙洲冷',非所安也。此词与《考槃》诗极相似。"(《复雅歌词》)

将这首词比作《考槃》,亦即将其纳入最正统、最高端的诗歌传统。《考槃》是《诗经·卫风》中的一篇,描写君子隐逸之乐。《毛诗序》提供了汉儒的经典解释:"《考槃》,刺庄公也。不能继先公之业,使贤者退而穷处。"这当然是很不可信的解释,但我们必须理解它在古代世界里的经典地位。那么,与《考槃》一脉相承,苏轼的《卜算子》自然是在讥讽宋神宗不守祖宗法度,贸然使王安石变法,而贤者们,亦即苏轼自己与其他被贬黜的旧党人士,只能在远离政治中心的地方寂寞度日。当然,本着《诗经》"怨而不怒"的传统,这首词似乎深得雅人深致,爱君之心仍然一往情深。

陈匪石《宋词举》引上述鲷阳居士语,继而评议:"张惠言颇取其说。谭献曰:'作者未必然,读者亦何必不然。'此常州派'比兴说',亦从东坡《西江月》'把盏凄然北望'及《水调歌头》'玉宇''琼楼'之句联想而及者。"

张惠言是清代常州词派的奠基者,谭献则是常州词派最后一位词论大师。所谓常州派"比兴说",是源自《周易》的一种文学理论,我在《人间词话精读》一书里有过详论,感兴趣的读者不妨参看,这里只简要言之:东汉孟氏易学有一个观点,即"意内而言外谓之词",此"词"并非宋词之"词",但张惠言偷梁换柱,据此提出了一个填词的基本要领:"意内言外",意即一首词的意思不是由字面的具体指向形成的,而是由字面所引发的联想形成的。词只有这样写才可能饱含深刻的寄托,也只有饱含深刻寄托的词,才可以说继承了《国风》和《离骚》的传统。读书人只要明白了这个道理,就可以大大方方填词,使词足以与诗、赋争辉。

张惠言本着"意内言外"的原则,从晚唐温庭筠的艳词里解读出了屈原式的深远寄托。在今天看来,这显然算是阐释过度了。谭献后来提出的"作者未必然"云云,其实可以看作对张惠言阐释过度的一种辩护。谭献的原话是:"作者之用心未必然,读者之用心何必不然?"以现代文学批评的语言来说,这番话意味着:一部作品在被作者创造出来之后,仅仅是一个半成品,只有经过读者的接受才真正成为一个成品。

这样的观点今天看来倒也无甚新奇,因为自西方"接受美学"流行之后,我们早已把这种观点运用得比谭献大胆得多了,理直气壮地相信对一部作品无论怎么理解都是对的,连自洽都不再是一个必要标准了。但在当时,谭献这番话无疑是具革命性的,它意味着温庭筠之用心虽未必然,而张惠言之用心何必不然。面对张惠言的反对派,谭献做出了一个最好的辩护。

用张惠言的方式解读温庭筠的艳词,当然会引发巨大的争议,但用之解读苏轼这首《卜算子》,似乎怎么看都是相得益彰的。回顾黄庭坚的评语,的确越读这首词,就越能体会到黄庭坚评语中的那种深刻感,但是,这里要做一个逆转:有人认真考证过苏轼的行迹,还原出这首《卜算子》的创作背景,于是一切深刻与超脱都荡然无存,只剩下一个非常具体的爱情故事。

南宋吴曾有记载说:这首《卜算子》大约是为一位王姓女子而作的,读者不能解。后来张文潜继苏轼之后被贬谪黄州,访问当地故老，才访出了这段爱情往事的原委，于是题诗为记：

> 空江月明鱼龙眠，月中孤鸿影翩翩。
> 有人清吟立江边，葛巾藜杖眼窥天。
> 夜冷月堕幽虫泣，鸿影翘沙衣露湿。
> 仙人采诗作步虚，玉皇饮之碧琳腴。

这首诗于是可以作为苏词的注解。"缺月挂疏桐，漏断人初静"点明时间；"幽人独往来"说的正是"有人清吟立江边，葛巾藜杖眼窥天"，这个人自然就是苏轼；"缥缈孤鸿影"是指那位王姓女子。整首词贯通来看，写的正是幽独的苏轼如何思念着缥缈的意中人。（《能改斋漫录》）

故事并不缺乏细节，宋人袁文《瓮牖闲评》有记载说：苏轼在贬谪黄州的时候，并没有借酒浇愁、自暴自弃，天天还是照常读书。邻居家有个女生，也天天隔着墙听苏轼读书。这首先暴露了苏轼当时居住环境的恶劣：小小犯官住不得高墙深院，连读书声都会被邻居听到。

人总是容易对不了解的东西充满敬畏。当时的女子是很少读书的，善于读书的男性在她们眼里也许具有一种神奇的魅力，甚至会因此而性感。这个小女生一天天地听着苏轼读书的声音，渐渐沉迷了进去。她正在情窦初开的年纪，家里要给她定亲事了，但她在父母之命、媒妁之言的社会里大胆提出了自己的择婿观：要嫁就嫁个读书读到苏轼那种水平的人！

这实在是给父母出难题！要论读书，天下有几个能超过苏轼呢？所以这句话实际是说：非苏轼不嫁！

这个理想显然并不现实，于是"非苏轼不嫁"也就只能变为独身以终老乃至郁郁而终，一个花季少女就这样惨死在苏轼的魅力之下，并为"书中自有颜如玉"这句话做了一个凄美的注脚。苏轼为了这位痴情的女子写下这首《卜算子》，成就了一曲千古爱情挽歌。

故事竟然还有另外的版本，场景不在黄州，而在苏轼的家乡眉州：那时候的苏轼勤学苦读，常在夜间读书。邻家的一位富家小姐迷上了苏轼读书的声音，终于有一天夜里，这女子竟然来探访苏轼了。苏轼虽然拒之以礼，却也恋之以情，两人于是约定，等苏轼考中了功名，再回家来明媒正娶。

思念虽然痛苦，希望却是甜蜜的。日子一天天过去，希望在一天天缩短着距离，苏轼考中了，但正如许许多多同类的故事一样——借用朱丽叶的台词："人家说，对于恋人们的寒盟背信，天神是一笑置之的。"中举后的苏轼另娶妻室，过起了另一种人生。

又过了很多年，苏轼忆及往事，便去打听这位小姐后来究竟许配了何人，才知道她竟然死守着诺言，不嫁而死。这首《卜算子》正是为此而作的，所谓"幽人独往来，缥缈孤鸿影"，说的正是当年那少女的夜投；"拣尽寒枝不肯栖，寂寞沙洲冷"说的是那少女挑来拣去也不肯嫁人，终于孤独而死。

故事还有惠州版，女子的身份变为"温都监之女"，但情节高度相似。似乎很难说如此多的版本都是无事生非——李如篪《东园丛说》最是信誓旦旦、言之凿凿："坡词《卜算子》，山谷尝谓非胸中有万卷诗书，笔下无一点尘气，安能道此语。愚幼年尝见先人与王子家同直阁论文，王子家言及苏公少年时常夜读书，邻家豪右之女常窃听之，一夕来奔，苏公不纳，而约以登第后聘以为室。暨公既第，已别娶。仕宦岁久，访问其所适何人，以守前言，不嫁而死。其词时有'幽人独往来，缥缈孤鸿影'之句，正谓斯人也。'拣尽寒枝不肯栖，枫落吴江冷'之句，谓此人不嫁而云亡也。其情意如此缱绻，使他人为之，岂能脱去脂粉，轻新如此？山谷之云，不轻发也。而俗人乃以其词中有'鸿影'二字，便认鸿雁，改后一句作'寂寞沙洲冷'，意谓沙洲鸿雁之所栖宿者也。愚每举此一事为人言之，莫以为然。此可与深于辞翰者语，岂流俗之所能识也哉！"

于是我们看到，这首《卜算子》的末尾一句，原本还有"枫落吴江冷"的一个版本。词的版本异文的情形远较诗歌更多，这是因为词并非正经的文学创作，很少会被以"立言"的态度认认真真地抄录或刊刻流传，在传播中常常被人修改字句。如果李如篪的证言可信，"枫落吴江冷"才是苏轼的原版，而在词的流传过程中，旁人不晓得词背后的故事，误将"鸿影"指实，这才将末句改为"寂寞沙洲冷"以使语意通顺。

时隔千年，今天我们毕竟无力从扑朔迷离的史料中还原这首词背后的真实故事，幸而文学可以独立于真实之外而存在：即便这首词真的缘于一场无果的爱情，然而，谭献那一句"作者之用心未必然，读者之用心何必不然"，正如1968年罗兰·巴特在《占卜术》杂志上以惊世骇俗的姿态揭橥"作者已死"一样：作品一旦成型便与作者脱离了关系，有了独立的生命，甚至可以说任何一件成型的作品都只是半成品，待每一位读者以自己的理解方式将它补足完型。于是，即便苏轼这首《卜算子》当真只是一首伤悼男女之情的小词,每一个深陷绝境的君子也都能从中读出《离骚》一般的意思。

事实上,"幽人"与"孤鸿"都是很经典的文学语码。"幽人"出自《周易》,意指坚守道德品格的隐士。儒者有所谓"用之则行、舍之则藏",无论世道的盛衰优劣,为君主所用则兼济天下,不为所用则独善其身,既不趋炎附势,也不同流合污,在最险恶的政治环境里也要怀抱着《离骚》式的高洁。至于鸿雁,天然的特点是成群结队,一旦失群成为孤鸿,抵御危害的能力便大大降低了。孤鸿意象之最著名者是唐代诗人崔涂的名作《孤雁》:

几行归塞尽,念尔独何之。
暮雨相呼失,寒塘欲下迟。
渚云低暗度,关月冷相随。
未必逢矰缴,孤飞自可疑。

雁阵飞行,过去了一队又一队,却有一只离群的孤雁不知道要飞往何处。暮雨潇潇,孤雁凄凉地呼唤着早已不见踪影的同伴,飞累了,想停下来休息,却因为形单影只而不敢降落寒塘。孤雁穿云逐月,独自抗拒着浓浓的乌云,在艰险的旅途上,只有关塞的月光冷冷地照在它的身上。这一路也许还会遭逢暗箭与罗网,孤独的心越发充满了疑惧。

在诗歌的语言里,大雁一旦以孤雁的形式出现,往往便包含着上述这些意思。雁的离群尚且如此,人的离群又情何以堪!此时苏轼被贬黄州,无疑也是一种人生的离群。"有恨无人省",

这便是一种深沉的寂寞，不但离群，更无人能够同情这离群之苦。

如果我们抛开具体的一时一事，抛开具体的时代背景，孤雁的主题更有一种永恒的文学含义：不一定是爱情失意，也不一定是政治失意，甚至连是否失意都不一定，只是离群、孤独，万千心事无法被人理解，有所寄托却前途艰险、希望渺茫，只要是这样的人，就是孤雁。

孤雁能够在哪里歇脚呢？它飞过了一个个高高的树梢，没有留恋，却降落在低矮而清冷的沙洲上。这本是大雁的天性，它们本不会在树上栖息，而是歇宿在水滨的芦苇荡里。但苏轼偏偏将客观之天性解释为主观之选择：孤雁飞过树梢，像是在为自己挑选宿处，一枝枝看下来，都不是适合自己的地方，最终栖息在低矮而清冷的沙洲上。这沙洲也许就是政治生涯低谷中的黄州小城，也许是任何一个不知名的地方，甚至只是自己心中的一处居所，但这一次的栖息并不是听天由命的结果，而是来自心甘情愿的选择。苏轼的选择自然不是黄州，他只是选择了他的"道"并由此而被贬谪到黄州罢了——"拣尽寒枝不肯栖"的"拣"字，所拣的不是一时一地，而是永恒的"道"，君子心中的永恒正道。

第五章

欧阳修的风流与低俗文体三种

永叔「人间「生」自是有情痴,此恨不关风与月」「直须看尽洛城花,始与「共」东「春」风容易别」,于豪放之中有沈著之致,所以尤高。

——王国维《人间词话》

［1］盗甥案：一代文宗的龌龊阴私

如果依照时间顺序，欧阳修这一章显然要排在苏轼的章节之前。而我之所以做了相反的安排，是为了顺应一个逻辑上的顺序：苏轼"避席畏闻文字狱"，将文学创作的热情更多地赋予"无足轻重"的小词，然而在政坛的波诡云谲里，一首最"无足轻重"的小词其实也可以毁掉位高权重者的政治生涯，欧阳修的"盗甥案"便是一个显例。

在儒家传统里，诗总是充满各种政治讽喻的。只要脑筋稍稍活络一点，在诗句里寻找作者的"政治污点"并不是很难的事情。词只是娱乐文学，写的无非是一场场风花雪月的故事，在北宋年间并不被人看重，然而在你的政敌眼里，即便无法从你的诗句中寻找危险的政见问题，也不妨另辟蹊径，从你的词作里发掘你污秽不堪的作风问题。

是的，词，总是最容易和生活作风扯上关系。所以比之诗的文字狱，词的文字狱总多了几分猥琐的色彩，使当事人连招架都羞于用力。

今天的读者几乎都是从写于滁州的《醉翁亭记》认识欧阳修的，而欧阳修之所以被贬滁州，正是因为一场不堪的词狱。

事情是由开封府审理的一起通奸案肇端的：欧阳晟的妻子张

氏与男仆私通，事败见官之后，或许是出于恐惧过度，张氏除了对奸情供认不讳之外，竟然还供出了婚前的一段不伦之恋，说自己小时候寄住在舅父欧阳修家，和舅父很有一些暧昧。

那时候的欧阳修已是官运亨通、名满天下的人物，所以张氏的供词简直在舆情中掀起了轩然大波。欧阳修被迫做出自辩，除了鸣冤之外，还交代出这个外甥女其实和自己并没有任何意义上的血缘关系，请世人不要妄作乱伦方面的揣测：张氏的母亲确实是欧阳修的妹妹，但她续弦于张龟年，抚养着丈夫与其前妻所生的一个女儿；后来张龟年早故，欧阳氏便带着继女投奔兄长；待这女孩子长大成人，欧阳修便以舅父的身份主婚，将她许配给了自己的堂侄欧阳晟。来龙去脉就是如此这般，那些刺激群氓肾上腺素的丑事纯属捏造。

欧阳修自辩的重点是：这个外甥女随着继母到自家寄住的时候只有七岁，任自己再如何风流俊赏，难道会和一个七岁的小女孩发生什么吗？

欧阳修的确抓住了问题的重点，简直没有给对手留下任何可以反击的余地，但所有人都万万没有想到，面对这样的辩词，有个名叫钱勰的官员冷冷笑道："七岁不正是学簸钱的年纪么！"

[2] 词的情色暗示

簸钱是一种赌赛游戏，曾是在唐代的宫女间最流行的一种排遣寂寞的方式。游戏极简单，只消各自将手中的一把铜钱摇晃几下，抛在地上，以正反面的多寡决定胜负。钱鏸的冷笑，是因为"簸钱年纪"恰恰与欧阳修的一首《望江南》构成了完美的呼应：

江南柳，叶小未成阴。
人为丝轻那忍折，莺怜枝嫩不胜吟。
留取待春深。

十四五，闲抱琵琶寻。
堂上簸钱堂下走，恁时相见已留心。
何况到如今。

并不需要任何程度的深文罗织和捕风捉影，稍有文学基础的人都可以读出这首词藏在字里行间的色情隐喻。"柳"是经典的女性意象，"阴"通"荫"，一语双关，字面义为树荫，又暗示着女孩的成熟，杜牧有诗"绿叶成阴子满枝"就是运用这种象征手法的经典之作。"江南柳"既然"叶小未成阴",即小女孩年纪尚幼,于是"人为丝轻那忍折,莺怜枝嫩不胜吟",人不忍攀折柳枝,黄莺也不忍轻率地道出春意——这一组对仗互文见义,"人"与"莺"皆指代着流连风月的男性——不妨"留取待春深",等她长大成人之后再向她示爱好了。

转眼她便已是十四五岁的年纪,词人见她"闲抱琵琶寻"的样子,不禁回忆起当年那个小女孩"堂上簸钱堂下走"的稚嫩情态。"恁时相见已留心",那时候就已经对她有意了,"何况到如今",何况如今她真的已到了"成阴"的美丽年华呢。

[3] 作为低俗文体的小说

欧阳修的一些支持者深信这首词只是政敌的栽诬。

空穴来风，事出有因，那位考据出"簸钱年纪"的钱勰正是吴越武肃王钱镠的六世孙。欧阳修编撰《新五代史》，对吴越多有贬词，这难免使人疑心钱勰借题发挥、公报私仇。《尧山堂外纪》有载："欧公词出钱氏私志，盖钱世昭因公《五代史》中多毁吴越，故诋之，此词不足信也。"释文莹《湘山野录》则有记载说：

"平林漠漠烟如织，寒山一带伤心碧，暝色入高楼，有人楼上愁。玉梯空伫立，宿雁归飞急。何处是归程，长亭连短亭。"此词不知何人写在鼎州沧水驿楼，复不知何人所撰。魏道辅泰见而爱之。后至长沙，得古集于子宣内翰家，乃知李白所作。

又欧阳公顷谪滁州，一同年（忘其人）将赴阆倅，因访之，即席为一曲歌以送，曰："记得金銮同唱第，春风上国繁华。而今薄宦老天涯，十年岐路，孤负曲江花。闻说阆山通阆苑，楼高不见君家。孤城寒日等闲斜，离愁无尽，红树远连霞。"其飘逸清远，皆白之品流也。公不幸，晚为忨人构淫艳数曲射之，以成其毁。予皇祐中，都下已闻此阕歌于人口者二十年矣。嗟哉！不能为之力辨。……

　　释文莹与欧阳修颇有交谊，很为盗甥案不平，特地征引欧阳修一首即席创作的《临江仙》（记得金銮同唱第）以说明欧词的核心特质是"飘逸清远，皆白之品流也"，与李白《菩萨蛮》（平林漠漠烟如织）属于同一个品类，而那些格调低下的艳词纯属敌对势力的构陷。

　　以写有艳情内容的"低端文体"来栽诬政敌的生活作风，这绝不是什么新奇的伎俩。在词的兴起之前，是小说承担着这个不光彩的使命。

　　在古代文学史上，小说的地位即便不比词更低，至少也同属于无足轻重的小道。今天我们所谓"四大名著"云云，是一个极具现代性的概念，绝不可能得到那些正襟危坐的古人的认同。

　　唐代"牛李党争"的时候，一部叫作《周秦行纪》的笔记小说忽然在文人雅士间流行起来，据说作者就是牛党党魁牛僧孺。书中最为人们津津乐道的是这样一段记载——当然，使用的是牛僧孺的第一人称：我在贞元年间进士落第，回返河南，在暮色中迷失了方向，偶然走进了一所大宅。大宅的主人竟然是汉文帝的母亲薄太后，更加离奇的是，薄太后唤出了历代绝色女子与我作陪，有王昭君、戚夫人、杨玉环、潘淑妃，然后宾主答拜，相谈甚欢。席间杨玉环问我如今是谁做皇帝，我答说是唐代宗的长子李适。杨玉环笑道："没想到沈婆的儿子做了天子。"后来薄太后与一众美姬各自作诗以助酒兴，我也赋诗作答。待到夜色渐深、人须归寝时，薄太后使王昭君与我为伴。一夕欢好，第二天未明时依依作别。天明之后我行至大安，询问当地人，当地人说离此十余里的地方有一座薄后庙。但是，待我返回薄后庙时，只看到一片断壁残垣，全不复昨夜之所见。一切恍如梦幻，只有我衣服上沾染的香气一连十余日不歇。

书生艳遇，这在唐传奇里屡见不鲜，但这则故事委实与众不同。牛僧孺位居宰辅，竟然自曝年轻时的荒唐，而荒唐倒在其次，那昭然若揭的僭越之心才是最令人瞠目的。所有艳遇的对象非仙非妖，非是大家闺秀或小家碧玉，却是历代帝王后妃，尤其借杨贵妃之口称当时天子为"沈婆的儿子"，这是何等的轻蔑与讥诮呢。就算这不是什么认真的笔记，而是一篇第一人称的小说，以这样的笔墨也逃不脱大不敬的罪名。

偏偏牛僧孺真的会写小说，唐文学里极著名的《玄怪录》就出自他的手笔。若说这《周秦行纪》是牛僧孺写的，在当时真会有不少人相信。

然而史学家悉心考证之后，却发现真正的作者来自政敌的阵营，即李德裕的门人韦瓘。党争时期，各人无所不用其极，那些才华横溢、文采斐然的读书人每每编造小说攻讦对手，李党还编写过《牛羊日历》《续牛羊日历》，很有技巧地将牛党人物一一丑化。

用形象化、标签化的语言丑化对手，这是所有政治技巧里最常用也最有效的一种。刻薄的形象总会直指人心。尖酸的标签一旦贴上，往往一辈子都揭不下来。

[4]《十香词》冤案

诗体其实也有轻浮的一面。我们看《唐诗三百首》这个最流行的唐诗选本，其作品的排序不像今天的通常选本一样依据作者生卒时间的次序，而是依诗体排序，依次是五言古诗、乐府，七言古诗、乐府，五言律诗、七言律诗、乐府，五言绝句、乐府，七言绝句、乐府。

这样的排序肯定会令初学者感到匪夷所思，其实它暗含着古人一种特殊的逻辑：诗体以四言为最古，因为《诗经》就是以四言为主的，然后诗体流变，渐次出现五言诗和七言诗，其中古诗早于律诗，律诗早于绝句。至于各"乐府"，体例如五言古诗的就附在五言古诗之后，体例如七言绝句的就附在七言绝句之后。

这样的次第，虽然在考据上还有细节需要纠缠，但大体而言是不差的。而在厚古薄今的思想传统里，"古"则意味着古雅、质朴，"今"则意味着华丽、浅薄。这倒也符合文学演进的基本脉络，而各个时代的诗人也会根据这样的定位来选择适合自己的诗体。譬如李白首选五古、七古，文字不须雕琢，"斗酒诗百篇"可也；杜甫首选五律、七律，对仗工整，音律铿锵，处处体现着"为人性僻耽佳句，语不惊人死不休"的旺盛斗志，而绝句无奈地成为所有诗体中最轻浮的一种，承载着太多"春风十里扬州路，卷上珠帘总不如"这类风流倜傥、招蜂惹蝶式的内容。

举例而言，巫山神女与楚襄王的故事激发过历代诗人的太多热情，绝句适合吟咏其浪漫、香艳的一面，如李群玉《宿巫山庙》二首：

> 寂寞高堂别楚君，玉人天上逐行云。
> 停舟十二峰峦下，幽佩仙香半夜闻。

> 庙闭春山晓月光，波声回合树苍苍。
> 自从一别襄王梦，云雨空飞巫峡长。

然而古体诗，尤其是五言古诗，却很适宜摆出谏臣的姿态提出庄严的告诫，如苏拯《巫山》：

> 昔时亦云雨，今时亦云雨。
> 自是荒淫多，梦得巫山女。
> 从来圣明君，可听妖魅语。
> 只今峰上云，徒自生容与。

于是，说回本章主题，如果要用诗体来栽诬一个人的生活作风，绝句显然会是不二之选。辽国贤后萧观音就是死于一组五言绝句的，是为辽史上一段有名的《十香词》公案。

萧观音，即辽道宗懿德皇后，契丹第一才女。契丹人其时汉化很快，北宋名相富弼在《河北守御十二策》就说过辽与西夏"役中国人力，称中国位号，仿中国官属，任中国贤才，读中国书籍，用中国车服，行中国法令"，在这一新的夷夏之辨中，华夏的文明优势夷狄已应有尽有，而夷狄的劲兵骁将又为华夏所不及。辽国发展到辽道宗耶律洪基的时候，汉化程度已经相当之深，辽道宗本人便能写一手不错的汉文格律诗，怀抱着"愿后世生中国"的美好希望。如果你对耶律洪基的印象完全来自《天龙八部》，只要完全做相反的想象就对了。

辽道宗这位才子皇帝与出身皇后世家的萧观音本是青梅竹马，但再好的感情基础也敌不过权力斗争里的人心险恶。权臣耶律乙辛诬陷萧观音与伶人赵惟一私通，一项重要的罪证就是"出自萧观音之手"的一组《十香词》：

青丝七尺长，挽作内家妆。不知眠枕上，倍觉绿云香。
红绡一幅强，轻阑白玉光。试开胸探取，尤比颤酥香。
芙蓉失新艳，莲花落故妆。两般总堪比，可似粉腮香。
蝤蛴那足并，长须学凤凰。昨夜欢臂上，应惹领边香。
和羹好滋味，送语出宫商。定知郎口内，含有暖甘香。
非关兼酒气，不是口脂芳。却疑花解语，风送过来香。
既摘上林蕊，还亲御苑桑。归来便携手，纤纤春笋香。
凤靴抛合缝，罗袜卸轻霜。谁将暖白玉，雕出软钩香。
解带色已战，触手心愈忙。那识罗裙内，消魂别有香。
咳唾千花酿，肌肤百和装。无非啖沉水，生得满身香。

《十香词》据称是萧观音写给赵惟一的，以十首绝句一一描述了女人身体从头到脚的十种香气。即便不存在什么"私情"，这一组诗歌也实在香艳得不像话了。耶律乙辛的帮凶们趁热打铁，向皇帝点明萧观音的一首咏史七绝暗藏玄机：

宫中只数赵家妆，败雨残云误汉王。
惟有知情一片月，曾窥飞燕入昭阳。

这首诗字面上是吟咏汉宫赵飞燕的故事，然而字里行间暗藏了"赵""惟""一"三个字，合起来岂不正是"奸夫"的姓名么。

辽道宗正如任何一个得知了妻子外遇的丈夫一样怒火中烧。他的身份使他可以肆意惩罚他想惩罚的人：赵惟一被满门抄斩，萧皇后被赐白绫自尽，萧皇后所生的太子亦未能幸免——这才是耶律乙辛的真正目的。

在自缢之前，萧皇后完成了人生最后一场文学创作，以离骚体写就一首绝命词：

嗟薄福兮多幸，羌作俪兮皇家。
承昊穹兮下覆，近日月兮分华。
托后钧兮凝位，忽前星兮启耀。
虽衅累兮黄床，庶无罪兮宗庙。
欲贯鱼兮上进，乘阳德兮天飞。
岂祸生兮无联，蒙秽恶兮宫闱。
将剖心兮自陈，冀回照兮白日。
宁庶女兮多渐，遏飞霜兮下击。
顾子女兮哀顿，对左右兮摧伤。
其西曜兮将坠，忽吾去兮椒房。

> 呼天地兮惨悴，恨今古兮安极。
> 知吾生兮必死，又焉爱兮旦夕。

有注家以为这首绝命词就是萧皇后的自供状，根据是词中一句"虽衅累兮黄床"，表示自己确有私情。这里需要澄清一下。通篇来看这首绝命词，分明是在给自己鸣冤叫屈；以离骚体写就，大有把自身遭遇比作屈原受谗的意思。至于"黄床"一词，实无关于男女之事，其典出自扬雄《太玄》"邪其内主，迁彼黄床"，这两句历来虽无确解，但可以肯定的是，上下文是以"妻子主内"为主题的，所以绝命词之"黄床"当可理解为后宫。

绝命词当然会有最凝重的基调，所以古雅的诗体往往成为首选，萧观音选择了骚体。再如文天祥，为绝命诗选用了《诗经》式的四言体：

> 孔曰成仁，孟曰取义。
> 唯其义尽，所以仁至。
> 读圣贤书，所学何事。
> 而今而后，庶几无愧。

[5]作为风流才子的欧阳修

《十香词》冤案的亲历者王鼎有这样一段总结陈词:"懿德(萧观音)所以取祸者有三,曰好音乐与能诗善书耳。假令不作《回心院》,则《十香词》安得诬出后手乎!"(《焚椒录》)

这样的看法当然仅仅得乎皮相,即便萧观音并非一位多才的文学女性,处心积虑的政敌难道就此束手无策了不成?但不可否认的是,政敌的栽诬确实迎合了时人心中对一位高贵的文学女性的刻板印象,所以倒也不难取信于人。那么话说回来,欧阳修被栽诬了一桩《望江南》词案,倒也符合他一贯给人的"风流"印象。欧阳修的词,给人最突出的印象正是"风流"二字。

尤其在年轻时,欧阳修的身上一点都看不出一代宗师的影子。时人嫌他恃才放旷,诋他有才无行。这倒不是冤枉,初入官场的欧阳修确实有一点小人得志的嘴脸。好容易才从贫寒转入富贵,心态上难免有一些微妙的变化。

幸而欧阳修甫入官场便在钱惟演手下做事。钱惟演喜欢闲适优雅的生活,最擅长的不是做事,而是不做事,欧阳修便乐得迟到、早退、旷工,和相好的同僚们吟诗作对,游山玩水,公务这等俗事自然是不会放在心上的。

钱惟演这等老江湖,早已修炼到了从心所欲而不逾矩的境界,无论做事或不做事,对分寸都拿捏得极稳。欧阳修却是年轻新进,心如野马,易纵难收,稍不小心便潇洒得过了头,忽然和一名官伎谈起了一场美丽的恋爱。

欧阳修一贯迟到、早退,视公务为无物,钱惟演非但不加督责,反而给了太多鼓励。但是,欧阳修终于玩得越界了。某天钱惟演在后园设宴,唯独欧阳修和那名官伎迟迟不至。待两人终于露面,在席间却只顾眉目传情。

钱惟演故意责备官伎姗姗来迟。后者仓皇之下,胡乱编了一个理由:"因为天气酷热,便往凉堂小睡,醒来后发觉丢了金钗,遍寻不得,故此耽搁了时间。"钱惟演并不点破,却只道:"若得欧推官一词,我当偿付你的钗价。"

责罚者大有雅趣,被责者亦不失急才。欧阳修即席填写了一阕《临江仙》,将官伎失钗的情景点染得如诗如画:

柳外轻雷池上雨,
雨声滴碎荷声。
小楼西角断虹明。
阑干倚处,待得月华生。

燕子飞来窥画栋,
玉钩垂下帘旌。
凉波不动簟纹平。
水精双枕,傍[1]有堕钗横。

1.傍:通"旁"。

词意是说池塘上刚刚下过了雨，那雨景是温柔的：雷只是轻雷，雨只是疏雨。雨方停，小楼西角现出了一段明媚的彩虹，倚栏而立的人也许就这样痴痴地立到月亮升起的时候，陷入迷醉的情绪里无法自拔。那官伎小睡的所在最美，帘栊虽然垂下，却有燕子隔帘窥探，而那支失落的金钗，不就横在水精双枕的旁边吗？

不乏注家为贤者讳，不愿承认这首小词里的情色意味。如周汝昌有言："欧公此处，神理不殊，先后一揆。若作深求别解，即堕恶趣，而将一篇奇绝之名作践踏矣。"（《唐宋词鉴赏辞典》）其实若放下一些敬畏的话，我们不难发现词中反复出现的情色意象：雷雨、断虹，若虚若实，结尾特意点明"双枕"，便一下子使之前那些虚实不定的意象完全有了色诱的味道。

小词写得如此巧妙，立时博得了满堂彩声。钱惟演当下令官伎向欧阳修斟酒致谢，并批示以公款偿付钗价，使一场问罪翻为一场文坛佳话。而欧阳修虽然凭着急才化险为夷，却也从此收敛了许多。聪明人之间的事情，从来都是这样点到即止、心照不宣的。

[6] 此恨不关风与月

　　成熟之后的欧阳修，填词愈发有成熟的风流韵致。因其风流，所以豪放。他虽然不以豪放词名家，却隐隐然启发了豪放一脉的词风。王国维《人间词话》有议论说："永叔（欧阳修）'人间[生]自是有情痴，此恨不关风与月''直须看尽洛城花，始与[共]东[春]风容易别'，于豪放之中有沈著之致，所以尤高。"

　　婉约词最容易写得小家子气，豪放词最容易写得粗鄙无味。正如为人，有人标榜文雅，结果却使人觉得迂腐做作，有虚伪气；有人标榜耿直，结果却使人觉得缺乏教养，素质低下。所以孔子才说："质胜文则野，文胜质则史。文质彬彬，然后君子。"（《论语·雍也》）

　　欧阳修的词最有"文质彬彬"的气质，王国维所列举的"人生自是有情痴，此恨不关风与月"以及"直须看尽洛城花，始共春风容易别"正是显例。这几句词出自同一首《玉楼春》：

　　　　尊前拟把归期说[1]。欲语春容先惨咽。

---

1. 说：读作yuè。

人生自是有情痴，此恨不关风与月。

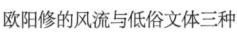

离歌且莫翻新阕。一曲能教肠寸结。
直须看尽洛城花，始共春风容易别。

摆酒话别，待要承诺归期，却伤心得说不出话来。所谓"感时花溅泪，恨别鸟惊心"，花与鸟何尝懂得溅泪与惊心呢，风花雪月皆是自然无情之物，只是承载着人生感情的投射罢了。我们此时此刻的离愁别恨亦如古往今来所有人的离愁别恨一般，是人类亘古无解的感情难题。离别的歌曲就唱到这里吧，仅一曲便足以令人肝肠寸断。但是，不要这样轻易地分别，且待我们赏遍洛阳的似锦繁花吧。

尤其"尊前"与"离歌"四句，将伤春伤别的情绪推到极致，仿佛悲从中来，不可断绝，但是"人生自是有情痴，此恨不关风与月""直须看尽洛城花，始共春风容易别"，这几句却以豪放洒脱的气魄将浓得化不开的悲情涤荡净尽。豪放之语以柔情为根，洒脱之态以浓情为本，于是才可以"于豪放之中有沈著之致"。

南唐大词家冯延巳填过一首很有名的小词，起句是"风乍起，吹皱一池春水"。一日，冯延巳陪南唐中主李璟同游，李璟笑问他这位宠臣道："吹皱一池春水，干卿甚事？"冯延巳谄媚作答："未若陛下'小楼吹彻玉笙寒'。"

冯延巳想是生怕亦擅诗词的李璟忌妒自己的佳句，便推举出李璟的名句而谦称不及。其实若抛开这些人际关系上的试探与纠结，李璟的问题实则意味深长——我们甚至可以说，这个问题就是中国一切诗歌美学的根本问题。试想若你自己也是一名诗人，当春风乍起，吹皱一池春水，这不过是最自然、最普通不过的自然现象罢了，更何况这春风春水既不可充饥，亦不可御寒，说到底究竟关你何事呢？

"人生自是有情痴，此恨不关风与月"，欧阳修这两句词正是最好的回答。风也好，水也好，水面因风而起的縠纹也好，本与我们没有任何干系，不过因为我们心内的情痴，故而每每在风前、水前、水面因风而起的縠纹前，或触景生情，或因物起兴罢了。

饶有趣味的是，在西方的美学传统里，这任一的风、任一的水、任一的水面因风而起的縠纹，背后都是唯一的风、唯一的水、唯一的水面因风而起的縠纹，亦即上帝或任何神祇在创世之前所产生的唯一且完美的构思，柏拉图的"理念说"便由此而来。也就是说，一切的风光物象之美，在我们而言是因心绪而美，在西方的文人看来，却是因为创世神的构思而完美。所以欧阳修"人生"二句，隐隐然道出了中国美学传统区别于西方美学的最核心的特质，当然，这是欧阳修本人不曾想过的事情。

第六章

辛弃疾：
豪杰而非文士的创新力

东坡之词旷,稼轩之词豪。无二人之胸襟而学其词,犹东施之效捧心也。

——王国维《人间词话》

［1］壮岁旌旗拥万夫，锦襜突骑渡江初

宋代豪放词以苏、辛并称，其实两人的词风很有差别：苏轼的豪放是文人的豪放，辛弃疾的豪放却是英雄的豪放。用王国维的话说："东坡之词旷，稼轩之词豪。"前者或如"老夫聊发少年狂""大江东去，浪淘尽、千古风流人物"，后者则如"独立苍茫醉不归""举头西北浮云，倚天万里须长剑"。苏轼的豪放，是文人模仿英雄的豪情；辛弃疾的豪放，恰恰是英雄本色。今天我们很容易给辛弃疾更高的评价，然而在宋人看来，辛弃疾身上的武夫气太重，缺少文士所应有的雅驯。

这也许是早年的成长环境所致——以今天的概念而言，辛弃疾并非纯正的宋人，而是一位"宋籍金人"，自落生到整个青年时代都是在金国度过的，身上不可避免地带着金国的文化基因，顽固却不易为本人觉察。

金熙宗天眷三年（1140年），辛弃疾出生于山东历城（今济南），这一年在南宋是宋高宗绍兴十年。

站在南宋的角度，辛弃疾生长于沦陷区，只有从故老相传里了解宋朝的模样；站在金国的角度，金国才是辛弃疾的祖国，历城才是辛弃疾的故乡，爱国与爱家乡都是不需要理由的。

辛弃疾的祖父辛赞是一位由宋入金、被迫滞留沦陷区的士大

夫。为了保全家族，他忍耻接受了伪职。那时候虽然还没有汉奸这个概念，但做汉奸的耻辱感终生在辛赞心中挥之不去，以至于当孙辈成为真正意义上的金国子民的时候，他依旧不忘以宋朝的立场对之做苦口婆心的"爱国主义教育"，辛弃疾就是在这样的家庭环境里被熏陶出来的。

然而社会的大环境毕竟不同了，金国正在以惊人的速度完成着汉化历程。对金国的汉人新生代而言，大宋文明只是一个悠久的传说，他们中的大多数人已经心安理得地接受了金国子民的身份，努力学习儒学，参加金国的科举考试，争取将来能在金国的官场出人头地。辛弃疾的同学党怀英就是这一类人的代表，当辛弃疾率兵南渡，在南宋朝廷谋求兴复大业的时候，党怀英在金国顺利地科举及第，入翰林院为官，终于成为北方一代文坛宗主。儒家事业，在金朝并不逊于南宋。

倘若不是志大才疏的完颜亮做了皇帝，辛弃疾也许一生都等不到南渡的机会，很可能就留在金国，走上与党怀英一般的道路了。完颜亮的倒行逆施在金国激起了太大的民愤，非但汉人恨他，女真人一样恨他。于是，一方面出于好大喜功之心，一方面为了转移国内矛盾，完颜亮发动数十万大军南侵，要实现统一寰宇之志，完成"祖国统一"的宏图伟业。

理想主义者被残酷现实狠狠打击的事情往往会令人同情，但完颜亮是个例外。他惊诧地发现自己的宏伟理想才一开始，竟然引发了太多的动乱：汉人造反，契丹人造反，就连女真人都造反了。完颜亮兵败采石矶，随即被厌战已久的部将谋杀，金人另立了一位稳妥可靠的新君，即金世宗完颜雍。就是在这样一场大动荡里，辛弃疾也急不可耐地加入起义者的行列，亲率五十余名豪杰驰突于五万金军之中，生擒叛徒张安国，然后一路与追兵周旋，终于南渡大江，回归宋境，使张安国在临安闹市问斩。

这一壮举迅速轰动宋金两地。这一年，辛弃疾年仅二十三岁。多年之后，洪迈《稼轩记》以激昂的笔法概述其事："……赤手领五十骑，缚取于五万众中，如挟毚兔。束马衔枚，间关西奏淮，至通昼夜不粒食。壮声英概，儒士为之兴起，圣天子一见三叹息。"

如此一位英雄豪杰，终生怀抱着兴复之志，旦夕以北伐为念，于是注定了他后半生的偃蹇坎坷，也注定了他所有词作的基调。

［2］填词是避谤的技巧

南宋陈模记载有一则传闻：辛弃疾早年在金国的时候，曾经带着自己的诗词作品向填词名家蔡光请教，蔡光说："子之诗则未也，他日当以词名家。"故而辛弃疾归宋之后，晚年词笔尤高。（《怀古录》）

蔡光其人于史无考，有学者怀疑蔡光是蔡松年之误。蔡松年是由宋入金的文坛巨擘，在金国累官至右丞相，封卫国公。据《宋史·辛弃疾传》，辛弃疾少时正是拜蔡松年为师的。

士人可以诗词兼擅，但"以词名家"却写不好诗，这总不是什么光彩事，柳永、晏幾道都是这样的反面教材。辛弃疾竟然蹚出了一条新路，专意填词却不失士大夫风范——不同于苏轼"以诗为词"，辛弃疾"以文为词"，以古文笔法填词，而且时而骚体，时而集句，尝试各种跨界创新的手段，用典也用得纵横捭阖，题材更开阔到无语不可入词的地步。于是词在辛弃疾的手里，再也不是浅斟低唱中的轻薄文字，简直比诗还要厚重些。

其实辛弃疾对词的用心与乌台诗案之后的苏轼如出一辙。南宋淳熙十六年（1189年），宋孝宗禅位太子赵惇，是为光宗，诏令元祐党人的后代入朝为官。范祖禹的后人范开（字廓之）正在应仕之列，于是向辛弃疾辞行，请后者作诗相赠。辛弃疾却不写诗，只填了一首《醉翁操》，词前有一篇长序，其中如此解释自己弃诗为词的缘故："属予避谤，持此戒甚力，不得如廓之请。"意即写诗是一件危险的事，还是不越雷池一步的好。

宋孝宗淳熙九年（1182年），李泳向辛弃疾索诗，后者照例弃诗就词，词前有小序阐明原委：

> 提干李君索余赋《野秀》《绿绕》二诗。余诗寻医久矣，姑合二榜之意，赋《水调歌头》以遗之。然君才气不减流辈，岂求田问舍而独乐其身耶？

所谓"余诗寻医久矣"，正是化用苏轼诗句"避谤诗寻医，畏病酒入务"（见本书第四章），明明白白有"避谤"的顾忌。世事吊诡，正是政治环境的严峻，反而成就了苏、辛两大词家。

[3]《贺新郎》(甚矣吾衰矣):
　古文笔法之一例

辛词大量使用古文笔法,援引古文成句,铺排典故,今天的普通读者往往需要借助繁复的注释才能理解词意。胡适那部白话风格的《词选》竟然选录辛词四十六首之多,这真是一件不易理解的事情。其中《贺新郎》(甚矣吾衰矣)是辛词最见古文笔法的名篇之一,《词选》仅仅对词中的"停云"一词做了一处注释:"陶潜《停云》诗序云:'《停云》,思亲友也。'"读者试看全文,仅靠这一处注释似乎也可以理解全篇,但只有通过更详细的注释,才会晓得之前的理解到底有多么泛泛了:

甚矣吾衰矣。
怅平生、交游零落,只今余几。
白发空垂三千丈,一笑人间万事。
问何物、能令公喜。
我见青山多妩媚,料青山见我应如是。
情与貌,略相似。

一尊搔首东窗里。

想渊明、《停云》诗就，此时风味。
江左沉酣求名者，岂识浊醪妙理。
回首叫、云飞风起。
不恨古人吾不见，恨古人不见吾狂耳。
知我者，二三子。

词前有小序："邑中园亭，仆皆为赋此词。一日，独坐停云，水声山色，竞来相娱。意溪山欲援例者，遂作数语，庶几仿佛渊明思亲友之意云。"辛弃疾在江西上饶闲居十年，终于等到主战派用事，蓄意北伐。而主战派领袖韩侂胄对辛弃疾颇怀猜忌，再次将他投闲置散。宋光宗绍熙六年（1195年），辛弃疾在江西铅山的瓢泉新居落成，新居每处建筑皆有题词，例用《贺新郎》词牌，这首词便是为新居中的停云堂题写的。

停云堂得名于陶渊明《停云》诗，诗下有小序说"停云，思亲友也"，故而"停云"后来被作为思念亲友之典。辛弃疾词序中所谓"遂作数语，庶几仿佛渊明思亲友之意云"正用此典，但含义远不止于"思亲友"，它是一个远为深刻的文学语码。

"《停云》诗就，此时风味"，陶渊明《停云》诗就的时候究竟是怎样的风味呢？其时是晋安帝元兴三年（404年）春，就在上一年的十二月，桓玄篡位，于是在本年二三月间，刘裕兴兵平叛，陶渊明就在这一片兵连祸结中取出去冬酿造的酒浆，渴望与最知心的亲友共享却不能如愿：

霭霭停云，濛濛时雨。八表同昏，平路伊阻。
静寄东轩，春醪独抚。良朋悠邈，搔首延伫。

停云霭霭,时雨濛濛。八表同昏,平陆成江。
有酒有酒,闲饮东窗。愿言怀人,舟车靡从。

东园之树,枝条再荣。竞用新好,以怡余情。
人亦有言,日月于征。安得促席,说彼平生。

翩翩飞鸟,息我庭柯。敛翮闲止,好声相和。
岂无他人,念子实多。愿言不获,抱恨如何。

是什么阻碍着亲友来访呢,是"八表同昏,平路伊阻",是"八表同昏,平陆成江",天地四方全是一般的昏黑,原先的坦途变成了一片汪洋。这显然不是实景,而是时局,是悲愤者眼中的荒唐春色,也正是辛弃疾所感受到的"想渊明、《停云》诗就,此时风味"。我们只有在这样的基调,而非单纯的"思亲友"的基调里,才能够体会到辛弃疾这首《贺新郎》的深意。

辛词首句"甚矣吾衰矣"正是很大胆的古文化用,语出《论语·述而》:"甚矣吾衰也!久矣吾不复梦见周公。"这是孔子感叹天下礼崩乐坏、大道不行。辛弃疾虽然只引用了前一句,表示自己已经年老体衰,而当时的读者立即会自动脑补"久矣吾不复梦见周公"。一句自叹年衰的寻常语忽然变成了隐晦而不着痕迹的政治隐喻,即便有人存心找碴,也不便与孔子的名言公然作对。

"怅平生、交游零落,只今余几",不仅岁月催人老,而且在战与和的政治波澜里,多少志同道合的好友也纷纷风流云散。在这样的凄凉心境里,惊见白发在寂寞中又长了许多。

"白发空垂三千丈"化自李白《秋浦歌》"白发三千丈,缘愁似个长",愁则愁矣,着一"空"字便愁得无奈,只好"一笑人间万事",将本该愁极的人间万事付之一笑。

"问何物、能令公喜",承接上句"白发空垂三千丈,一笑人间万事"。从首句贯穿至此,词意是说如今自己垂垂老矣,对世间一切都已看淡,再没有什么事情能提起自己的兴致了,再没有什么朋友能让自己称心。"何物"即"何人",古文"物"亦指"人"。"能令公喜"亦有古文中的出处,即《世说新语·宠礼》所载:王珣和郗超都有特殊的才能,受到大司马桓温的器重和提拔。王珣担任主簿,郗超担任记室参军。郗超胡子很多,王珣身材矮小。当时荆州人给他们编了几句歌谣说:"大胡子的参军,矮个子的主簿;能叫桓公欢喜,能叫桓公发怒。"(原文为:"髯参军,短主簿;能令公喜,能令公怒。")

"我见青山多妩媚,料青山见我应如是",句中的"妩媚"很容易使今天的读者费解。"妩媚"在今天只用来形容女人,古文中却也可以形容男子。词人见青山妩媚,料想对面的青山也这样看待自己,人与青山"情与貌,略相似"。这一句与上文呼应:既然知交零落、壮志蒿莱,索性就与妩媚的山水相知相伴好了。

下阕语意宕开,"一尊搔首东窗里。想渊明、《停云》诗就,此时风味"。窗边搔首,自斟自饮,遥想陶渊明刚刚写完《停云》诗的时候,就是与此相似的感觉吧。这样的语意里仍然含着隐喻,让人不自禁地去想陶渊明当时的心境与政局。而上阕中知己无寻的寂寞在这里得到一个解决方案,亦即以古人为友,陶渊明岂不正是最合适的伙伴么!

词意继续由饮酒而及沉酣:"江左沉酣求名者,岂识浊醪妙理",那些在功名利禄中"沉酣"的人哪里知道酒中的妙趣呢?

而深一层的意思是:那些偏安江南的"沉酣者"既不可能理解陶渊明的用心,也不可能理解词人的用心。这一句语出苏轼《和陶渊明饮酒》:"江左风流人,醉中亦求名。"所谓"浊醪"即浊酒。酒的蒸馏技术出现得很晚,普及得更晚,古时最常见的酒是米酒,度数低,杂质多,保存时间短,所以才会有所谓"朱门酒肉臭";米酒若不经过仔细过滤,就会显得浑浊,故称浊酒或浊醪。

"浊醪妙理"自是"江左沉酣求名者"所不识的,他们只一味醉生梦死去了,这情境怎不教人激愤,怎不教人扼腕叹息呢。

于是词句随着情绪而激荡:"回首叫、云飞风起。不恨古人吾不见,恨古人不见吾狂耳。"儒家传统里言及"古人",往往不是泛指,而是指古时那些足堪楷模的人物,陶渊明显然就是这样的一位"古人"。常人在"古人"面前总会有几分必要的谦逊,辛弃疾却讲得肆无忌惮,仿佛深替古人惋惜似的。如此心态,如此狂诞,自然无法为世人理解,所以词句收束以"知我者,二三子",狂诞的背后自是一番"不惜歌者苦,但伤知音稀"的刻骨悲凉。

岳珂以亲历者的身份留有这样的记载:"稼轩以词名,每燕必命侍妓歌其所作。特好歌《贺新郎》一词,自诵其警句曰:'我见青山多妩媚,料青山见我应如是。'又曰:'不恨古人吾不见,恨古人不见吾狂耳。'每至此,辄拊髀自笑,顾问座客何如,皆叹誉,如出一口。"(《桯史》)这段记载透露给我们几个信息:一、这首词虽然尽显古文笔法,却是能够入乐歌唱的;二、这是辛弃疾晚年最得意的词作,其警句也很能赢得客人们的赞誉。

[4]《永遇乐·京口北固亭怀古》：背景

辛弃疾另有一首《永遇乐》（千古江山）与前述《贺新郎》（甚矣吾衰矣）齐名，亦属词人最得意的作品之一：

千古江山，英雄无觅，孙仲谋处。
舞榭歌台，风流总被、雨打风吹去。
斜阳草树，寻常巷陌，人道寄奴曾住。
想当年、金戈铁马，气吞万里如虎。

元嘉草草，封狼居胥，赢得仓皇北顾。
四十三年，望中犹记，烽火扬州路。
可堪回首，佛狸祠下，一片神鸦社鼓。
凭谁问、廉颇老矣，尚能饭否。

这首词有题目为"京口北固亭怀古"，京口即今天的镇江，北固亭是镇江北固山上登临的所在，初建于晋代。登临怀古，遥望北方失地，词人在复杂的时局中生出茫茫百感。而这"复杂的时局"，正是我们理解这首词的很必要的背景知识。

自从宋孝宗与金世宗签订隆兴合议之后，宋、金两国维持了三十年的和平岁月。在这三十年间，南宋越发耽于偏安的闲适，金国越发加速汉化进程。然而到了宋宁宗开禧元年（1205年），即辛弃疾南渡之后的第四十三年，主和已久的南宋朝廷忽然兴起北伐之议。

看上去宋人似乎真的等来了北伐的良机，因为金国在不断加速汉化的过程里，早已不再是"靖康耻"时候的马背民族了。即便那位倾国南侵的海陵王完颜亮，也会以"王者之师"行"统一大业"，载着满满的儒家政治理念。他甚至很有上层士大夫的风雅精神，精通书法，还填得一手好词。某年中秋待月不至，完颜亮即席赋《鹊桥仙》一首，遂成金国词坛中的名篇：

停杯不举，停歌不发，等候银蟾出海。
不知何处片云来，做许大、通天障碍。

虬髯捻断，星眸睁裂，惟恨剑锋不快。
一挥截断紫云腰，仔细看、嫦娥体态。

这真可谓辛弃疾之前的"稼轩风"，《词苑丛谈》评其"出语崛强，真是咄咄逼人"。完颜亮真正以"咄咄逼人"的姿态南侵的时候，还曾特地填了一首《喜迁莺》赐给先锋大将韩夷耶：

旌麾初举。
正驶骙[1]力健，嘶风江渚。

---

1. 驶骙（jué tí）：古时良马名，代指良马。

射虎将军,落雕都尉,[1]绣帽锦袍翘楚。
怒磔戟髯争奋,卷地一声鼍鼓。
笑谈顷、指长江齐楚。
六师飞渡。

此去。无自误。
金印如斗,独在功名取。
断锁机谋,垂鞭方略,人事本无今古。
试展卧龙韬韫,果见成功旦莫[2]。
问江左,想云霓望切,玄黄迎路。

这首词称得上雄姿英发,用典很有苏、辛风格。"射虎将军"会使我们想起苏轼《江城子·密州出猎》"亲射虎,看孙郎","金印如斗"是辛弃疾词中屡见的典故。结句"问江左,想云霓望切,玄黄迎路",想象南宋百姓箪食壶浆以迎王师,如久旱之望云霓。儒将风采,跃然纸上。

一般帝王为将军送行,赠诗是习见的事情,但完颜亮不赠诗而赠词,态度便有了一种微妙的不同。赠诗显得正式,赠词却显得亲昵,后者自然会在无形中拉近君臣关系,可见完颜亮的词不仅写得好,也很有几分运用之妙。

后来的金章宗更与宋代文士无异,书法追摹宋徽宗,瘦金体足以乱真,填词深得婉约派精髓,大有《花间》遗韵。如一首题

---

1. 射虎将军:孙策。落雕都尉:李广。
2. 莫:通"暮"。

扇《蝶恋花》：

> 几股湘江龙骨瘦。
> 巧样翻腾，叠作湘波皱。
> 金缕小钿花草斗。
> 翠条更结同心扣。
>
> 金殿珠帘闲永昼。
> 一握清风，暂喜怀中透。
> 忽听传宣颁急奏。
> 轻轻褪入香罗袖。

写一把折扇而曲尽其态，如果请苏轼品评，定会说这首词深得"咏物之工"。金章宗还有许多雅趣，曾擘橙子制作杯盏，名为"软金杯"，为赋《生查子》：

> 风流紫府郎，痛饮乌纱岸。
> 柔软九回肠，冷怯玻璃盏。
>
> 纤纤白玉葱，分破黄金弹。
> 借取洞庭春，飞上桃花面。

这样的词，倘若混入北宋名家的词集，不会有半点的违和感，以至于《归潜志》评金章宗"亦南唐李氏父子之流也"。而金章宗的时代，恰恰就是韩侂胄锐意北伐的时代。

宋、金实力的此消彼长还不止于此。当金国在高速汉化的过程中渐渐以华夏正统自居的时候，竟然也遭受了他族的威胁。是的，北方的蒙古人作为新兴的他族严重威胁着金国。蒙古之于金，近乎当年的金之于北宋。金人既忙于应付北方的蒙古，势必无力兼顾南线，宋人正可以建千载一时之功。这个重任就落在了权臣韩侂胄的肩上。

北伐一事从内因来看也有其必然：韩侂胄以政变起家，太缺乏足以服众的政治资本，若能抓住时机建一番不世殊勋，难道不是最好的巩固权位的手段么？于是在开禧元年（1205年），亦即金章宗泰和五年，韩侂胄走上前台，任平章军国事，权位更在宰相之上，全方位筹备北伐事宜。

那是群情激奋的一年，即便是韩侂胄的政治对手以及素来不屑于韩侂胄的人，这时候也纷纷站在了韩侂胄的一边。为了这一刻，辛弃疾已经足足等了四十三年。

贬谪多年的主战分子被纷纷启用，这自然少不了本已主动请缨的辛弃疾。但在真的进入备战的具体工作时，辛弃疾发现事情完全不是自己设想的样子。问题完全出在韩侂胄身上：他一来绝非帅才，完全缺乏对大事件统筹规划的能力；二来私心太重，政客习气太深；三来将北伐事业看得太过轻率了。

辛弃疾的真诚进言只换来了调职的结果，他已经能预见到这场轻率的北伐必将以失利收场，但那又如何呢？他预见得到，却没有半分力量来阻止。就是在这样的背景下，辛弃疾登京口北固亭眺望长江对岸，怀古兴悲，写出了这首千古传唱的《永遇乐》。

[5]《永遇乐·京口北固亭怀古》：用典

以下逐句解说。"千古江山，英雄无觅，孙仲谋处"，孙仲谋即孙权，京口曾是孙吴政权的军事重镇。孙权曾经联合刘备，大破北方曹军，而南宋此时筹划北伐，同样要应对北方强敌。这字里行间似乎流露出一份隐忧，不认为韩侂胄足以成为孙权那样的英雄。

"舞榭歌台，风流总被，雨打风吹去"，意即孙权的风流余韵今已不存。然而英雄代出，"斜阳草树，寻常巷陌，人道寄奴曾住"：人们说南朝霸主宋武帝刘裕在未发迹之时，就住在这附近某个寻常的巷子里。"寄奴"是刘裕的小名，《宋书·符瑞志》有载：刘裕的父亲认为刘裕降生时有奇异，所以给他取名奇奴，后来刘裕的母亲去世，刘裕被寄养在舅父家，因此改称寄奴。

继而以一句话概括刘裕武功："想当年、金戈铁马，气吞万里如虎"，刘裕讨伐桓玄叛乱正是在京口起兵。然而好景不长，"元嘉草草，封狼居胥，赢得仓皇北顾"。刘裕代晋自立，建立南朝刘宋政权，帝位传至第三子刘义隆，是为宋文帝，改元元嘉。宋文帝听信了王玄谟的大话，决心北伐北魏，并对臣下说："闻王玄谟陈说，使人有封狼居胥意。"所谓"封狼居胥"又是一则典故：西汉名将霍去病远征匈奴时一路大胜，在狼居胥山举行祭天大典。宋文帝草率北伐，结果大败而归，写诗有"北顾涕交流"，此即"赢得仓皇北顾"的出处。果然韩侂胄后来兵败被诛，正应了辛弃疾词中预言。

"四十三年，望中犹记，烽火扬州路"，辛弃疾南渡至今已经四十三年，此刻登高远眺，金戈铁马的往事历历在目。宋代以"路"为行政区划名，但不曾设有"扬州路"，扬州属于淮南东路，所以词中的"路"应当是道路之路。

"可堪回首，佛狸祠下，一片神鸦社鼓"，佛（bì）狸祠：在长江北岸瓜步山上，原为北魏太武帝拓跋焘的行宫。拓跋焘小字佛狸，鲜卑人。宋文帝北伐被拓跋焘击败，拓跋焘乘胜追击，追到瓜步山上，在山上建立行宫，即后来之佛狸祠。"佛狸"即狴狸，狐狸的一种，佛字bì的读音在现代汉语里已经消失了。神鸦指祭祀之日来吃祭品的乌鸦，社鼓指祭神的鼓声。

"凭谁问、廉颇老矣，尚能饭否"，用《史记·廉颇蔺相如列传》的一段典故：廉颇被免职之后流亡魏国，后来赵王想起用他，派使者前去探访。廉颇特意在使者面前吃下一斗饭、十斤肉，披甲上马，以示自己虽然年老但身体无恙，还能打仗。但廉颇的仇家郭开贿赂使者，使者便回报赵王说："廉颇将军虽然年老，但饭量不减，只是在和我进餐的时间里接连去大便了三次。"赵王于是以为廉颇已经不能再带兵打仗，便打消了请他回国的念头。辛弃疾以廉颇自比，感叹自己虽然年老但依然可以作战，只可惜也像廉颇一般受谗而不被皇帝所用。

岳珂年轻时曾在席间见辛弃疾让歌女反复歌唱这首《永遇乐》。当时辛弃疾遍询来客，请指正此词瑕疵，岳珂年轻敢言，说它略嫌用典太多。词坛名宿当真听进了年轻人的意见,"日数十易,累月犹未竟"(《桯史》)。其实正是这样多的用典,才让这首词有了它所应有的沧桑和厚重,有了在艰难时局中难以言说的隐痛感。可叹的是,晚年辛弃疾的全部精神也只有寄托在这字斟句酌的填词事业里了。

开禧二年(1206年),宋军正式展开北伐,史称"开禧北伐",其结局果然应了辛弃疾"元嘉草草,封狼居胥,赢得仓皇北顾"的预言。时任礼部侍郎的史弥远伪造宁宗诏书,使党羽刺杀了早已众叛亲离的韩侂胄,将首级恭送金国。

韩侂胄的时代就这样结束了,接下来南宋将进入漫长的史弥远时代。生活在史弥远时代的宋人或许会觉得连秦桧都算不得太坏,幸好辛弃疾并没有那么长寿。

[6] 填词该不该推敲

前述岳珂的记载里有一个耐人寻味的细节，即"日数十易，累月犹未竟"，岳珂不禁感慨"其刻意如此"。今天我们会欣赏辛弃疾的苦吟态度，这分明是对文学创作精益求精么，然而在当时，对填词如此刻意，如此用心，如此反复推敲，并非什么光彩的事情。

写诗可以认真，如杜甫"为人性僻耽佳句，语不惊人死不休"，唐代诗人卢延让更有《苦吟》一诗，自述作诗的辛苦："莫话诗中事，诗中难更无。吟安一个字，捻断数茎须……"这是说诗人在构思的时候，为了一个字的推敲，不知不觉便捻断了好几根胡须。

写诗是正经的文学创作，无论如何认真都不过分，但词只是茶余饭后的消遣，所以士大夫最适宜的填词态度是"以余力为之"。晏殊正是典范，而晏幾道、柳永那样专力填词的人注定只能在主流社会的边缘徘徊。"苏门四学士"之一的张耒为宋词名家贺铸的词集作序，这篇序言最能说明主流态度：

文章之于人，有满心而发，肆口而成，不待思虑而工，不待雕琢而丽者，皆天理之自然而情性之道也。世之言雄暴虓武者，莫如刘季、项籍，此两人者岂有儿女之情哉？至于过故乡而感慨，别美人而涕泣，情发于言，流为歌词，含思凄惋，闻者动心焉。此两人者，岂其费心而得之哉？直寄其意耳。

余友贺方回，博学业文，而乐府之词，高绝一世。携一编示余，大抵倚声而为之词，皆可歌也。或者讥方回好学能文而惟是为工，何哉？余应之曰："是所谓满心而发，肆口而成，虽欲已焉而不得者。"若其粉泽之工，则其才之所至，亦不自知也。夫其盛丽如游金、张之堂，而妖冶如揽嫱、施之袪，幽洁如屈、宋，悲壮如苏、李，览者自知之，盖有不可胜言者矣。（《贺方回乐府序》）

为人作序，主旨一般都是夸赞，而张耒的主旨却是辩护。首先为词辩护，别出心裁地选取刘邦、项羽这两位虓武凭陵的豪杰，说即便是这样的人物，过故乡也会感慨，别美人也会涕泣，情之所至发于歌词，于是有《大风歌》《鸿鹄歌》《垓下歌》，含思凄惋，闻者动心。这样的歌词显然不是出于苦心孤诣的文学创作，而是"直寄其意"，情感自然流露的结果。

继而为贺铸（字方回）辩护：贺铸填词很是受过一些负面评价，倒不是因为他的词写得不好，恰恰相反，人们认为以他这样好学能文的人，诗歌、文章无甚建树，只有填词极尽工巧，这难道还不值得讥讽么？张耒的反驳是：贺铸填词也只是情感的自然勃发罢了，那些工巧的修辞只是"其才之所至，亦不自知也"，是才华的自然流露，并非刻意求工。

当然，这话并不属实。王灼为我们留下了这样的记载："贺方回《石州慢》，予旧见其稿，'风色收寒，云影弄晴'改作

'薄雨收寒，斜照弄晴'。又'冰垂玉箸，向午滴沥檐楹，泥融消尽墙阴雪'改作'烟横水际，映带几点归鸿，东风消尽龙沙雪'。"（《碧鸡漫志》）

显然贺铸对自己的词作是有过精心打磨的，而张耒有意无意地忽略了这一点，刻意描绘一个"自然天成"的词人，可见填词最不能有的就是认真的态度。任何一个沉溺于奇技淫巧的人，必会为士大夫群体所不齿。

那么对照之下，辛弃疾非但以词的得意之作公开向宾客们征求意见，还会当真因为岳珂的意见而"日数十易，累月犹未竟"，简直"不以为耻，反以为荣"。或许缘于人以群分，或许缘于时代风气的嬗变，辛弃疾的座上宾（包括岳珂本人）亦不以为协助主人翁打磨词作是一件多么丢脸的事情。

不止于此，就"指出词的向上一途"而言，辛弃疾走得比苏轼更远，甚至可以说走到了"前不见古人，后不见来者"的地步。叶嘉莹有一番很切中肯綮的议论："苏、辛二人的词都是摆脱了那种绮罗香泽剪红刻翠的作风，而抒写自己襟怀志意的。苏东坡写志的态度与辛弃疾是不同的。苏东坡一方面有儒家的用世志意，一方面有道家旷达的襟怀，可是他的词是他在政治上遭到贬谪、失意之后才去写的，因此多以表现旷达的逸怀浩气为主，并不正面写他用世的志意。辛弃疾却不是这样，他所表现的是他正面的志意。"（《唐宋词十七讲》）

［7］典故的本意与误读

事实上，当辛弃疾以严正的笔法填词，在浅斟低唱的场合震响雷鸣般的黄钟大吕，即便原先仅视填词为"小道""余事"的人亦会在不自觉间肃然起敬。而辛弃疾之所以能够无视词的"本来面目"，肆无忌惮地笔走龙蛇，成为一代跨界创新的风云人物，这大约也与他"跨界"的身份有关。

他的整个年轻时代都是在金国度过的，于他而言，渡江即是跨界，宋人的许多成见并不曾束缚过他，或者说，他即便在理智上意识到了这些束缚，但这些束缚在他的性格养成期并未能够陶铸他的本性。这个缘故既成就了辛弃疾的词，也产生了一些负面影响，譬如引发误会，招人猜忌——《满江红》（笳鼓归来）即是一例。

当时有茶贼陈丰聚众作乱，数千人往来纵横，所向披靡。王佐受命讨贼，以奇兵攻入山寨，一战而完胜。辛弃疾以一首《满江红》为王佐庆功，后者却因此而记恨上他。今天的读者恐怕很难从这首词里读出王佐所读出的意思：

笳鼓归来，举鞭问、何如诸葛。

人道是、匆匆五月，渡泸深入。

白羽风生貔虎噪，青溪路断鼪鼯[1]泣。
早红尘、一骑落平冈，捷书急。

三万卷，龙头客。
浑未得，文章力。
把诗书马上，笑驱锋镝。
金印明年如斗大，貂蝉却自兜鍪出。
待刻公、勋业到云霄，浯溪石。

照旧是辛氏掉书袋的风格，也照旧掉得巧妙、贴切。王佐五月出兵，词句便以诸葛亮五月渡泸相比，称赞王佐勋业无双，必定因此加官晋爵，流芳千古。偏偏王佐越是读这首词，越是感觉辛弃疾在讥讽自己。"三万卷，龙头客。浑未得，文章力。"王佐是状元出身，当得起"龙头客"的美誉，但这个龙头客的官位却不是靠文章，而是靠武功得来，难道这有什么值得炫耀的吗！

宋代国策一向重文轻武，高级武职甚至不如低两个级别的文职更有尊严和地位，所以武官若立了功，总希望能转成文职，朝廷亦每每以文职作为对有功武将的奖励。王佐原本就是文官，甚至是状元出身的文官，只因为一次临危受命，立了武功，便被说成"浑未得，文章力"，这怎让他想得通呢！

更甚者是"金印明年如斗大，貂蝉却自兜鍪出"，貂蝉是高级文官的头饰，兜鍪是武将的头盔，这话分明是说来年加官晋爵是以今日的武功为阶梯的，一位有羞耻心的文官怎能受得了如此

---

1. 鼪鼯（shēng wú）：鼪鼠和鼯鼠，喻指乱民。

羞辱呢！

这或许要怪王佐敏感得过分，或者说是王佐"传统意识"太深使然。辛弃疾自己就是以武功立业，最得意的经历就是"壮岁旌旗拥万夫，锦襜突骑渡江初。燕兵夜娖银胡䩮，汉箭朝飞金仆姑"（《鹧鸪天》），毕生更以北伐为志向，哪里会有重文轻武之心呢？他毕竟生于金国，长于金国，整个价值观成型的年轻时代都是在金国度过的，以至于与那些根正苗红的宋人真的有些"文化背景的冲突"了。

［8］以词说理：《玉楼春》（有无一理谁差别）

词到了辛弃疾的笔下，可谓无远弗届，词的一切可能性都被他探索净尽。他会以词说理，如《玉楼春》：

有无一理谁差别。乐令区区浑未达。
事言无处未尝无，试把所无凭理说。

伯夷饥采西山蕨。何异捣齑餐杵铁。
仲尼去卫又之陈，此是乘车入鼠穴。

词前有小序："乐令谓卫玠：'人未尝梦捣齑餐铁杵、乘车入鼠穴。'以谓世无是事故也。余谓世无是事而有是理，乐所谓无，犹云有也。戏作数语以明之。"

《世说新语·文学》有载，卫玠小时候向乐令请教人为什么会做梦，乐令的回答是"有所思则有所梦"。卫玠诘问道："有时候梦到的事物是身体和精神都不曾接触过的，怎能说有所思则有所梦呢？"乐令答道："这是由情理推衍所致。没人梦见过捣碎葱蒜喂给铁杵，或者乘车进入鼠洞，便是因为既没有这种事，亦没有这种情理。"

辛弃疾不满意乐令的解释，认为"捣碎葱蒜喂给铁杵"与"乘车进入鼠洞"虽无其事，却有其理，于是"戏作数语以明之"，便有了这首《玉楼春》。

词中举出反例：伯夷耻食周粟，于是隐居在首阳山上采薇为食，这种事情何异于"捣碎葱蒜喂给铁杵"呢；孔子周游列国，离开卫国又去陈国，此种颠沛流离又何异于"乘车进入鼠洞"呢？

词毕竟是一种极不宜于说理的文体，叙事也是词的短板，而这首《玉楼春》兼叙事、说理于一身。词人用小序来交代卫玠与乐令那一番问答，继而以词的正文来承担说理的任务。他确实做到了，但不得不说这是一次失败的文学实验。当我们梳理词的发展脉络，会发现词序从无到有，从短到长，促进了词的私语化，也弥补了词不擅叙事的短板，但是词的说理一途后继乏人，这当然是注定的事情。

其实词的说理与诗的说理一般，以形象喻抽象则可，以抽象道抽象则否。王国维有一首《浣溪沙》，正是说理的典范佳作：

山寺微茫背夕曛。鸟飞不到半山昏。上方孤磬定行云。
试上高峰窥皓月，偶开天眼觑红尘。可怜身是眼中人。

这首词的妙处就在于以形象喻抽象，其字句背后的叔本华式的悲观主义哲学如同漫天的阴霾层积、压迫而来，而这正是读者从形象中去感知，而非从理性上去推知的内容。顾随议论"试上高峰窥皓月，偶开天眼觑红尘"一联，有一番五体投地式的评语："前句一字比一字向上，后句一字比一字向下。有此思想者

不知填词，会填词者无此思想，有此思想能填词者，又无此修辞功夫。惟静安先生兼而有之。"（《顾随文集》）

两相比较，我们便易于看出辛弃疾以抽象道抽象的写法确实走错了路，使一件文学作品里的文学趣味荡然无存了。然而这样的错误正是跨界创新中的一种"伟大的错误"，正要有人敢于去犯这种错误，不惜撞一个头破血流，探知这条路终是走不通的，后来者才可以快马轻车地杀向另外的、绚烂的方向。

[9] 赋体填词与跨界创新的三例比较

辛词最成功的跨界创新莫过于以赋体填词。中国古代诸文体,赋体最是汪洋纵恣、磅礴跌宕,辛词之"豪"在相当程度上正是由赋体营造出来的。我们读辛词,往往只觉其豪而不知其所以豪,当代之论者又往往只强调思想、情怀上的缘故而忽视形式所蕴含的美学力量。其实只要从形式上稍做拆解,就会发觉"豪放美"背后的赋体手段如何鬼斧神工。

以《贺新郎·别茂嘉十二弟》为例,王国维《人间词话》对这首词鼎力赞颂,说它"章法绝妙,且语语有境界,此能品而几于神者。然非有意为之,故后人不能学也。"它究竟如何做到"语语有境界",如何做到"能品而几于神",这就需要我们拆散七宝楼台,认真做一番梳理工作了。先看全词:

绿树听鹈鴂。
更那堪、鹧鸪声住,杜鹃声切。
啼到春归无寻处,苦恨芳菲都歇。
算未抵、人间离别。
马上琵琶关塞黑,更长门翠辇辞金阙。
看燕燕,送归妾。

将军百战身名裂。

向河梁、回头万里,故人长绝。

易水萧萧西风冷,满座衣冠似雪。

正壮士、悲歌未彻。

啼鸟还知如许恨,料不啼清泪长啼血。

谁共我,醉明月。

词题"别茂嘉十二弟",茂嘉是辛弃疾堂弟,生平无可考。题下还有小注:"鹈鴂、杜鹃实两种,见《离骚补注》。"似乎辛弃疾忽然有了博物学家的认真态度,搬出《离骚补注》免使听者挑剔"绿树听鹈鴂。更那堪、鹧鸪声住,杜鹃声切"。美国汉学家薛爱华对唐代文人某种创作特点的总结其实有着远为宽泛的适用性:"这一时期的大多数中国作家,与欧洲中古时期的拉丁语学者没有什么两样,他们尽管经常写到鸟类,却从不观察自然,而只依赖与鸟类相关的传统比喻和寓言,读者对此能够立即辨认与领会。"(《朱雀:唐代的南方意象》)

是的,作为"与鸟类相关的传统比喻和寓言",鹈鴂、鹧鸪、杜鹃三种鸟儿各有博物学之外的"深刻"来历。《离骚》有"恐鹈鴂之先鸣兮,使夫百草为之不芳",于是鹈鴂有春天远去、生机停滞、青春不再的象征义。鹧鸪的啼鸣声很像是"行不得也哥哥",所以每当前途艰险,文人往往就会对杜鹃的啼鸣格外敏感。辛弃疾有一首《菩萨蛮·书江西造口壁》,上阕感慨"西北望长安,可怜无数山",欲归而归不得,于是下阕"江晚正愁余,山深闻鹧鸪"。杜鹃又名杜宇,是传说中古蜀国君望帝死后所化,为亡国之恨而昼夜悲啼,甚至啼出鲜血。所以杜鹃常与家国之恨或任何绝望的悲情联系在一起,如李商隐《锦瑟》有"望帝春心托杜鹃",文天祥《金陵驿》有"化作啼鹃带血归"。

这三种鸟儿,任何一种的啼鸣声都足以使人断肠,更何况在耳边交替唱响呢。一场送别的情感基调就这样被"绿树听鹈鴂。更那堪、鹧鸪声住,杜鹃声切"浓墨重彩式地设定出来了。我们也因此不再以为这只是一场仅仅关乎个人感情的普通离别,不,它一定和一个更宏大的背景——最有可能的便是国仇家恨——有着千丝万缕的关系。词人并不讲明,但听者与读者已经有了隐隐的察觉。

其实以词送别,我们最容易想到柳永名篇《雨霖铃》(寒蝉凄切),那才是别离词的"正体",对照如下:

寒蝉凄切。对长亭晚,骤雨初歇。
都门帐饮无绪,方留恋处,兰舟催发。
执手相看泪眼,竟无语凝噎。
念去去、千里烟波,暮霭沉沉楚天阔。

多情自古伤离别。更那堪、冷落清秋节。
今宵酒醒何处,杨柳岸,晓风残月。
此去经年,应是良辰好景虚设。
便纵有千种风情,更与何人说。

上阕以秋景起兴,从眼前"执手相看泪眼,竟无语凝噎"而及辽远"念去去、千里烟波,暮霭沉沉楚天阔"。下阕从当下转入永恒,从个体的、当下的离别转入无数时光里的无数人、无数次的离别,然后再从永恒回到当下,写离别之后的怅惘。我们普通人的离愁别绪，总会或多或少地经历这样的心路。

　　但辛弃疾给出完全不同的写法。上阕以春夏之际鹈鴂、鹧鸪、杜鹃三种鸟儿的悲鸣起兴，继而作比，鸟儿的悲鸣与春天的终结都比不了人间离别的悲苦。词写到这里，似乎就要点题"别茂嘉十二弟"，词人却一笔宕开，铺陈种种离愁别恨的典故："马上琵琶关塞黑"写昭君出塞，远别故国；"更长门翠辇辞金阙"写汉武帝皇后陈阿娇失宠，辞别帝阙，幽闭在长门宫内；"看燕燕，送归妾"写卫君夫人庄姜于国乱之后送别戴妫，为作《燕燕》一诗以"见己志"，其中有"之子于归，远送于野。瞻望弗及，泣涕如雨"，是《诗经》送别作品中的名句。当然，以今天的眼光来看，《燕燕》未必真与庄姜、戴妫有关，但《毛诗序》这样解说，奠定了古人的主流理解。

　　词到下阕，一般会有转折，辛弃疾却继续铺陈别离典故："将军百战身名裂。向河梁、回头万里，故人长绝"写李陵对苏武的送别；"易水萧萧西风冷，满座衣冠似雪。正壮士、悲歌未彻"写燕太子丹、高渐离等人于易水送别荆轲。铺陈至此终结，"啼鸟还知如许恨，料不啼清泪长啼血"，"啼鸟"即上阕鹈鴂、鹧鸪、杜鹃三种悲鸣的鸟儿，词人想象它们若解得上述人间别恨，啼鸣声一定还要悲切许多。最后以短促的一句"谁共我，醉明月"戛然收束，至此方才点题，意即随着茂嘉十二弟的离去，再没有知音在自己身边相伴了。

　　这样的词，全然不是柳永《雨霖铃》（寒蝉凄切）那样的结构，沛然以上千年各种离愁别恨的堆积，于不言中言说对茂嘉十二弟的惜别。熟悉六朝骈文的读者会迅即想到江淹的名文《恨赋》，是的，辛弃疾这首《贺新郎》正像以词的规模、体量作成的一个浓缩版的《恨赋》。我们看《恨赋》原文：

试望平原，蔓草萦骨，拱木敛魂。人生到此，天道宁论。于是仆本恨人，心惊不已。直念古者，伏恨而死。

至如秦帝按剑，诸侯西驰。削平天下，同文共规，华山为城，紫渊为池。雄图既溢，武力未毕。方架鼋鼍以为梁，巡海右以送日。一旦魂断，宫车晚出。

若乃赵王既虏，迁于房陵。薄暮心动，昧旦神兴。别艳姬与美女，丧金舆及玉乘。置酒欲饮，悲来填膺。千秋万岁，为怨难胜。

至如李君降北，名辱身冤。拔剑击柱，吊影惭魂。情往上郡，心留雁门。裂帛系书，誓还汉恩。朝露溘至，握手何言。

若夫明妃去时，仰天太息。紫台稍远，关山无极。摇风忽起，白日西匿。陇雁少飞，代云寡色。望君王兮何期，终芜绝兮异域。

至乃敬通见抵，罢归田里。闭关却扫，塞门不仕。左对孺人，右顾稚子。脱略公卿，跌宕文史。赍志没地，长怀无已。

及夫中散下狱，神气激扬。浊醪夕引，素琴晨张。秋日萧索，浮云无光。郁青霞之奇意，入修夜之不旸。

或有孤臣危涕，孽子坠心。迁客海上，流戍陇阴，此人但闻悲风汩起，血下沾衿。亦复含酸茹叹，销落湮沉。

若乃骑叠迹，车屯轨，黄尘匝地，歌吹四起。无不烟断火绝，闭骨泉里。

已矣哉！春草暮兮秋风惊，秋风罢兮春草生。绮罗毕兮池馆尽，琴瑟灭兮丘垄平。自古皆有死，莫不饮恨而吞声。

我年轻时读古文，《恨赋》是最爱的一篇，因为它的所谓

"中心思想"简单到极致，一言以蔽之即"人生有各种不如意"，但它以琳琅满目的排比、铺陈将古往今来无边无际的不如意事华丽丽地"飞流直下三千尺"，还有什么比这样的修辞之美更能打动一颗年轻的心呢？

诗人借鉴过这样的笔法，如李商隐有一首七律《泪》：

> 永巷长年怨绮罗，离情终日思风波。
> 湘江竹上痕无限，岘首碑前洒几多。
> 人去紫台秋入塞，兵残楚帐夜闻歌。
> 朝来灞水桥边问，未抵青袍送玉珂。

诗题为《泪》，其实可以看作《泪赋》。前六句分别写冷官怨妇之泪，闺中少妇思念远行夫君之泪，娥皇、女英思念舜帝之泪，襄阳百姓缅怀羊祜德政之泪，昭君出塞之泪，霸王别姬之泪。尾联逆转：以上种种泪水，都不及自己此时以低级官员的身份为高级官员送行时的伤心。

意思讲得太夸张，以至于我们很容易将这首诗当作谐谑之作来看。事实也许真是这样，李商隐只是为了雕琢这样一种新奇的诗歌形式罢了，内容本身无足轻重。显然李商隐在辛弃疾之前就做过这种跨界创新的文学实验，但赋体用之于诗似乎并不如用之于词来得妥帖并有力。

诗的形式太规整，尤其是律体诗，一旦句句排比、铺陈，失去了原本应有的"起承转合"的结构，读起来简直不似诗而似谣谚了。很可能正因为这个缘故，李商隐的文学实验终归昙花一现，始终乏人跟进。然而长调词牌，尤其是《贺新郎》这种，短句与长句的组合很有骈文所谓"骈四俪六"的节奏感，读起来仿佛是骈文的变奏。辛弃疾找准了症结，切中了肯綮，恍然于六朝奥窔，于是才踏出词坛一片美丽新世界。

诗体应当如何写恨与泪，在传统手法里，李商隐其实做到过极致，五绝《天涯》正是典范：

> 春日在天涯，天涯日又斜。
> 莺啼如有泪，为湿最高花。

"在天涯"已经足够令人悲恸，更哪堪"天涯日又斜"的日将暮、春将尽呢？"啼"字一语双关：鸟鸣为"啼"，啼哭亦为"啼"。黄莺的啼鸣，诗人的啼哭，两个形象亦真亦幻地交叠在一起，两个生命似乎也在亦真亦幻中懂得彼此。于是末两句恍如诗人向黄莺的恳求：如果你也有泪，如果你也懂得我的伤心，就请你用你的泪水为我打湿最高处的那朵花儿吧。一个理想主义者的悲剧，就是这样高洁而绚烂，又有几分孤芳自赏，几分顾影自怜。

这是典型的诗笔，词的小令也可以如此来写。以七律写恨写泪，亦有大量典故堆砌，最正统的笔法不妨以钱谦益《读梅村宫詹艳诗有感书后》四首之四为例：

> 银汉依然戒玉清，竹宫香烬露盘倾。
> 石碑衔口谁能语，棋局中心自不平。
> 禊[1]日更衣成故事，秋风纨扇又前生。

---

1. 禊（xī）日：一种消除不祥的祭祀，常于春秋二季临水滨举行。

寒窗拥髻悲啼夜，暮雨残灯识[1]此情。

　　八句诗用到七则典故，前六句句句用典，看似与《泪》无异，实则大相径庭。诗题"梅村"即吴伟业，吴伟业在南明弘光朝任东宫少詹事，故称"梅村官詹"。吴伟业年轻时候，"秦淮八艳"之一的卞赛对他情有独钟，欲以身许，他却顾虑重重，慧剑终于斩断情丝。明亡以后，卞赛变容为女冠南下，自号玉京道人。清世祖顺治三年（1646年），吴伟业、卞赛同聚常熟钱谦益宅，卞赛托病不与吴伟业相见，后者感而赋诗，即钱谦益诗题所谓"梅村官詹艳诗"。亡国大背景下才子佳人的爱情悲欢最有感人的力量。钱谦益以见证人的身份作诗四首，以上是四首中的最后一首。

　　首句"银汉依然戒玉清"用《独异志》典故："秦并六国时，太白星窃织女侍儿梁玉清逃入小仙洞，十六日不出。天帝怒，命五丁搜捕太白归位。"典故可以有两重引申义：一是以梁玉清喻卞赛，二是诗人以梁玉清自比，以梁玉清被天帝贬谪比喻自己被清朝羁系。

　　第二句"竹宫香烬露盘倾"，汉武帝建有竹宫与承露盘，于是竹宫香烬、露盘倾覆便隐喻着大明王朝的覆灭。

　　第三句"石碑衔口谁能语"，意即明朝遗民虽然满腔悲愤，却因惧祸而噤声。乐府《读曲歌》有"石阙生口中，啣碑不能语"，这是以字谜、谐音为诗，"石阙"即"石碑"，"石阙生口中"亦即口中衔碑，"碑"与"悲"谐音，所以"啣碑不能语"亦即"衔悲不能语"。

1.识（zhi）：记住。

第四句"棋局中心自不平",这里的"棋局"指弹棋的棋盘,棋盘中间高而四边低,李商隐《无题》诗有"莫近弹棋局,中心自不平",以棋盘中心的"不平"隐喻自己心中的不平。

第五句"禊日更衣成故事"用卫子夫得幸于汉武帝的典故。第六句"秋风纨扇又前生"用班婕妤见疏于汉成帝的典故。这组典故也可以做两重理解:既隐喻江山鼎革之后,卞赛这等前朝红粉只有在缅怀旧事中不断伤感下去,没有再度风光的可能;亦暗指诗人自己与吴伟业这些深受前朝国恩的士大夫在新朝的飘零命运。

第七、八两句"寒窗拥髻悲啼夜,暮雨残灯识此情",用《赵飞燕外传》的典故:樊通德讲述赵飞燕姐妹的故事时百感交集,于是"顾眄烛影,以手拥髻,凄然泣下"。多少前朝旧事,只让人话旧生哀。

这首诗与李商隐的《泪》是同样体裁,也几乎是句句用典,诗意却迥然有别。正是赋体与诗体的区别造成了这种不同:钱谦益用典虽多,却不铺陈,而是严守律体诗"起承转合"的结构,写得一波三折、峰回路转,正合律体诗的"本色当行"。

经过以上这些比较,便可见出跨界创新绝不像看上去那么容易,尤其在价值一元化的古代社会里。所以种种大胆的跨界是由辛弃疾这样一个由金入宋的虓武凭陵的跨界者,一个"壮岁旌旗拥万夫"的豪杰,而非"江湖夜雨十年灯"的文士来完成,倒也是一件顺理成章的事情。他这样一个"出格"的人,一个在文化上总有些水土不服的人,在江南世界里遇到各样的误解、猜忌,总感慨"无人会、登临意""知我者、二三子",当然也就不足为奇了。

后记

宋词中的宋人生活剪影

诗人对宇宙人生,须入乎其内,又须出乎其外。入乎其内,故能写之;出乎其外,故能观之。入乎其内,故有生气;出乎其外,故有高致。

——王国维《人间词话》

[1]宠昵

隆兴元年(1163年),南宋孝宗皇帝即位的第一年,五月三十日晚,已是花甲之年的老臣胡铨在后殿内阁接受新君的盛情款待。胡铨在笔记里不厌其烦地记述了这一场君臣"私宴"的种种细节:孝宗用玉荷杯,自己用金鸭杯,于第一轮对饮时,孝宗命潘妃唱《贺新郎》,又亲自解释说:"贺新郎者,朕自贺得卿也……"这首《贺新郎》有"荆江旧俗今如故"之句,孝宗继续解释说:"卿流落海岛二十余年,得不为屈原之葬鱼腹者,赖天地祖宗留卿以辅朕也。"

胡铨潸然泪下,孝宗亦黯然良久。继而迁坐,进八宝羹,洗净酒盏再饮。孝宗命潘妃执玉荷杯唱《万年欢》,这首词是当初仁宗皇帝所作。孝宗饮毕,亲唱一阕《喜迁莺》以酹酒,又对胡铨解释说:自己昨天一直在咳嗽,嗓音不免干涩;自己平日在宫里并不如此"妄作",这首词只在侍奉太上皇的酒宴上被太上皇要求唱过一次;今夕与卿相会,心情大好,所以才作此乐,希望卿家不要嫌弃才好。胡铨的回答是:如今太上皇退位休养,陛下亲政,正该是勉力恢复山河的时候,但宴饮唱词之乐也不妨时而有之。(《玉音问答》)

对话中提到的太上皇便是南宋第一任皇帝宋高宗赵构,胡铨之所以流落海岛二十余年,正是因为当初以倔强姿态反对和议,发出杀秦桧、扣金使、北伐中原的骨鲠呼声。所以当高宗退位、一心求战的孝宗主政之后，如此高调地为胡铨平反，便相当于为主战派竖起一面大旗，发出了一个很敏感的政治信号。

我们且不去管政治斗争的波诡云谲，只将注意力聚焦在词的相关细节上。我们会看到帝王命妃子为大臣演唱，三者的关系完全是主、客与家伎关系的翻版。帝王不仅可以填词，甚至在私人场合里还会亲自演唱。于是较之于诗，词是表达亲昵、实行拉拢的一种温柔手段，是对三纲五常这些硬框架的一种柔顺剂。

[2] 谐谑

王齐叟在宋代词人中绝不是什么知名的角色，但他为宋词的世界添上了些许喜感。

王齐叟是元祐年间副枢密使王岩叟之弟，很有一些才名，更因为有兄长这个强大后盾，为人处世总嫌不甚检点。王齐叟在太原做僚属的时候，卖弄幽默的才调，写了几十阕《望江南》嘲讽府县同僚，才情勃发之际，连顶头上司也一并捎带进去了。

上司暴怒，当众责备这个轻薄子道："你写这些《望江南》，难道是倚仗着兄长贵显，以为本官不能惩治你不成！"王齐叟连忙施礼，毕恭毕敬，信口吟诵，却正是依着《望江南》的词牌：

居下位，只恐被人谗。

昨日只吟《青玉案》，几时曾作《望江南》。
…………

吟至末句忽然语塞，左顾右盼之下看到一位姓马的都监，于是灵感忽至，收尾道："请问马都监。"

上司不觉失笑，同僚们也窃笑不止，只有那位马都监张皇地站出来辩解："我哪里知道你做了什么，你不能这样栽诬我啊！"却见王齐叟从容答道："莫慌，莫慌，我只是借你的名号来凑韵脚罢了。"

这句回答更博得哄堂大笑，惩治之事也就这样不了了之。（《夷坚志》）

[3] 邪浪

宋仁宗天圣年间，陈敏夫陪伴兄长赴任广州参军，同行者还有陈兄的一名妾室，貌美能诗，名唤越娘。陈兄没有妻室，专宠越娘。不久之后，陈兄在广州任上亡故，陈敏夫便和越娘一起收拾行李，共度归程。

才子佳人兼孤男寡女的旅程最容易发生故事，果然在路过洪都的时候，越娘忽然吟诗一联："悠悠江水涨帆渡，叠叠云山缓辔行"，吟毕便要陈敏夫续作。陈敏夫应声道："今夜不知宿何处，清风明月最关情。"借着诗歌的神秘语码，撩拨与回应迅速完成了一个回合的较量。

当夜，两人在双溪驿留宿，这偏偏是一个月明如昼的夜晚。《丽情集》于此有一段很香艳的描写："越娘开樽，同敏夫饮，唱酬欢洽。问敏夫：'今夜何处睡？'答曰：'廊下，图得看月。'各有余情。夜向深，敏夫闻廊下有履声，乃潜起看，见越娘摇手令低声，迎进相抱曰：'今日被君诗句惹动春心。'遂就寝。越娘乃吟诗曰'一自东君去后……'"

月娘所吟是一首《西江月》：

一自东君去后，几多恩爱暌离。
频凝泪眼望乡畿。客路迢迢千里。

顾我风情不薄，与君驿邸相随。
参军虽死不须悲。幸有连枝同气。

词意大胆露骨。上阕说自从夫君死后，春心无处托付，泪眼望乡，长路漫漫。下阕说自己和小叔结伴同行，最后两句尤其过火："参军虽死不须悲。幸有连枝同气"——我家男人虽死，倒也不必悲痛，幸好有小叔可以倚靠！

虽然有了文雅修辞的遮掩，赤裸裸的邪浪氛围毕竟无法全部遮住。但是，站在功利的角度看，对越娘而言难道还存在更好的出路吗？她只是一名未育男婴的侍妾，稍纵即逝的青春是她唯一的财富，而这样一笔财富是绝不可以轻易挥霍的。她或许会被小叔卖掉，或许会在饥寒的日日夜夜里寂寞终老——她一定设想过如此种种的险恶前程，一定有过刻骨的恐惧，所以才会放下女人必要的矜持与羞耻，做出这样的引诱，写出这样的词句。

在此引述保尔·艾吕雅的诗句或许有嫌怪诞，但陈敏夫对越娘的回应仿佛真的可以翻译成如下的语言："我是你路上最后一个过客/最后一个春天，最后一场雪/最后一次求生的战争。"（《凤凰》）

[4] 尾声：末摘花的黑貂皮袄

《源氏物语》中的末摘花是一个相貌丑陋、性情古怪、极不讨喜的角色。她原是显贵人家的小姐，但家道随着父亲的去世而中落，她便一直住在那座古旧而无力修缮的宅邸里，穿着怪异的、不合时宜的衣着："现在再来描写她所穿的衣服，似乎太刻毒了；然而古代的小说中，总是首先描写人的服装，这里也不妨模仿一下：这位小姐身穿一件淡红夹衫，但颜色已经褪得发白了。上面罩了一件紫色裙子，已经旧得近乎黑色。外面再披一件黑貂皮袄，衣香扑鼻，倒也可喜。这原是古风的上品服装。然而作为青年女子的装束，到底是不大相称，非常触目，使人觉得稀罕。不过如果不披这件皮袄，一定冷不可当。源氏公子看看她那瑟缩的脸色，觉得十分可怜。"

黑貂皮袄曾是何等尊贵的物件，"原是古风的上品服装"，然而时过境迁，唤起的却是异样的感受。在我读到这段情节的时候，眼前不知怎么便出现了这样一幅画面：今天的地铁车厢里，一名末摘花年纪的女子手捧一本关于宋词的书（也许就是我这本书吧），随便翻看着，而在旁人的眼里，尤其在那些如源氏公子一般的时尚新贵的眼里,应该也会觉得"到底是不大相称,非常触目,使人觉得稀罕"吧?

事实上,在今天一些诗词爱好者的论坛上,时不时就会有"源氏公子"高调现身,甚至拿出"时尚衣料"——"所馈赠的虽非黑貂皮,却也是绸、绫、织锦等物。小姐自不必说,老侍女等所着的衣类,连管门的那个老人所用的物品,自上至下一切人等的需要,无不照顾周到"(《源氏物语》)。

河添房江在《源氏风物集》里悉心考证了黑貂皮袄的前世今生,其结论愈细思便愈添伤感:"光源氏压根就没穿过黑貂皮衣。《宇津宝物语》中的英雄仲忠,将黑貂皮衣作为最高级的值夜用的衣物的那个时代,早已远去了。……回顾历史,貂皮,尤其是黑貂皮,曾是具有异国情趣的贸易品,亦曾是富有、高贵、权力的象征。不仅是在平安王朝,包括中国历代的王朝,古今中西概莫能外。但是,在《源氏物语》中,末摘花穿上它,非但没有令自己别具一格,反倒使得她的形象更糟糕,徒然引人发笑。黑貂皮衣本来是提高身价的威信财,在这里却居然成了过时品。尤其是年轻女性,这样的穿戴更是不合时宜,只能成为被嘲笑的对象。"

其实,这里边倒没有什么是非对错可言,无非是时光的自然流转,人世的自然变迁,也许并不值得伤感吧。

© 中南博集天卷文化传媒有限公司。本书版权受法律保护。未经权利人许可，任何人不得以任何方式使用本书包括正文、插图、封面、版式等任何部分内容，违者将受到法律制裁。

图书在版编目（CIP）数据

最美宋词 / 苏缨著 . -- 长沙：湖南文艺出版社，2025. 2. -- ISBN 978-7-5726-2156-7

Ⅰ. I207.23

中国国家版本馆 CIP 数据核字第 202480A1Y7 号

上架建议：文学·诗词鉴赏

ZUI MEI SONGCI
最美宋词

著　　者：苏　缨
出 版 人：陈新文
责任编辑：吕苗莉
监　　制：于向勇
策划编辑：楚　静
营销编辑：时宇飞　黄璐璐
封面设计：陈绮清
版式设计：潘雪琴
封面用图：陈绮清　周　尔
出　　版：湖南文艺出版社
　　　　　（长沙市雨花区东二环一段 508 号　邮编：410014）
网　　址：www.hnwy.net
印　　刷：河北尚唐印刷包装有限公司
经　　销：新华书店
开　　本：889 mm × 1194 mm　1/32
字　　数：245 千字
印　　张：9.5
版　　次：2025 年 2 月第 1 版
印　　次：2025 年 2 月第 1 次印刷
书　　号：ISBN 978-7-5726-2156-7
定　　价：52.00 元

若有质量问题，请致电质量监督电话：010-59096394
团购电话：010-59320018